인생을 바꾼
오늘도 독서 완료

인생을 바꾼 오늘도 독서 완료

매일 책 읽는 엄마의 삶은 다르다

초 판 1쇄 2025년 03월 25일

지은이 김은주, 강은하, 남윤희, 박혜란, 이운정, 이정은, 오승하, 정세경, 차미숙, 최연숙
펴낸이 류종렬

펴낸곳 미다스북스
본부장 임종익
편집장 이다경, 김가영
디자인 임인영, 윤가희
책임진행 이예나, 김요섭, 안채원, 김은진, 장민주

등록 2001년 3월 21일 제2001-000040호
주소 서울시 마포구 양화로 133 서교타워 711호
전화 02) 322-7802~3
팩스 02) 6007-1845
블로그 http://blog.naver.com/midasbooks
전자주소 midasbooks@hanmail.net
페이스북 https://www.facebook.com/midasbooks425
인스타그램 https://www.instagram.com/midasbooks

ISBN 979-11-7355-164-2 03810

값 19,000원

매일 책 읽는 엄마의 삶은 다르다

인생을 바꾼
오늘도 독서 완료

김은주
강은하
남윤희
박혜란
이운정
이정은
오승하
정세경
차미숙
최연숙

미다스북스

6장 읽고 쓰고 사색하는 필라테스 선생님 독서 이정은

7장 1인 지식 노동자의 독서 오승하

8장 워킹맘의 독서 정세경

저자 소개

30대 김은주 특별한 조이쌤

4살 쌍둥이 아이의 엄마이자 13년 차 특수교사이다. 책을 읽으며 육아와 업무 사이에서 균형을 찾고 성장하는 삶을 배우고 있다. 집과 학교에서 만나는 세상 모든 아이는 저마다 가진 값진 보물을 발견할 수 있다고 믿으며 그들을 돕는 어른이 되고 싶다.

블로그 blog.naver.com/okletsgo-

50대 강은하 내 맘대로 에디터

25년 가까이 출판사에서 중국어책 기획, 편집하는 편집자로 살았다. 직장과 집만 왔다 갔다 하며 사는 삶이었다. 다른 사람의 책을 기획하고 만들어 주며 많은 시간을 보냈지만, 정작 나의 글을 쓰지는 못했다. 오십이 넘은 지금 회사를 그만두고 책을 읽으며 무인 매장 사장이 되었다. 앞으로 내 책을 쓰면서 다른 이들에게 도움을 주는 삶을 살고 싶다.

블로그 blog.naver.com/secondlifeeditor

50대 남윤희 지음 유니

그림으로 '마음 잇는' 미술치료사 『아티스트 웨이』 워크숍 여행안내자. 예술 활동을 통해 의미 있는 경험으로 바라는 삶으로 나아갈 수 있도록 <아트 브런치> 프로젝트를 운영하며 마음 회복과 성장을 돕습니다. 책 읽고 글 쓰며 그림 그리는 예술가로 스스로 돌보고 성장합니다. 『새벽을 깨우는 여자들』의 공저 작가입니다.

블로그 blog.naver.com/aniuni

40대 박혜란 온새미로

10년을 전업주부, 엄마, 아내의 삶을 살며 나를 찾고 싶었다. 내 안의 내가 존재할 때 행복하다는 것을 알았고 가족의 변화도 시작되었다. 40대 중반, 꿈을 꾸며 새로운 인생을 도약하고 있다. 지금 여기 이 순간 충실하며 3년 후, 5년 후 찬란하게 빛나는 인생을 계획하고 실행하고 있다.

블로그 blog.naver.com/hyeran3401

50대 이운정 별에서 온 그녀

'묻지 마 투자'로 '폰지' 사기와 '기획부동산' 사기를 당했다. 결혼 생활 20년 만에 경제권을 남편에게 넘기고 생활비 50만 원을 받게 되었다. 경제적으로 무너졌고 건강을 잃고 나서 어두웠던 시간을 보냈다. 책을 읽기 시작했고 책 속에서 인생 멘토들을 만났다. 건강을 회복 후 2024년 히어로 대출 상담사로 중개를 하고 현재 다꿈스쿨에서 대출 강의를 하고 있다.

블로그 blog.naver.com/prettywjlee

40대 이정은 샌디에고 라라 필라테스

20살에 만난 남자 친구. 세상 물정 몰랐던 나는 이 남자가 내 세상의 중심이었다. 8년의 연애, 나의 태양을 따라 작은 별도 미국에 왔다. 남편, 아이와 알콩달콩 사랑하며 소꿉놀이하는 일상을 꿈꾸었다. 타국에서 우리 셋! 외롭고 불안했다. 결혼 후 16년, 작은 별은 샌디에이고 라라 필라테스 스튜디오를 오픈하고 반짝반짝 빛을 밝히는 중이다.

블로그 blog.naver.com/rarafit_jungeun

50대 오승하 독서 멘토 빅맘

『희망의 트랙에 다시 서다』 저자. 현재 '빅맘 위즈덤 스쿨'의 리더이며, 승하 책방 글쓰기 코치이자 빅맘의 북테라피 독서 모임 코치입니다. 함께 성장, 가치 성장을 꿈꾸는 부자습관 챌린지 강점 코치입니다. 온·오프라인 800회 이상 코칭 강의 경험을 통해 깊은 이해, 통찰력, 좋은 판단력을 키우는 성장 커뮤니티를 운영합니다.

오픈 카카오톡 open.kakao.com/o/gemoJLDf (미래의 나를 만나는 좋은 습관 방)

40대 정세경 책 읽는 디자이너

남편의 사고로 가정 경제의 현실을 깨닫게 된 대한민국의 평범한 워킹맘이다. 한 권의 책을 만나며 자기 계발을 시작했고, 한 사람의 멘토를 만나 책을 사랑하고 글을 쓰는 사람이 되었다. 책 읽고 글을 쓰며 세상에 기여자가 되고 싶어졌다. 나다움을 찾는 여정이 비로소 시작되었다. '나를 통해 이 세상을 아름답게 한다'는 비전을 이뤄가는 인생 후반전을 살고 있다.

블로그 blog.naver.com/skydoc365

60대 차미숙 해리 국장

대학병원 38년 동안 간호사, 행정가로 근무하고 25년 정년 퇴임했다. 퇴임 3년 전인 58세에 암 진단을 받고 치료받아 낮아진 자존감을 높이고 우울을 극복하기 위해 자기 계발 세상에 입문했다. 현재 책 읽고 글 쓰고 있다. 인생 후반을 풍요롭고 건강하게 행복한 부자로 살기 위해 공부 중이다. '북테라피'에서 책 읽고 삶의 해답을 찾는 여정을 함께한다. 책 읽고 글 쓰는 작가 할머니 삶을 실천 중이다.

블로그 blog.naver.com/cmscau

50대 최연숙 엘리사랑

취미가 독서라고 말하고 싶었으나 흉내만 내고 살았던 나, 이제야 책 읽고 배워가는 재미를 느끼고 있다. 20년 넘게 워킹맘으로 살면서 다른 사람이 먼저였다. 양보와 배려가 최우선이라 생각했다. 독서를 통해 자신을 알아가는 중이다. 책에서 타인의 삶을 들여다본다. 미처 알지 못했던 것을 보며, 살면서 마주치는 문제의 해답 찾는 법을 알려준다. 독서는 현재를 살아가는 힘이며 좋은 미래가 기대되는 삶이다.

블로그 blog.naver.com/ellie75

들어가며

세계적인 투자가인 워런 버핏은 독서를 이기는 것이 없다고 했습니다. 어린 시절 책은 단순한 글자의 나열이 아닌 꿈과 희망을 성장시키고 특별한 세상으로 연결하는 문이었습니다. 책 속 주인공들의 지혜롭고 용기 있는 모습에 가슴이 뛰고, 눈물 흘리며 경험담을 응원했습니다. 책은 단순히 읽을거리가 아닌, 삶의 나침반이자 멘토였고, 친구였습니다. 하지만, 삶은 언제나 순탄하지만은 않았습니다. 성장하며 예상하지 못한 경험을 통해 때로는 어려움을 겪어야 했습니다. 시련에 직면했을 때 좌절하고 방황했습니다. 그럴 때마다 책 속 인물들의 용기와 지혜는 큰 영감을 주었고 그들의 경험이 제 삶을 돌아보고 반성하는 계기가 되었습니다. 책 읽고, 기록하고 적용하면서 자신을 다독이고 일으켜 세웠습니다. 용기 내어 한 걸음 걸어 나갔습니다.

이 책의 열 명의 저자들 역시 책을 통해 성장해 온 이야기를 담았습니다. 지나간 시간 책과 함께 성장하며 겪었던 다양한 경험, 삶의 굴곡 속에서 독서를 통한 깨달음, 변화된 삶의 모습을 기록했습니다. 열 명의 작가들의 진솔한 경험을 담백하게 담았습니다. 한 꼭지마다 각자의 개성과 경험을 통해 성장한 이야기를 적었습니다. 위기 속에서 책 속 멘토들에게 용기를 얻었고, 작가마다 다양한 책 속 한 문장을 적용하면서 선물 받았습니다. 때로는 삶에 벼랑 끝에서 책 읽고, 삶의 방향을 찾았습니다. 글을 통해 치유의 에너지를 얻었다고 말해 줍니다. 독서와 글 쓰면서 삶을 변화시켰습니다. 자신을 세우고, 가족을 돌보고, 주변을 아름답게 만들어 가는 열 명의 이야기 속 주인공들은 우리 곁에 늘 있는 평범한 엄마들의 이야기입니다.

김은주 특별한 조이쌤

두 쌍둥이를 키우는 워킹맘입니다. 삶의 무게가 남다른 김은주 작가는 특수학교 교사 13년 차입니다. 독서를 통해 자신의 정체성을 찾아가는 여정을 기록했습니다. 생애 처음 엄마가 되어 집에서 사랑하는 쌍둥이와 학교에서 가슴으로 품은 학생들과 함께하며 느낀 본질적 행복한 삶을 적었습니다. 김은주 작가님의 글은 대한민국 워킹맘에게 희망을 주는 글입니다.

강은하 내 맘대로 에디터

25년 차 직장 생활을 스스로 접었습니다. 일상의 다람쥐 쳇바퀴에서 내려와 사장의 삶을 선택하고 진심을 담아 무인 아이스크림 점주로 삶을 선택한 이야기를 표현했습니다. 작은 가게에 진심을 담아 고객과 소통하는 사장의 삶을 구체적으로 알려주며, 최소 퇴사 3년 전부터 무엇을 준비하면 좋을지 강은하 작가의 글에서 배움을 익히실 수 있습니다.

남윤희 지음 유니

갑자기 가까운 가족의 죽음을 통해 삶의 본질과 인생에 의문을 맞이했습니다. 계속 질문하면서 독서를 했습니다. 마음 잇는 미술치료사입니다. 독서를 통해 정체성을 만들어 가고 그림을 통해 마음을 연결하는 미술치료사입니다. 독서를 통해 마음을 잇는 작업은 나다운 행복입니다.

박혜란 온새미로

어린 시절 상처를 통해 성인이 된 후, 삶의 실수를 극복하고 용기를 내 글로 표현했습니다. 책 읽고 혼자 걸으면서 생각한 치유와 따스한 커뮤니티 활동을 통해 성장한 이야기를 적었습니다. 나의 경험이 누군가에게는 치유의 에너지가 될 수 있다 표현해주셔서 감사합니다. 매일 하는 것이 나를 만든다. 독서와 혼생 걷기(혼자 생각하며 걷기)를 통해 단단한 삶의 성장을 보여주신 작가님의 강인함을 존경합니다.

이운정 별에서 온 그녀

어린 시절 그녀의 책임감과 결핍에 대한 무게가 공부로 성장했고, 자신의 강점을 강화하는 과정을 기록했습니다. 도서관 책 속에서 멘토를 만나고 적용하면서 자신의 강점으로 세상의 어려운 분들을 돕고 있습니다. 독서를 통해 역경이 경력을 일으키는 반전의 매력이 있는 작가입니다.

이정은 샌디에이고 라라 필라테스

미국 여주인공처럼 아메리카 드림을 꿈꾸었지만, 현실의 벽에 부딪히면서 자칫 자신의 삶을 송두리째 잃어버릴 상황에서 독서를 선택했습니다. 책 읽고 매일 적용할 아이디어를 얻었습니다. 치열하게 삶을 사랑하며 샌디에고 필라테스 사장님이 되었습니다. 아메리카 드림을 '필세권'이라는 신조어로 만들어 가는 과정을 기록했습니다. 치열하다는 것은 이런 것이다 몸소 보여준 작가님의 글은 사랑입니다.

정세경 책 읽는 디자이너

기존 행복한 부자로의 닉네임을 과감히 정리하고 독서를 통해 새로운 정체성인 책 읽는 디자이너 캔바 강사이자 지국장으로 활동하는 멋진 분이십니다. 가정의 소중함을 통해 경제적 자유를 닮아가는 과정을 섬세하게 글로 적어주신 작가님입니다.

차미숙 해리 국장

해피하고, 리치한 나라의 주인장으로 38년 차 대학병원 직장을 은퇴했습니다. 두 번째 청춘을 맞아 삶의 주인공으로 살아갑니다. 나이팅게일 선서를 하고 의료진의 치열한 삶을 기록하고 공감하는 과정에서 은퇴를 어떤 마음으로 준비하면 좋을지 알려주는 인생 선배의 글입니다. 우리 곁에 어른다운 선배가 함께해주시니 감사합니다.

최연숙 엘리사랑

조용한 부자가 꿈입니다. 책을 꾸준히 읽기 전 수없이 흔들리는 정 많은 오지랖이라고 말한 분. 그러나 책을 만나고 자신의 많은 경험을 가치 있는 '사잇꾼'으로 전환한 분입니다. 독서를 통해 배움과 생각을 단단하게 만들고 자신의 배움을 타인에게 조용히 나누는 삶을 가진 분입니다. 작가님의 독서력을 통해 삶에서 독서가 얼마나 가치 있는 성장인지 배우고 익히는 시선을 선물 받았습니다.

오승하 독서 멘토 빅맘

현재 '빅맘 위즈덤 스쿨' 리더입니다. 함께 시작한 독서 모임에서 행동하는 챌린지 그리고 경험을 글로 담아 세상을 이롭게 한다는 승하 책방의 리더이기도 합니다. 아홉 명의 작가와 함께 적어 내려간 **『인생을 바꾼 '오'늘도 '독'서 '완'료』**라는 책을 집필한 기획자 겸 코치입니다.

열 명의 작가들의 경험을 집필하는 내내 감사와 고마움이 공존합니다. 함께라서 행복했고, 가치 성장하는 삶이라 감사했습니다. 모든 순간이 '이롭다' 생각한 시간이었습니다. 평범함 속에 세상의 빛이 되어 살아가는 이야기입니다. 작가들의 다채로운 성장 이야기는 깊은 공감과 영감을 선사할 것입니다. 이 책은 단순한 성장 이야기가 아닌, 위로와 응원을 전하는 마음으로 적어 내려갔습니다. 나의 경험이 세상을 이롭게 한다는 마음으로 써 내려갔습니다. 인생의 다양한 시련을 만났습니다.

독서가 어떻게 삶에 해답을 주었는가에 대한 기록입니다. 작가 한 분 한 분이 책을 통해 인생 주인공으로 개척해 나가는 과정에서 어떻게 힘을 얻어갔는지 기록했습니다. 책 읽고, 토론하고, 성장하는 경험을 통해 풍요로운 삶을 선물하고 싶은 마음으로 담았습니다.

영국의 작가 찰스 디킨스는 독서는 가장 위대한 교사라고 했습니다. 책은 우리의 시야를 넓혀주기도 새로운 생각을 제시하고 성장을 도와주기 때문입니다.

'빅맘 위즈덤 스쿨'은 독서를 통해 깊은 이해와 통찰력, 그리고 좋은 판단력을 키우고 있습니다. 폭넓은 지식과 경험을 바탕으로 성장하는 스쿨입니다. 단순한 지식이나 정보의 수집이 아니라 책을 통해 지식과 경험을 활용하여 현명한 결정을 내립니다. 매일 하루 도전하는 삶에서 가치를 만들며 살아가고 있습니다. 삶에서 발생할 수 있는 변수를 효과적으로 대처하는 능력을 기르고 있습니다. 더 나아가 자신의 경험을 통해 성장한 마인드로 종종 다른 사람들과 소통하면서 함께 성장을 꿈꿉니다. 열 명의 작가들이 독서를 통해 성장한 이야기를 세상에 내놓을 수 있어 감사합니다. 더불어 늘 응원하는 '빅맘 위즈덤 스쿨'에서 독서하는 도반과 글 쓰는 크루들과 함께 성장 시간을 만들어 가니 감사와 성장이 행복합니다.

1장

13년 차 특수교사 초보 엄마의 독서

| 김은주 |

"살아가면서 모든 일이 술술 풀릴 거라 기대하지 않는다.
다만 책을 읽으며 위기를 극복하고 나아가 예방하는 사람이 되고 싶다."

초보 엄마는 오늘도 성장한다

"책은 가장 쉽게 다가갈 수 있고 가장 현명한 상담자이자,
가장 인내심 있는 교사이다."

- 찰스 W. 엘리엇

어린 시절 처음 책을 마주한 때의 기억이 선명하다. 유치원을 마치고 혼자 집에 돌아온 시간이었다. 아직 아무도 돌아오지 않은 조용한 집 안에 오후의 햇살이 쏟아졌다. 사방이 반짝거리고 눈부셨다. 황홀한 기분에 집 안 이곳저곳을 둘러보던 중 문득 책장이 눈에 띄었다. 빨간색 동화책이 스포트라이트를 받은 듯 강렬하게 빛나고 있었다.

엄마는 책을 반드시 읽어야 한다고 강요하지 않았다. 대신 원할 때 읽으라며 집 안 곳곳에 두셨다. 덕분에 언제든 부담 없이 책을 꺼내 볼 수 있었다. 마음에 들면 쭉 읽기도 하고 재미가 없으면 다시 넣기도 했다. 편하게 책을 읽을 수 있어 어린 시절 책과 함께한 시간을 좋아했다. 하지만 학교에 다니고 사회인이 되면서 오히려 책과 멀어지기 시작했다. 내가 읽던 책은

공부하기 위한 참고서와 시험 합격에 필요한 수험서뿐이었다. 어쩌다 친구와 만나는 날, 서점에서 눈길이 가는 책이 있으면 한 번씩 넘겨보았지만 딱 그만큼이었다. 그렇게 책은 우선순위에서 밀려났다.

임용고시를 치르고 선생님이 되었다. 수험서에서 보던 이론들을 교실 현장에 어떻게 적용할지 막막했다. 아이들을 가르치는 것 외에도 행정업무가 쏟아졌다. 계산기를 여러 번 두드리며 예산을 집행해도 실수가 이어졌다. 퇴근 후에는 내가 했던 말을 곱씹어 보며 '조용히 있을 걸, 내일부터는 필요한 말만 하자.'라고 후회하며 하루를 마쳤다. 경력이 쌓이고, 학교를 옮겼다. 기대와는 다르게 새로운 아이들을 만나고 처음 접하는 업무를 해야 할 때면, 늘 초보자의 마음이 떠올랐다. 지난해 담임 선생님과 업무 담당 선생님께 도움을 청하며 학교생활을 이어 나갔다. 하루 보내기에도 벅찬 시간이었다.

결혼하고 엄마가 되었다. 아이를 낳기 전에는 퇴근 후 내 생활을 지킬 수 있었다. 육아도 그렇게 생각했다. 하지만 갓 태어난 신생아를 먹이고 재우면서 키우는 일은 신체 리듬을 완전히 깨트렸다. 게다가 쌍둥이였다. 한 아이씩 번갈아 가며 수유를 하다 보면 채 두 시간도 잠을 잘 수 없었다. 두 아이가 동시에 울음을 터트릴 때면 누구를 먼저 달래야 할지 몰라 당황했다. 도망가고 싶었다. 남편과 시부모님, 친정 부모님의 도움 덕분에 아이들은 성장했다. 하지만 마음 구석에는 두려움이 생겼다. 앞으로 무엇을 해야 할지 알 수 없었다. 엄마로서의 나, 직장인으로서의 나, 그냥 나 사이에서 흔들렸다. 자리를 잡지 못한 채 떠밀리듯 지내는 생활이 이어질 것 같아 두려웠다. 미래를 생각하면 더 나은 상황으로 나아가고 싶었다. 그러나 누구에게 어떤 도움을 받아야 할지 떠오르지 않아 답답했다. 우는 아이들, 다람쥐 쳇바퀴 도는 육아와 직장, 일상에서 점점 지쳐갔다.

아침이면 출근하고 저녁에는 아이들을 키우며 정신없이 시간이 흘러갔다. 전반전과 후반전으로 꽉 채워진 하루는 조금의 틈도 없는 듯했다. 그러다 문득 잊고 있었던 책이 떠올랐다. 커튼 틈 사이로 밝은 햇살이 비집고 들어오는 오후였다. 곤히 낮잠 자는 아이들을 바라보다 어린 시절이 생각났다. 밝고 따뜻한 집과 방에 놓여 있던 책장, 토끼 가족이 행복하게 웃고 있던 그림이 예뻤던 빨간색 동화책, 용기를 내어 살짝 들춰보았던 곤충 전집이 불현듯 떠올랐다. 어린 시절 포근한 기억과 용기를 주었던 것처럼, 어쩌면 지금의 나에게도 책이 도움을 줄 수 있지 않을까? 책을 읽고 싶다는 강렬한 열망이 피어올랐다.

다시 책을 읽기 시작했다. 마침 동생이 선물해 준 김수연 작가의 『아기 발달 백과』가 눈에 띄었다. 유아 발달을 월령에 따라 설명한 책을 읽다 보니 아이의 대근육, 소근육, 언어, 사회성 발달 단계에서 무엇을 챙겨야 하는지 알 수 있었다. 막막했던 육아의 중심이 잡혔다. 조급함을 버리면서 아이들의 작은 행동에 의미를 두지 않고 넓은 시야로 바라보았다. 다른 아이와 비교하지 않고 내 아이의 성장에 집중하며 걱정 대신 사랑을 담아 소통했다. 마음이 편해지니 육아와 일에 균형이 잡혔다. 존 고든 작가의 『에너지 버스』를 읽으며 일, 가정, 스스로에 대한 책임감과 즐거움을 느꼈다. "모든 일에는 이유가 있답니다."라는 구절을 되새기며 일하던 도중 교무실에서 익숙한 문장이 들렸다.

"지금은 이해가 안 되지만 작년에 이렇게 한 데는 분명 이유가 있을 거예요."

나와 떨어진 자리에서 대화를 나누는 동료 선생님 말씀이었다. 오늘 아침 책에서 읽은 내용이 현실에서도 나타났다. 책과 일상이 일치하는 경험 덕분에 끌어당김의 법칙을 강렬하게 느꼈다. 책을 읽으니 내가 점점 좋아지고 있음이 느껴졌다. 온라인 글이나 카페 투어, 웹툰 등을 보다 보면 몇 시간이 훌쩍 지나 있었다. 하루를 흘려보냈다는 공허한 감정이 몰려왔다. 다시 마음을 다잡고 책을 읽었다. 단 5분을 읽더라도 마음에 남는 한 문장이 생겼다. 힘이 되는 문장을 찾아냈다는 생각에 뿌듯했다. 책을 읽으며 나는 해낼 수 있는 사람이라는 확신이 들기 시작했다.

아이를 키우며 책을 뒷전에 두었다. 급한 일을 먼저 하고 시간이 남을 때 책을 읽어야 한다고 생각했다. 눈앞에 닥친 일을 해결하는 사이 중심이 흔들렸다. 책을 우선순위에 두고 읽기 시작하자 신기하게도 나를 둘러싼 문제를 해결할 수 있는 실마리가 보였다. 책에서 주는 지식이 쌓이고, 경험이 쌓여 지혜가 되었다. 지혜로운 선택은 내가 발전할 수 있음을 알아차리게 했다. 살아가면서 모든 일이 술술 풀릴 거라 기대하지 않는다. 다만 책을 읽으며 위기를 극복하고 나아가 예방하는 사람이 되고 싶다. 독서로 나아갈 인생 여정이 기대된다. 모든 답은 책 속에 있다. 질문하고 책을 읽으면 나만의 해답을 발견할 수 있다. 책 속 한 문장이 마음에 스며들 때, 인생은 풍요롭다. 초보 엄마는 오늘도 독서를 통해 성장한다.

독서로 성장하는 특별한 조이쌤

"작은 변화가 일어날 때, 진정한 삶을 살게 된다."

- 랠프 톨스토이

새벽 6시에 눈을 떴다. 휴대전화를 들어 시간을 확인하고 다시 눈을 감는다. 잠시 후 새로 맞춰둔 알람이 울린다. 어느새 7시다. 서둘러 출근 준비를 했다. 아이들 등원을 도와주시는 친정엄마가 내 몫의 아침 식사를 차려 주신다. 후다닥 챙겨 먹으니 어느새 아침 8시가 넘었다. 현관을 나서 주차장으로 달려간다. 가뜩이나 바쁜데 자동차 문이 열리지 않는다. 차 키를 제자리에 두지 않고 전날 입었던 옷 주머니에 넣어두고는 그대로 잊었다. 하는 수 없이 다시 집에 올라갔다. 현관문을 열자 아이가 익숙한 듯 묻는다.

"엄마, 이번에는 뭐 두고 갔어?"

6시부터 8시, 2시간이라는 긴 시간이 있어도 아침에는 허둥지둥했다. 바쁜 마음으로 출근하니 학교에서도 마음이 어수선했다.

수업이 끝난 후 쉬는 시간은 단 5분이었다. 짧은 시간에 다음 수업에 들어가는 반을 확인하고 자료를 챙겼다. 겨우 시간을 내어 화장실에 달려갔다. 4시에 퇴근하고 아이들 하원 마중을 나갔다. 집에 돌아오니 거실과 부엌이 어제 식사한 그대로 어질러진 상태이다. 저녁도 만들어 먹어야 하는데 메뉴가 떠오르지 않는다. 고민을 거듭하다 배달 앱을 켰다. 피자가 눈에 띄어 주문했는데 막상 먹으니 죄책감이 든다. 몸에 나쁜 음식으로 식사를 했다고 생각하니 입맛이 사라졌다. 아이들을 씻기고 설거지를 하니 어느새 밤이 되었다. 쉬는 시간을 가지고 싶다. 하지만 아이들보다 내가 먼저 잠들어 버렸고 눈뜨면 다시 하루가 시작될 것이다.

엄마로서 아이들과 행복하게 지내고 싶었다. 교사로서 학생들에게 도움이 되고 싶었다. 하지만 학교에서 퇴근하면 집으로 출근하고, 집에서 퇴근하면 학교로 출근해야 했다. 무엇을 어떻게 해야 할지 중심을 잡지 못했다. 계속 이렇게 지내야 할까 봐 겁이 났다. 답을 찾고 싶었다. 어린 시절 책을 통해 용기와 따스함을 느꼈던 기억이 떠올랐다. 육아서와 자기계발서를 읽으며 마음의 안정을 찾기 시작했다. 그런데 마음 한구석이 찜찜했다. 책을 여러 번 읽어도 매번 새로웠다. 밑줄을 치고 메모를 해도 책을 덮고 나면 잊어버리곤 한다.

새로운 독서가 필요했다. 혼자 길을 찾으면 한참 헤맬 것 같아 독서 모임을 검색했다. 사람들과 교류하며 책을 읽고 생각의 폭을 넓히고 싶었다. 블로그 이웃의 글을 읽다 '북테라피'를 보았다. 안내문에는 책을 통한 비전과 성장에 대한 확신이 가득했다. 하루 1% 성장이라는 문구가 눈과 마음에 쏙 들어왔다. 변화를 꿈꾸며 3월부터 합류했다. '빅맘의 북테라피' 첫 필독서는 존 고든 작가의『에너지 버스』였다. 환한 노란색 표지를 보며 설레었다. 불만투성이 조지가 버스 운전사 조이를 만나며 에너지 CEO로서 새로운 삶을 시작한 내용이었다. 나의 에너지 버스를 어떻게, 어디로 운전하면 좋을지 생각하며 책을 읽었다. 어느 틈에 일상이 달라졌다.

첫째, 책임감 있는 일상을 살게 되었다. 바쁘게 살아가는 일상을 채우기도 버거운 하루였다. 하지만 주인의식을 가지기 시작하니 일상을 새로운 시각으로 바라보게 되었다. 휴대폰을 내려놓고 주변 사람들과 상황을 자세히 들여다보기 시작했다. 아이들이 잘 자고 일어난 것, 출근할 수 있는 직장이 있다는 것, 가족과 함께 맛있는 식사를 할 수 있다는 것, 모두 감사하고 소중한 일상이었다. 감사하며 하루를 보내니 해야 하는 일들이 무섭게 느껴지지 않았다. 오히려 기회가 주어진 것처럼 느껴졌다. 바빴던 일상이 균형을 찾기 시작하며 맡은 일을 기쁘게 해낼 수 있었다. 하기로 마음먹은 일을 완수하면서 성취감이 차올랐다.

둘째, 정체성을 찾고 닉네임을 바꿨다. 중학생 때부터 꼬리표처럼 붙은 별명이 있었다. 부정적인 의미가 담겨 있었지만 흔하지 않은 이름이었고 가끔 귀여운 느낌이 들 때도 있어 닉네임이 필요할 때 종종 사용했었다. 하지만 이제 긍정적인 이미지를 만들고 싶었다. 새로운 의미가 담긴 단어를 찾던 중『에너지 버스』가 생각났다. 긍정 원료를 나누며 인생 버스를 운전하는 사람, 버스 운전사 조이에게 홀딱 반했다. 긍정 에너지로 책임감 있는 사람이 되고 싶었다. 롤 모델 '조이'를 닉네임으로 정하고 다시 생각에 잠겼다. 나는 장애 학생을 가르치는 특수교사다. 모두 자신만의 특별함을 가진 아이들에게 도움이 되는 교사라는 소망이 생겼다. 그렇게 '조이'에 특별함을 더해 '특별한 조이쌤'이 되었다.

셋째, 아이들과 함께하는 시간을 사랑하게 되었다. 집에서도, 직장에서도 아이들이 곁에 있었다. 끊임없이 소통이 필요한 날에는 에너지가 고갈되어 멍하니 앉아 있기도 했다. 쓰는 힘은 한정적인데 어떻게 나눠 써야 할지 막막했다. 책을 읽다 "사랑은 목표가 아닌 과정이다."라는 문구를 발견했다. 목표와 과정이라는 단어가 맴돌았다. 무지갯빛 아름다운 미래만 생각하며 오늘은 하기 싫은 일을 해야 하는 시간으로 치부하지 않았나 되새겨 보았다. 책을 읽고 생각을 바꾸었다. 목표를 위해 에너지를 쏟아붓는 게 아니라, 아이들과 함께하는 과정 자체에서 힘을 얻을 수 있지 않을까? 그 힘으로 아이들이 성장한다면 집과 교실은 어떻게 달라질까? 새로운 결론에 다다르자 가슴이 두근거렸다. 이 순간, 아이들과 성장하는 과정을 소중히 여기기 시작했다. 아이의 부탁을 들어주는 작은 행동 하나에도 행복했다. 아이가 요구사항을 표현할 수 있으니 감사하고 부모와 교사로서 도움을 줄 수 있으니 뿌듯했다. 작은 도전에 매일 성공하며 성취감을 느끼는 아이들의 표정에 마음이 벅차올랐다. 과제를 완성하기 어려워 툴툴거리면서도 맡은 역할을 해내는 모습은 교훈을 주었다. 매 순간 사랑의 감정과 눈길로 바라보니 어느새 나와 아이들은 긍정 에너지를 키우며 함께 성장하고 있었다. 교실과 집은 사랑으로 에너지를 창조하는 특별한 공간이 되었다.

하루는 해야 할 일들의 연속이라고 생각했다. 가정을 챙기고 아이들을 가르치며 매일 똑같이 흘러가는 일상을 바쁘게 지냈다. 숙제처럼 일을 해치우며 하루를 보냈다. 하지만『에너지 버스』를 읽고 나는 쳇바퀴 속 다람쥐가 아닌 내 삶의 운전자임을 깨달았다. 긍정 에너지로 목표를 향해 운전대를 잡는다. 승객들을 사랑하니 어느새 그 사랑이 돌아와 행복을 안겨 주었다. 엄마로서, 교사로서, 나로서 책임감을 느끼고 주체적으로 살아가는 이 시간이 감사하고 행복하다.

나는 내 인생의 특별한 조이쌤이 되었다. 학교에서는 가슴에 품은 아이들과 정겹게 하루를 만들어 간다. 집에서는 사랑하는 쌍둥이의 특별한 엄마가 되었다. 내 인생은 특별한 조이쌤이 된 후, 에너지 버스를 운전하는 주인이 되었다. 독서로 성장하는 특별한 조이쌤은 아이들과 함께 성장하는 중이다.

성장하는 아이들 틈에서 책으로 소통합니다

"미래는 현재 우리가 무엇을 하는가에 달려 있다."

- 마하트마 간디

아이들이 네 살에 접어든 후 소통의 어려움이 시작되었다. 친정엄마 댁에서 저녁 식사를 한 날이었다. 밥을 먹은 후 아이들은 할아버지에게 휴대폰을 받아 20분 정도 만화를 보았다. 평소 아이들은 TV에서 정해진 영상만 볼 수 있다. 이 시간은 아이들의 작은 행복이었다. 하지만 그날 아이들이 고른 만화는 30분이 넘었다. 미리 약속했던 저녁 8시가 훌쩍 지나도 끝나지 않았다. 마지막까지 보고 싶다던 아이는 다 보고 가겠다며 바닥에 누워 떼를 부리기 시작했다.

부글부글 끓어오르는 화를 겨우 누르며 현관문을 열었다. 엄마는 먼저 출발할 테니 너희들은 만화를 다 보고 걸어오라며 휙 돌아서서 나왔다. 난감해하는 친정 부모님과 남편 뒤로 아이들이 울면서 뛰쳐나왔다. 아이들이 겨우 차에 올라타기는 했지만, 집에 도착할 때까지 울음을 멈추지 않았다.

취향에 맞지 않는 록 가수의 콘서트에서 스피커 바로 앞에 앉아 소음을 고스란히 듣는 기분이었다. 마지막에는 화를 참지 못하고 '그만 울어!'라며 소리쳤다.

이후에도 대화는 쉽지 않았다. 아이들은 킥보드를 더 타고 싶은데 집에 가야 할 시간이 되어서 울었다. 엄마와 함께 화장실에 가고 싶은데 혼자 가야 해서 대성통곡을 했다. 나에게는 사소한 작은 일이었다. 하지만 아이들은 원하는 대로 즉시 이루어지지 않으면 울었다. 아직은 어려서 그런 거라고, 지금 시기가 지나가면 좀 더 나아질 거라고 스스로 되뇌었다. 하지만 울음소리는 인내심을 시험했고 그 끝에서 감정이 폭발하곤 했다. 머리로는 이해되는데 가슴이 허락하지 않았다. 삶이 버겁기 시작했다.

울음소리보다 힘들었던 건 아이들에게 화를 내는 나의 모습이었다. 아이가 우는 모습을 계속 보고 있으면 그저 빨리 멈추게 해야 한다는 생각만 떠올랐다. 여러 번 달래도 그치지 않으면 버럭 소리를 질렀다. 아이는 멍하니 나를 바라보기도 했고 오히려 더 강하게 울기도 했다. 화를 내고 나면 기분이 무겁게 가라앉았다. 감정을 조절하지 못했다는 죄책감이 커다란 돌이 되어 마음을 짓눌렀다. 엄마가 처음이라 무엇을 어떻게 조절하는지 알지 못했다. 화를 내는 것 말고는 별다른 방법이 없었다. 마음이 답답할 때 맘 카페에 접속했다. 비슷한 사례를 찾으며 4~5세는 다 그렇다는 위로 아닌 위로를 받으며 애썼다. 하지만 잠시 마음에 위안을 줄 뿐 관계를 개선하는 데는 효과적이지 않았다. 무기력의 늪에 가라앉기 시작했다. 모든 면에서 서투른 엄마였다. 자책이 늘어가니, 삶이 버거워지기 시작했다.

집안일을 마치고 무미건조한 표정으로 휴대전화를 들었다. 평소에는 얼굴을 비추면 화면이 바로 열린다. 하지만 그날따라 카메라는 누워 있던 내 얼굴을 바로 인식하지 못했다. 자세를 바꾸려던 찰나 잠금 화면 속 아이들 사진에 눈길이 갔다. 백화점 카페에서 초코우유를 마시고 있는 모습이었다. 새로 생긴 백화점에 놀러 갔던 날, 아이들은 반짝반짝 빛나는 조명과 장식에 눈을 떼지 못하며 새로운 분위기를 즐겼다. 푸른 나무가 가득한 정원에서 술래잡기 놀이를 하며 신나게 뛰어놀았다. 초승달처럼 한껏 웃고 있는 아이들의 눈에서 행복함이 느껴졌다. 함지박처럼 벌어진 입을 보니 까르르 귀를 한껏 간지럽히던 웃음소리가 생생하게 들렸다. 사랑스러운 아이들의 모습에서 눈을 뗄 수 없었다. '울음밖에 모르는 아이가 아니었구나!' 전해졌다. 햇살처럼 밝은 미소와 웃음을 가진 아이들이었다. 감정 표현에 서툰 엄마로 인해 고생했을 아이들에게 미안했다. 아이들의 잃어버린 웃음을 되찾기로 다짐했다.

휴대전화를 내려놓고 책을 읽기 시작했다. 웨인 다이어 작가의 『인생의 태도』가 눈에 띄었다. 관계를 개선하기 위해 어떤 태도를 지녀야 할까 생각하며 책장을 넘겼다. 찬찬히 읽는 중 한 문장이 내 마음에 울림을 주었다. "뭔가가 우리를 쥐어짤 때, 또는 압박을 받을 때 나오는 건 우리 안에 있는 것입니다." 오렌지를 짜면 오렌지 안에 있던 과즙이 터져 나온다. 아이들과 힘든 소통에서 폭발해 버린 감정은 나의 내면에 존재하고 있었다. 지금껏 아이들이 울기 때문에 화를 낸다고 느꼈다. 평화롭게 지낼 수 있는 시간을 망치고 있다고 생각하면서 환경만 탓했다. 하지만 모든 것은 나의 책임이었다. 화는 아이에게 건네받은 것이 아니라 내 안에 있던 감정이 터진 것이었다. 아이들의 울음으로 '화'의 임계점을 넘지 않도록 스스로 조절하려고 했다. 스스로 책임을 지며 감정을 다스리고 이성적으로 대하려 노력하니, 서서히 주변에 여유가 생기기 시작했다.

돌이켜보면 아이들에게 화를 냈던 날은 내가 일에 지쳐 있던 날이었다. 아이들과 놀고 있는 도중에도 머릿속에는 집에 가서 해야 할 일들이 끊임없이 떠올랐다. 미처 끝내지 못한 업무를 어떻게 할지 고민하고 있었다. 얼른 하루를 마무리하고 자고 싶은데 그럴 수 없어 피곤했다. 시간과 체력에 여유가 없으니 아주 작은 바늘에 풍선이 터지듯 수시로 화가 넘쳤다는 것을 알게 되었다.

알아차린 날부터 감정과 행동에 책임을 지기로 했다. 좋은 컨디션을 유지하기 위해 체력을 관리하기 시작했다. 주말 오후, 아이들의 보챔이 시작되면 잠시 진정되기를 기다렸다가 함께 낮잠을 잤다. 에너지를 다시 채우기 위해서였다. 아이들이 자려고 하지 않으면 남편에게 맡기고 혼자라도 잠들었다. 20분 정도 자고 일어나면 몸이 훨씬 개운해졌고 다시 평화로운 일상을 보낼 수 있었다. 시간을 알차게 사용하기 시작했다. 할 일이 있으면 곧바로 했다. 미뤄둔 일이 없으니 아이들과 노는 시간이 길어져도 부담이 없었다. 아이는 엄마가 자신에게 집중하고 있음을 느끼며 다시 웃기 시작했다. 체력적, 시간적 여유가 생기니 간혹 트러블이 생겨도 아이들의 울음소리보다 내 마음속 소리가 먼저 들려왔다. '어떻게 도와주지? 아이에게 필요한 건 뭘까?' 생각할 수 있는 틈이 생겼다. 아이를 돌보는 방법을 하나씩 실천하니 힘든 상황에서도 빠르게 안정을 되찾았다. 아이들과 다시 웃으면서 즐겁게 소통하게 되었다.

휴대폰를 내려놓고 그 틈을 읽은 책 속의 한 문장으로 채워나갔다. 일상이 달라졌다. 아이 탓을 하는 대신 감정을 깨닫고 책임지기 시작했다. 체력과 시간을 관리하니 아이와 즐겁게 소통할 수 있는 지혜가 생겼다. 앞으로 아이가 자라면서 우리 가족은 또 다른 성장통을 겪을 수 있다. 그때마다 책을 읽으며 필요한 문장을 얻고 아이와 함께 나아가는 방법을 찾아낼 것이다. 초보 엄마는 체력을 키우면서 책에서 만난 멘토들을 나의 일상의 틈새로 채우고 있다.

독서로 성장하며 사랑으로 키웁니다

"행복은 우리가 사랑하고,
우리가 원하는 일에 헌신할 때 자연스럽게 찾아온다."

- 알베르트 슈바이처

퇴근 후 교차로에서 좌회전 신호를 기다리고 있었다. 바쁘게 각자의 길을 가는 자동차들을 바라보던 중 화려한 불빛이 눈에 들어왔다. 시청 건물 위 전광판이었다. 반복되는 정책 광고를 보던 중 보건소 이벤트 안내문이 눈길을 사로잡았다. 정신건강의 날 기념으로 열리는 공모전이었다. 주제는 '일상의 행복을 스스로 만들어 낸 이야기'였다. 신호를 기다리며 나는 어떤 행복을 만들어 냈나 기억을 떠올리기 시작했다. 바로 생각나는 에피소드가 없었다. 이윽고 신호가 바뀌었다. 나중에 생각하기로 하고 집으로 출발했다.

저녁을 먹던 중 퇴근길에 보았던 이벤트가 떠올랐다. 보건소 홈페이지에 들어가 자세히 요강을 읽어 보았다. 일상에서 스스로 행복한 일을 만들어 내며 자존감을 올린 사연을 공모하고 있었다. 사진과 소개 글을 함께 제

출하고 입상작은 선물도 받을 수 있었다. 메타버스 전시관에도 탑재된다고 하니 당선되면 가족에게 정말 좋은 추억이 될 것 같았다. 곧바로 휴대폰 앨범에 들어가 사진을 찾았다. 한참 손가락을 움직이며 사진을 둘러보던 중 눈에 띄는 사진이 있었다.

시댁에서 찍은 첫째 아이의 사진이었다. 시댁 앞마당에는 미니사과나무 한 그루가 있다. '루비에스'라는 이름을 가진 미니사과는 다 커도 크기가 탁구공 하나 정도로 앙증맞다. 추석에 시댁에 방문하니 귀여운 사과가 빨갛게 익어 주렁주렁 달려 있었다. 4살 아이의 작은 손에도 쏙 들어왔다. 아이들은 손에 닿는 사과를 모조리 땄다. 그런데 문제가 생겼다. 50개 넘게 딴 사과를 가져가고 싶은데 담아 갈 마땅한 봉지가 없었다. 얇은 비닐봉지는 손잡이가 없고 아이가 들고 가다 쏟아질 수 있다. 종이 상자는 사과를 담기에 너무 컸다. 이미 차 트렁크는 시댁에서 주신 농산물로 가득 찬 상태였다. 손에 쥘 수 있는 한두 개의 사과만 챙겨야 하나 고민하던 중 아이가 딱 맞는 물건을 발견했다. 바로 창고 한편에 세워둔 계란판이었다. 얼른 가져와 사과를 담아보니 한 칸에 하나씩 쏙쏙 들어갔다. 포기하지 않고 방법을 찾아낸 아이는 사과가 가득 담긴 계란판을 들고 함박웃음을 지었다. '스스로 만들어 낸 행복'에 딱 맞는 사진이었다.

아이의 사진을 올리고 다른 출품작도 둘러보았다. 여러 복지관이나 지자체에서 올린 그룹 사진들이 있었다. 5인 이상 단체전에 응모한 작품들이었다. '5인? 우리 반 애들이 딱 5명인데 그럼 응모할 수 있지 않을까?' 단체전에도 욕심이 났다. 그동안 교실에서 아이들과 함께한 활동들을 떠올리며 앨범에서 사진을 찾기 시작했다. 여름날 아이들과 함께 그린 협동화가 눈에 띄었다. 나는 장애 학생으로 이루어진 특수학급에서 근무하고 있다. 우리 반 아이들은 각자 좋아하는 영역이 다르고 작은 과제에서도 각자 할 수 있는 능력치가 천차만별이다. 협동화는 다른 특성을 가진 아이들이 하나의 작품을 만들 수 있다는 의미를 담아 준비했었다. 단순한 선 긋기만 가능한 아이부터 여러 가지 색을 사용할 수 있는 아이까지 차분히 본인의 몫을 해냈다. 작은 그림 조각들이 모이니 하나의 아름다운 협동화가 완성되었다. 그림의 중간에는 '우리는 하나!'라는 문구가 적혀 있었다. 아이들이 각자 능력을 발휘하며 함께 작품을 완성하고 감상하며 느낀 행복을 떠올리며 단체전 출품도 완료했다.

한 달 후 공모전 결과가 나왔다. 많은 분이 공감 댓글을 달아주신 덕분에, 개인전과 단체전 모두 수상했다. 가족들에게 소식을 알리고 두근거리는 마음으로 선물을 기다렸다. 집에 택배 상자가 도착했다. 실리콘 바구니, 컵, 피크닉 매트였다. 따뜻한 봄날, 선물을 가지고 가족과 함께 소풍 갈 생각에 절로 웃음이 지어졌다. 학교에도 단체전 선물이 도착했다. 책상보다 큰 과자 상자가 두 개나 배송되었다. 푸짐한 과자들을 보며 아이들은 설렘이 가득한 눈빛을 보냈다. 오늘만큼은 아무 제약 없이 좋아하는 과자를 마음껏 먹었다. 그래도 많은 양이 남았다. 집에도 가져가면 좋겠다는 아이디어가 떠올랐다. 각자 좋아하는 과자를 골라 가방에 챙겨 갔다. 학부모님께도 메시지를 드렸다. 아이들이 그린 협동화 작품으로 공모전에 당선되었음을 알리고 가방 안에 입상 선물로 받은 과자가 있음을 말씀드렸다. 아이가 가족들과 함께 맛있는 간식을 나누어 먹고 축하받는 시간을 보내길 바랐다. 학부모들께서 기쁜 마음으로 축하를 해주셨다. 아이들은 학교에서도, 집에서도 행복한 시간을 즐겼다.

육아휴직을 마치고 복직했을 때 엄마이자 교사로서 해야 하는 역할이 무엇인지 갈피를 잡을 수 없어 혼란스러웠다. 매일 집안일을 하고 학교 일을 하면서 그저 사고 없이 하루를 보내는 것에만 충실했다. 하루가 끝나면 무탈했던 시간에 감사하면서도 마음 한구석 허전함이 남아 있었다. 매일 만나는 아이들을 어떻게 도울 수 있을지 궁금했다. 어떤 가치를 위해 무엇을 해야 하는지, 내가 가진 사명을 알고 싶었다. 우연히 마주친 공모전에 응모하고 수상한 덕분에 사명을 생각했다. 가치 있는 삶을 알 수 있는 시간이었다. 아이들의 성장을 돕고, 행복을 찾을 수 있도록 안내하는 여정을 함께 할 때 충만함을 느낀다는 것이었다.

이슬아 작가의 『가녀장의 시대』에서 읽은 한 문장이 떠올랐다. "지구에서 우연히 만난 그들은 무엇보다 좋은 팀이 되고자 한다."이다. 지금껏 단 한 번의 계획 없이 그저 우연과 인연으로 백 명이 넘는 학생들을 만나왔고 앞으로도 수없이 만날 것이다. 아이들에게는 자신만의 반짝이는 아름다움이 있다. 아이들이 자신을 사랑할 수 있도록 기쁨과 행복을 발견하는 방법을 알려주는 엄마이자 교사, 어른이 되고 싶다. 내가 낳은 아이들 그리고 교실에서 만나게 될 아이들과 '좋은 팀'을 꾸리며 함께 만들어 갈 행복한 시간이 기대되는 삶을 만들어 가고 있다.

독서가 인생에 찾아오지 않았다면 내 생애 처음 된 엄마라는 직업이 버거웠을 것이다. 어린 시절 나에게 독서할 수 있게 환경을 만들어 주신 부모님께 이 시간을 통해 "감사합니다." 말씀드리고 싶다. '빅맘 위즈덤 스쿨' 안에서 매일의 감사 일기를 통해 그리고 독서를 통해, 단단한 나를 발견하고는 한다. 책을 만나 감사하다. 독서 없이, 가정과 학교에서 우왕좌왕했던 시절도 있었다. 다행히 현재의 나는 독서로 성장하고 있다. 엄마로 사랑을 배우고 익히게 되었다. 독서 시간을 확보할 수 있도록 협조해 준 남편 도움에 감사한 마음을 담고 싶다. 13년 차 특수교사 초보 엄마의 독서는 가정과 사회에서 단단한 내면 근력을 키우며 희망으로 오늘을 보내고 있다.

특수교사 초보 엄마가 추천하는 책

『살아온 기적 살아갈 기적』

장영희

1 추천하는 이유

일상을 새로운 시각으로 바라볼 수 있도록 시선을 확장해주는 책이다. 평범한 일상이 지루하게 느껴지는 날이 있는가 하면 나에게 주어진 역할이 버겁게 느껴지는 날도 있다. 하지만 지나고 나면 오늘은 다시 돌아올 수 없는 특별한 시간이다. 『살아온 기적 살아갈 기적』은 장영희 교수님의 일상에서 생긴 소소한 에피소드를 담고 있다. 경험에서 의미를 찾으며 조금 더 따뜻하고 넓은 마음으로 하루를 살아가는 방법을 알려준다. 평범한 일상이 세상에서 하나뿐인 이야기가 될 수 있다. 살아왔기에, 살고 있기에, 살아갈 수 있기에 지금 순간은 특별하다는 것을 알려주는 책이다.

2 감상평

특수교사로 10년을 지내왔기에 육아도 거뜬히 해낼 수 있겠지 생각했다. 하지만 실전 육아의 현실은 달랐다. 출근과 육아가 엉키고 일상의 자존감이 무너졌다. 도피처가 필요했을 때 책장에서 발견한 『살아온 기적 살아갈 기적』은 일상의 소중함을 깨닫게 해주었다. 지금은 부모님, 남편, 아이들과 함께 울고 웃으며 서로를 보듬어갈 수 있는 시간 자체가 기적임을 안다. 어떤 어려움이든 지나고 나면 나만의 에피소드가 될 수 있다고, 잠시 한 걸음 물러서 숨을 고르는 시간을 가져보라고 따뜻하게 안아 준 포근한 책이다.

3 이 책을 읽을 때 알아 두면 좋을 팁

장영희 교수님의 에세이로 엮인 『살아온 기적 살아갈 기적』은 다양한 소재를 넘나든다. 강단에서 학생들과 대화하며 느낀 생각과 조언을 알려주기도 하고, 사소한 일상에서 겪은 실수를 스스럼없이 밝히기도 한다. 작고하신 아버지와의 기억을 되새기며 그리워하는 장면은 가슴 한 구석이 아리다는 표현이 떠올랐다. 소아마비로 인해 겪게 된 장애와 투병 생활에서 느낀 점을 공유한 책이다. 좋아하는 언니와 자주 가는 카페에서 커피 한잔을 마시며 서로의 일상을 나누고 울고 웃고, 서로 잘하고 있다며 토닥이는 마음으로 읽어보시길 권하고 싶다.

2장

25년 직장인,
1년 차 초보 사장의 독서

| 강은하 |

“퇴사하고 싶다면 3년간 조금씩 준비한 후 실행해라.”

더는 직장의 노예로 살고 싶지 않았다

"기회는 기다리는 것이 아니라 스스로 만들어 가는 것이다."

– 크리스 그로서

2024년 4월 말, 마지막 회사에서 퇴사했다. 25년간 직장 생활을 하면서 퇴사 이후 삶에 대해 걱정이 많았지만 제대로 준비하지 못했다. 퇴사하고 나니 가계부를 쓰고, 앱테크를 하면서 절약하는 새로운 삶이 시작되었다. 다양한 배움을 통해 현재를 잘 살아가고 있다. 내가 하고 싶은 일을 한다는 말의 의미를 깨닫게 되는 한 해였다.

가장 좋은 점은 아침마다 지옥철을 타지 않아도 되고, 내 삶의 주인이 되어 원하는 일을 할 수 있다는 것이다. 하루하루 나와 가족의 건강에만 신경 쓰며 살고 있다. 사직서를 품고 출근하던 1년 전 나에게 조언을 할 수 있다면, **"퇴사하고 싶다면 3년간 조금씩 준비한 후 실행해라."**라고 말해 주고 싶다.

20년 이상을 직장인으로 살던 어느 월요일 아침, 휴대전화 알람을 끄고 억지로 출근했다. 아침부터 매출 회의가 잡혀 있었다. 발걸음이 무거워졌다. 월요일마다 반복되는 회의 주제는 '올해 매출이 작년보다 좋지 않다. 어떻게 해야 할까?'이다. 누구도 쉽사리 말을 못 꺼내는 적막한 분위기, 한숨이 절로 나온다. 이미 시도할 방법은 다 해보았음에도 계속 아이디어를 내라고 한다. 좋은 방법이 나오지 않으니 결국 팀별로 구체적인 방법을 고민해서 다시 모이기로 했다. 매번 팀원 쥐어짜기로 끝나는 다람쥐 쳇바퀴 돌리는 회의의 결말에 모두가 지쳤다.

'아, 회사를 그만두고 싶다. 퇴사 후에 무슨 일을 할 수 있을까?' 고민이 깊어졌다. 답을 찾기 위해 시간이 날 때마다 유튜브를 보기 시작했다. 부수입 만들기 유튜브에는 '스마트 스토어, 블로그 운영, 주식 투자' 등 내용이 많았다. 귀가 얇아서 들을 때는 다 잘될 것 같은데, 막상 해보면 어려웠다. 이건 이래서 어렵고, 저건 저래서 안 되고……, 머뭇거리다 가장 만만해 보이는 주식 투자를 시작했다. 공부 제대로 안 하고 다른 사람 말만 듣고 시작한 투자는 처음엔 돈을 벌게 해주는 것 같더니 결국 마이너스가 되었다. 2,000만 원 이상 손해 보았다. 돈을 벌어야 하는 시기에 돈을 잃으니 무기력해지고, 퇴사의 꿈이 멀어져 가는 것 같아 속상했다.

〈단희 TV〉 유튜브를 검색하다가 『50대에 도전해서 부자 되는 법』서미숙 저자의 인터뷰를 보게 되었고, 궁금한 마음에 바로 책을 사서 읽었다. 미술

학원 원장을 하다가 그만두고 찜질방 이모를 거쳐 N 잡러로 성공한 이야기다. 50대 저자가 50대에 시작해도 성공할 수 있다고 하니 솔깃했다. '한번 따라 해봐?' 하는 마음이 들었다. 대학 졸업 후 아나운서 면접을 보고 와서 소리 죽여 울던 딸의 눈물 때문에, 부자가 되어야겠다고 결심했다는 내용이 인상 깊었다. 이 눈물이 앞으로 나의 것이 될 수도 있겠다 싶어 뭐라도 시작해야겠다는 생각이 들었다.

이미 늦은 나이라 생각했는데, "50대는 그것이 무엇이든 시작하기에 괜찮은 나이"라는 말에 용기가 생겼다. 처음엔 책만 읽고 따라 해보려고 했지만, 직장 다니면서 혼자 하려니 작심삼일이 되기 일쑤였다. 큰 결심을 하고 유료 커뮤니티에 가입해서 날마다 새벽 기상, 독서, 식비 절약, 가계부 작성 등을 인증하며 생활 습관을 바꿨다. 새벽 다섯 시에 일어나 집 주변 수목원을 산책하며 긍정 확언을 외치고 출근했다. 낯선 온라인 세계에서 부자가 되기 위해 노력하는 사람들과 소통하는 게 신기했다. 긍정의 언어로 다른 사람을 격려하고 일상을 부지런히 인증하며 살아가는 분들이 부러웠다. 무엇보다 날마다 블로그를 열심히 쓰며 '1일 1포' 하는 사람들이 많다는 사실이 놀라웠다. 처음엔 '1일 1포'가 무슨 뜻인지도 몰랐다. '1일 1 포스팅'을 의미하는 것임을 뒤늦게 알았다.

다른 사람들은 새벽에 일찍 일어나서 책을 읽거나 글을 쓴다고 한다. 저녁형 인간이었던 나는 새벽 기상 자체가 힘들었다. 새벽에 일어나 책을 읽다가 다시 이불 속으로 들어가거나 졸기 일쑤였다. 할 수 없이 새벽에 책 읽기를 포기하고, 일어나자마자 주섬주섬 옷을 챙겨 입고 밖으로 나가서 걷기 시작했다. 새벽 5시에 공원에 나와 걷거나 뛰는 사람이 이렇게나 많다는 걸 처음 알았다. 매일 아침 산책을 하다 보니 개나리, 철쭉, 라일락 꽃을 보며 계절을 느낄 수 있었고, 중얼중얼 긍정 확언도 할 수 있어서 좋았다. '첫째 아이가 서울예대에 입학했다.' 하고 아침마다 중얼거렸는데, 몇 번의 재수 끝에 정말로 원하던 대학에 합격했다. 긍정 확언의 힘을 믿게 된 계기였다.

블로그 쓰기도 처음 도전했다. 블로그 방을 만들고 커뮤니티에서 들은 강의 후기부터 올리기 시작했다. 처음엔 사진 올리는 법, 섬네일 만드는 법도 잘 몰랐다. 커뮤니티에서 먼저 시작한 선배들의 강의를 듣고 따라 하니 어느새 블로거가 되었다. 글을 쓰며 비슷한 고민을 하는 사람들과 소통하다 보니 새로운 세계가 열렸다. 나보다 조금 앞서간 사람들의 경험을 보고 배우는 것이 큰 동기부여가 되었다.

퇴사는 끝이 아니라 시작이었다. 지금부터 나의 인생을 수동적으로 살지 않기로 했다. 책 읽으며, 글 쓰고, 내가 원하는 방향으로 삶을 디자인하고 있다. 완벽한 준비란 없다. 하지만 용기를 내어 한 걸음 나아가면 다른 길이 만들어진다. 실패해도 괜찮다. 배웠고, 성장했다면, 그 자체로 의미가 있다. 그 길의 끝에, 더 단단해진 내가 있을 것이다.

독서를 통해 흔들리고 방황하던 과거의 나를 보기도 했다. 하지만, 1년 사이 나는 단단해졌다. 새 출발을 과감히 선택했다. 책은 우리를 단련시키는 최고의 도구라는 것을 알게 되었다. 더는 직장의 노예로 살고 싶지 않은 많은 사람에게 딱 3년만 독서와 함께 성장하는 시간을 만들어 보시길 권하고 싶다.

퇴사 후 책 읽고 성장합니다

"당신이 원하는 미래를 상상하고, 그것을 향해 걸어가라."

- 월트 디즈니

2023년 11월 회사의 분위기가 심상치 않게 돌아가고 있었다. 2023년 초에 타 회사에 매각되었는데, 공정위 심사가 미뤄지고 있었다. 사원 중에는 빨리 절차가 진행되어 분위기가 안정되기를 원하는 사람도 있었고, 합병이 늦게 되기를 바라는 사람도 있었다. 1년째 불안한 분위기 속에서 회사 생활을 하니 무기력해지는 날이 많았다. 몇 달 전부터 매출이 부진한 부서를 구조 조정한다는 소식이 들려왔다. 출판 사업팀에서도 상대적으로 매출이 부진한 어학사업부의 신간 출간을 중단하는 방향으로 결정했다. 영어, 중국어, 일본어책은 신간을 내지 못하고 '중쇄' 관리만 하게 되었다. 남아 있는 인원을 다른 부서로 발령시켰다. 중국어 담당이었던 나는 중국어, 일본어 관리를 하면서 행정법 수험서의 파트장을 맡게 되었다.

2024년에 내 자리가 어떻게 될지 아무도 예측할 수 없었다. 그저 막연하게 퇴사의 순간을 염려하기만 했다. 구체적으로 준비를 하지 못한 상태로 새해를 맞이하기 전 12월을 잘 보내야겠다는 간절한 생각이 들었다. 마침 커뮤니티 안에서 '이기는 2024 프로젝트' 챌린지 모집을 하고 있어서 손을 번쩍 들었다. 12월 한 달 동안 날마다 『보도 섀퍼의 이기는 습관』을 한 꼭지씩 읽으며 '본깨적'을 해야 했다. '본깨적(보고, 깨닫고, 적용하기)'이 뭔지도 몰랐지만 무조건 하겠다고 덤벼들었다.

직장에 다니면서 매일 한 꼭지를 읽고 블로그에 글을 올리는 게 쉽지 않았다. 책 읽는 데 30분, 글 쓰는 데 1시간, 섬네일 만드는 데 30분씩 걸렸다. 날마다 블로그 글을 발행하기 위해 나와 싸워야 했다. 신기하게도 날이 지날수록 책 내용에 빠져들게 되고 이기는 습관 하나마다 경험에 비추어 긴 글을 쓰게 되는 날도 많아졌다. 1억 넘게 사기당한 경험, 아버지가 교통사고로 돌아가신 이야기 등을 쓰며 위로를 받기도 했다. 한 달 30일 내내 책을 읽고 글을 쓰는 게 쉽지 않았다. 날마다 밤 12시 전에 간신히 블로그 포스팅을 완료해서 30일을 채우고 나니, 신기하게도 무엇이든 할 수 있겠다는 자신감이 생겼다. 한 달 동안 해온 '본깨적'을 그만두기 아쉬웠다.

2024년에도 계속 이어가면 좋겠다고 생각하던 차에 우연히 '본깨적'을 적극적으로 하는 '북테라피' 프로그램을 알게 되었다. 마침 1월부터 입문반을 모집한다는 소식을 듣고 2024년은 '북테라피'와 함께 시작하게 되었다. '북테라피' 입문반은 3개월 과정으로 운영되었는데, 매일 감사 일기를 쓰고, 매월 2권에서 3권의 추천 책을 읽고 기록으로 남기는 것이 원칙이었다. 첫 번째로 추천받은 책은 존 고든의 『에너지 버스』였다. **"당신 버스의 운전사는 당신 자신이다."**라는 말이 도전처럼 다가왔다. 더는 회사에 끌려다니지 않고 스스로 운전대를 잡고 싶어졌다. 회사에서는 구조조정을 위해 희망퇴직 신청을 받고 있었다. 얼마나 더 다닐 수 있을지 보장도 없고, 방향성을 잃은 회사는 직원들에게 희망을 주지 못했다. 수동적으로 살아가지 않기 위해, 진짜 원하는 걸 해보고자 과감하게 퇴사를 결정했다.

퇴사하고 나서 무엇을 할지 아무것도 정해진 게 없었지만, 책 읽으며 생각하기로 했다. 날마다 책을 읽고 '본깨적' 했다. '나다운' 것이 무엇인지 계속 생각하였다. 월급 받는 대신 시간을 볼모로 잡히는 생활로 돌아가긴 싫었다. 고명환의 『나는 어떻게 삶의 해답을 찾는가』를 읽으며 무엇을 하든 사장이 되어야겠다는 생각이 들었다. 하지만 수중에 돈이 별로 없었다. 최소한의 자본으로 창업할 수 있는 사업을 찾아야 했다. 한 달에 100만 원이라도 월급처럼 꼬박꼬박 통장에 들어오는 수입이 필요했다. 소자본 창업으로 만만해 보이는 것이 에어비앤비 숙박업 사업이었다. 오피스텔을 월세로 임대해서 에어비앤비 사업을 하는 게 가성비가 가장 좋은데, 불법이라는 걸 알게 되었다. 이왕이면 합법으로 해보자고 비싼 강의료를 내고 전문가의 수업을 들었다. 수업 듣는 기간 동안 좋은 물건을 찾기 위해 구로구, 영등포구를 샅샅이 뒤지고 다녔다.

월셋집을 임대하려고 부동산을 돌아다니다 보니 에어비앤비의 허들이 상당히 높았다. 에어비앤비는 원래 거주자가 남는 방을 대여하는 개념이어서 월세를 계약할 경우 계약자의 거주지를 그곳으로 옮겨야 한다. 민원 방지를 위해 사전에 집주인에게 에어비앤비 사업자를 낼 거라고 이야기하고 계약할 집의 상, 하, 좌, 우에 사는 이웃의 동의서도 받아야 한다. 서울의 구마다 연식 제한이 있어서 30년 이상 된 집은 허가가 안 나오는 경우도 종종 있었다.

부동산에 들어가서 에어비앤비 가능한 월세 임대 물건 있느냐고 물어보면 고개부터 절레절레 흔드는 사장님들이 많았다. 에어비앤비 얘기를 꺼내면 집도 안 보여주는 경우가 많아서 집 먼저 보고 나중에 말씀드렸다 퇴짜 맞을 때도 있었다. 간혹 에어비앤비에 대한 편견 없이, 적극적으로 알아봐 주시는 분도 있었다. 하지만 집주인을 설득하기에는 역부족이었다. 아파트는 주변 거주자들의 동의를 다 받기 어려워 주로 빌라를 공략해야 한다. 빌라는 오래된 집들이 많고, 임대인이 대부분 연세 많으신 분들이라 귀찮은 걸 싫어하고 외국인들이 드나드는 걸 꺼리는 경우가 많아서 계약이 번번이 불발되었다. 임대인이 어렵게 허락해도, 당연히 해줘야 할 도배 장판, 욕실 공사 등을 임차인에게 미루는 바람에 창업비가 커지는 리스크가 생기기도 한다. 두 달 남짓 돌아다니다 한 번은 가계약금까지 지불했는데, 주인의 변심으로 계약이 무산되었다. 적당한 입지를 찾지 못해서 괴로웠다.

'아, 이렇게 포기하게 되는가.' 그러기엔 쏟아부은 시간이 너무 아까웠다. 에어비앤비 임대 물건을 찾지 못하고 낙담해 있을 때 '무인 아이스크림 창업' 2기 수업이 열리는 걸 알게 되었다. 처음엔 에어비앤비를 포기하는 게 싫어서 망설여졌다. 하지만 '무인 아이스크림 창업(이하 '무아')'은 어떤 매력이 있는지 궁금증이 일어 뒤늦게 수업을 신청해서 들었다. 강의를 들어보니 무아 창업 비용이 에어비앤비보다 더 적을 것 같았다. 입지 찾는 것도 덜 어려울 것 같다는 생각이 들었다. 그때부터는 무아 임대를 위해 상가를 뒤지기 시작했다. 5월, 6월엔 에어비앤비를 찾으러 다녔고 7월, 8월엔 무아 상가를 찾느라 매일 만 보씩 걷는 일상이 계속되었다.

날마다 책을 보니 해답이 조금씩 보이기 시작했다. 책 읽으며 '사장 되기'를 결심했다. 책 읽고 적용할 점 기록하다 보니 만나는 세상이 달라졌다. 날마다 책과 소통하며 새로 배우고 익히는 시간을 통해 성장해 가고 있다. 독서와 좋은 사람들과 함께하는 커뮤니티에 있으니, 나의 삶에 원동력이 되었다. 커뮤니티 안에서 성취하는 사람들과 함께 꿈의 언어를 이야기했다. 사장을 꿈꾸던 나는 이제 사장이 될 것이다.

아침마다 확언했다. 책 읽고 한 문장을 찾아서 기록했다. 그리고 그 문장을 종일 생각했다. **'나는 2024년 사장이 되었다.'** 오늘의 외침이 나의 내면 근력을 단단하게 만들어 주었다. 새 출발의 기대로 독서와 함께하는 삶은 날마다 희망의 메시지를 선물했다.

초보 사장의 시작

"모든 위대한 변화는 스스로를 믿는 작은 결정에서 시작된다."

– 로이 T. 베넷

에어비앤비나 무아 창업의 핵심은 부동산 입지였다. 좋은 입지에서 가게를 개점해야 고객들이 많이 찾아오고 매출이 보장되기 때문이다. 처음 상가를 돌아다닐 때는 어떤 곳이 좋은 입지인지 잘 알지 못했다. 팔아다이스 가맹점주가 강조하는 무아 창업 입지의 조건은 집에서 가깝고, 월세가 낮고(월세가 비싼 아파트 상가 제외), 배후 세대가 800세대는 있어야 한다는 조건을 이야기해 주었다.

네이버 지도를 보면서 우리 집을 중심으로 원을 그려보고 가까운 곳부터 구획을 정해 날마다 한 구역씩 돌아다니며 부동산을 방문했다. 부동산 사장님께 무아 상가 자리를 찾는다고 하면 반응이 미지근한 경우가 많았다. 보증금 1,000만 원에 월세 60만 원 이하, 권리금 없는 상가를 찾고 있다고 말씀드리면 그런 상가 나온 곳이 없다고 딱 자르시는 분도 많았다. 그런 부동산 사장님을 만나는 날은 다리에 힘이 풀리고 의욕이 꺾이곤 했지만, 그런 날일수록 더 많은 부동산에 들어가려고 노력했다. 다행히 여사장님들 중에는 무아 자리에 관심을 가지고 이곳저곳 상가를 보여주시는 분들도 계셔서 함께 돌아보며 상가 보는 눈을 키울 수 있었다.

무아 입지를 찾으면서 보니 괜찮다고 생각되는 입지엔 이미 무아 매장이 하나씩 자리 잡고 있었다. 세상엔 안목이 높고 부지런한 사람들이 많다는 걸 실감하게 되었다. 집에서 걸어갈 수 있는 거리 내에서 좋은 무아 입지를 찾기 어려웠다. 근처 빌라촌은 세대수가 적고 노인 인구가 상대적으로 많은 데다 상가의 월세가 높아서 적당하지 않았다. 집에서 한두 정거장 버스 타고 갈 수 있는 거리로 영역을 확대했다. 오류동, 역곡동을 찾아다니다 개봉3동, 광명동까지 넓히게 되었다. 무아 상가를 찾아다니다 보면 부동산 사장들이 무아 양도 물건을 먼저 소개해 주셨다. 처음엔 더 쉽게 개업할 수 있을 것 같아 관심을 가지고 검토해 보았다. 최종적으로 권리금이 비싸서 창업 비용이 더 든다는 결론이 나왔다. 매출을 분석하다 보면 이 가게가 왜 장사가 안되는지 이해가 되었다. 한 달 동안 부동산에서 소개받은 입지 20여 곳의 주소를 가맹점주에게 보냈고, 계속 거절을 당했다. 왜 안 되는지 피드백을 듣다 보니 저절로 매물 분석하는 힘이 생겼다. 정말 좋은 입지 한 곳을 찾는 게 중요했기에 거절을 당해도 기분 나쁘지 않았다. 다만 힘이 들었다.

2024년 여름은 유난히 뜨거웠다. 기온이 37도를 웃돌아 모자나 양산을 안 쓰고 나가면 두통과 구토가 올 정도였다. 오전에 다른 일들을 보다가 4시쯤 되면 산책 겸 임장(부동산 입지 견학)했다. 미리 생각해 둔 지역까지 버스를 타고 이동한 후 근처에 무아 매장이 몇 개나 되는지 파악했다. 동네를 한 바퀴 걸어보고 부동산에 들어갔다. 무아 매장 가능한 가게가 있는지 물어본 후 괜찮은 곳이 있다고 하면 사장님과 함께 둘러보고 주소를 메모했다. 사장님들이 추천하는 입지와 내가 찾는 입지가 다른 경우가 많으므로 상권을 꼼꼼히 점검해야 했다. 사장님들은 도로변에 있는 유동성이 많은 상가를 추천하지만 내가 찾는 상가는 골목 초입에 있는 곳이었다. 주변에 마트나 편의점이 없으면 더 좋다. 무엇보다 최대 경쟁점인 다른 무아 매장과 100m 이상 떨어진 곳이어야 하는데, 이 입지를 찾기가 생각보다 어려웠다. '아, 에어비앤비에 이어 무아 입지도 못 찾는 건가.' 포기하게 될까 봐 두려웠다. 입지를 찾고 있는 사이에 어느새 '팔아다이스' 5호점을 오픈했다는 소식이 들려왔다. 5호점 점주가 얼마나 힘들게, 얼마나 간절한 마음으로 입지를 찾아다녔는지 잘 알기에 더 힘을 내야겠다는 의지가 샘솟았다.

"은하 님, 여기 입지 괜찮은 것 같아요." 드디어 처음으로 가맹점주의 오케이 사인이 떨어졌다. 가슴이 두근거렸다. 개봉동에 있는 한 초등학교 근처였다. 큰길에서 조금 들어와 빌라촌으로 들어가는 입구 초입에 있어서 입지가 괜찮아 보였다. 원래 설비 매장이었는데 비어 있는 곳이었다. 조금 낡기는 했지만, 권리금도 없고 월세도 60만 원이라 괜찮았다. 다음 날 가맹점주가 직접 와서 보기로 했는데, 그날 하늘에 구멍이라도 뚫린 듯 소나기가 세차게 쏟아졌다. 가맹점주는 옷이 다 젖는데도 우산을 들고 나보다 더 열심히 동네를 돌아다니며 다른 무아 매장의 가격을 살펴보고 우리가 찾은 입지의 매출이 얼마나 될지 예측해 주었다. 큰 욕심을 부리지 않으면 괜찮을 거라고 했다. 드디어 계약의 순간이 오는 것인가. 저녁에 유동 인구를 살펴보고 결정하기로 했다. 오후 6시부터 9시까지 가게 앞에 앉아서 지나다니는 사람 수를 기록했다. 3시간 동안 350명 정도의 사람들이 지나다녔다. 다른 곳은 1,000명까지 나오는 곳도 있다고 들었는데 조금 적은 것 같았다. 하나 더 마음에 걸리는 것은 몇 년 후 개발 예정 상태여서 5, 6년 후에는 그만둬야 할 수도 있다는 것이었다. 바로 결정을 내리기 어려웠다. 입지 특성상 즉시 계약될 위험은 적은 것 같아서 조금 더 생각해보기로 했다. 일단 후보지 한 군데는 확보했으니, 마음이 가벼웠다. 상가 주변을 다시 살펴보기 시작했다. 근처 부동산마다 들어가 전화번호를 남겨두었다. 큰 기대는 하지 않았고 찍어놓은 입지에 대한 신뢰도를 높이고자 하는 마음이 더 컸다.

"무아 매장 괜찮은 곳이 있는데 한번 보실래요?" 전화번호를 남겨두었던 부동산에서 연락이 왔다. 사장님을 따라 상가를 보러 간 곳은 개봉3동 건너편에 있는 광명동이었다. 두 군데를 보여주셨는데, 한 곳은 초등학교, 중학교 주변이지만, 길목 초입이 아닌 중간쯤에 있어서 접근성이 좋지 않았다. 다른 한 곳은 대로변에 있는 복층 공간이어서 무아 매장에 어울리지 않았다. 부동산 사장님과 돌아가는 길에 '저기쯤에 상가가 있으면 좋지 않을까요?'라는 이야기를 나눴다. 다음 날 사장님께 연락이 와서 어제 이야기한 자리 근처에 월세가 하나 나와서 보여주신다고 했다. 직접 가서 확인해 보니 지물포 자리였고 바로 앞에 편의점이 있었다. 혹시나 하고 가맹점주에게 주소를 전달했는데, 여기도 괜찮아 보인다는 긍정적인 답변을 받았다. 다음 날 가맹점주가 다시 달려왔고 그 주변을 샅샅이 훑었다. 학교 주변과 큰길 주변에 무아 매장이 하나씩 있지만, 같은 상권이 아니라 괜찮다고 했다. 문제는 아파트 상가 안에 있는 무아 매장이었다. 오래된 아파트 상가라 드나드는 사람이 많지 않았다. 상가 안으로 들어가는 것보다 밖에서 사 먹는 사람이 많을 것이고, 상가는 밤 11시에 문을 닫기 때문에 우리 매장과는 경쟁이 안 된다는 판단 아래 계약을 결정했다. 월세는 60만 원이었지만, 보증금이 2,000만 원으로 다소 높았다. 수많은 부동산을 드나들며 광명동은 계속 새 아파트가 들어서고 있어 이 정도 가격의 상가도 찾기 힘들다는 것을 이미 체험했기에 계약을 망설일 이유가 없었다. 집주인에게 연락하니 현재 세입자에게 최소 한 달 반의 이사 기간을 주어야 한다고 했다. 9월 15일까지 이사하는 조건으로 계약을 진행했다.

'8월 말까지 공사 완료하고 9월 1일에 오픈한다.' 계약한 다음 날부터 이렇게 시각화했다. 아이스크림 가게의 특성상 조금이라도 더울 때 가게를 개점하는 게 중요했다. 블로그에 쓰고 날마다 시각화하던 중에 살고 있던 세입자로부터 8월 19일까지 가게를 비워 주겠다는 전화를 받았다. 시각화가 이루어지는 순간이었다. 가슴이 쿵쾅쿵쾅 뛰었고, 팔아다이스 7호점을 오픈했다. 25년 직장 생활했던 내가 자영업을 시작하는 게 쉽지 않았다. 막상 선택을 앞두고, 맞는 길인지 밤마다 고민이 되었다. 포기라는 단어를 수없이 떠올렸다 접었다. 이 마음을 가라앉히는 것이 독서다. 책은 우리에게 정답은 주지 않지만, 묘한 끌어당김이 나에게 적당한 해답을 주기 때문이다.

오승하의 『희망의 트랙 위에 다시 서다』를 읽으며 "모든 성공에는 작은 시작점이 있다."는 말에 힘을 얻었다. 내 시작점은 무엇일까. 회사 노예가 싫어 스스로 사장의 길을 선택하기로 했다. 지금 선택을 옳게 만드는 과정이 필요하다는 것을 깨달았다. 그 당시 나의 블로그 글에는 무아 입지를 찾아다닐 때 날마다 책을 읽고 쓰며, 마음을 단련했던 성장 과정이 그대로 남겨져 있다. 직장 생활을 과감히 접고 초보 사장을 택한 힘은 바로 독서였다. 아침에 감사 일기를 쓰고, 오후에 만 보 가까이 걸어 다니고 돌아와 저녁에 무거운 눈을 겨우 뜨며 밤 12시 전에 블로그를 발행하는 루틴이 당시 나를 버티게 해준 원동력이었다.

책은 우리 삶의 방향을 안내해 줄 뿐만 아니라 동반자 역할을 한다. 독서하지 않으면 그가 보는 세계는 한계가 있다. 책 읽고 다양한 마인드를 배우고 익힌다. 책을 읽는 사람이 반드시 성공하는 건 아니지만, 성공한 사람들은 대부분 책을 읽었다는 마인드를 배우게 되었다. 독서는 성공으로 가는 원동력이 된다.

드디어 사장이 되었다

"오늘 읽은 책 한 권이 내일의 나를 만든다."

- 마거릿 풀러

"사장님, 여기 물건이 다른 데보다 싸요."

"사장님, 여기 진짜 좋아요. 인기 있는 간식도 있어 감사해요!"

무인 아이스크림 가게에 들어오는 입구 유리 벽에 고객들이 붙여 놓은 포스트잇의 내용이다. 메모를 보고 있으면 어느 사이 빙그레 웃음 짓는 자신을 발견한다. 열심히 고객이 원하는 물건을 찾고 들여놓는 걸 알아주는 고객들이 있어서 행복하다. 다른 사람들이 퇴근할 무렵 6시쯤 가게에 와서 빈 물건들을 채우고 정리했다. 그리고 남편이 퇴근하면 함께 마무리하고 집으로 돌아오는 게 일상이 되었다. 온라인 도매 몰에서 주문한 물건이 도착하거나 오프라인 도매 몰에 다녀온 날에는 시간에 맞춰 가게에 와서 정리하기도 한다.

2024년 8월 27일에 개업했다. '나는 2025년 사장 된다.'라는 확언을 외치고 매일 감사 일기를 쓰고, 무의식을 긍정적으로 바꾸고 생활한 지, 8개월의 시간이 흘러 무인 아이스크림 점주가 되었다. 무아 계약을 하고 세입자가 이사한 후 개업하기까지 딱 8일이 걸렸다. 원래 하던 지물포에선 주방 공간을 분리해 커튼을 쳐놓고 창고로 쓰고 있었고, 그전 식당의 기름때가 그대로 방치되어 있었다. 우리는 이 공간까지 다 써야 했기에 이틀 정도 시간을 두고 갖가지 청소 세제를 사와 벽에 뿌리고 기름때를 제거했다. 사업자 등록증을 신청하고 다음 날 전기 공사와 간판 공사를 진행했다. 무아에는 7~8대의 냉동고가 들어가기 때문에 8~10KW의 전기 사용량이 필요하다. 일반적으로 상가는 5KW가 기본인데, 전 주인이 3KW로 전기 사용량을 낮춰놓은 상태라 8KW까지 승압하는 공사를 진행했다. 창업비 중에 가장 큰 비용이 들어가는 게 전기 공사이다. 전기 공사는 이틀이 걸렸고, 핑크빛 간판까지 설치되니 진짜 내 가게가 생긴 것 같았다. 전기 공사와 간판 공사를 지켜보며 음료수를 사다 나르고 밤에는 인터넷 도매 몰에 회원가입을 하고 가맹점주가 전달해 준 물건 목록대로 주문을 넣었다. 세상에 그렇게 많은 과자 종류가 있다는 걸 처음 알았다. 그야말로 신세계였다. 사장이 되어 간다는 것은 설렘의 연속이구나 생각했다.

다음 날부터 배달 온 과자 상자들이 가게에 쌓이기 시작했다. 키오스크, 진열대, CCTV 주문을 하고 인터넷 설치도 완료하였다. 가게에 필요한 자질구레한 비닐봉지, 키오스크 옆 사탕 진열에 필요한 수납 용품 등도 주문

완료했다. 날마다 주문하느라 정신이 없었다. 드디어 8월 26일 오전에 진열대가 먼저 설치되었다. 그날은 내 생애 최고로 바쁜 날이었다. 시흥 점주와 커뮤니티 리더가 응원을 와 주었다. 가맹점주의 지휘에 따라 과자들이 착착 정리되는 걸 보니 마술을 보는 듯 신기했다. 오후에는 여동생과 큰딸 친구 엄마가 도와주러 왔다. 오후엔 7대의 냉동고가 들어왔다. 아이스크림 회사에서 남자 6분이 오셔서 냉동고를 나르고 아이스크림을 착착 정리해 주시는 모습이 예술이었다. 가맹점주의 배려 덕분에 새 냉동고를 5개나 배정받을 수 있었고 아이스크림 서비스도 받을 수 있었다. 이렇게 첫 가게가 완벽한 모습을 갖추게 되었다. 냉동고까지 들여놓으니 지나가던 사람들이 기웃거렸고, 키오스크가 설치되자마자 첫 개시를 할 수 있었다.

8월 27일에 드디어 오픈했다. 초보 사장에게는 무아 개업 후 펼쳐지는 하루하루가 신기했다. 매장이 시원해서 좋다며 기분 좋게 들어와 쇼핑하는 고객들을 보면 기분이 좋아졌다. 일주일 동안 계속해서 매장에 나가 있다 보니 날마다 찾아오는 초등학생 손님들과도 친해지게 되었다. 아이들이 구김이 없고, 스스럼없이 말도 참 잘했다. 이 동네가 아직은 낯선 나에게 정을 주는 꼬마 손님들이 참 반갑고 고마웠다.

초보 사장이 된 지 6개월 되었다. 초보 사장의 일주일은 바쁘다. 1, 2주에 한 번 오프라인 도매 몰에 가서 장을 본다. 열심히 재고를 체크해 장을 보러 가고, 돌아와 정리하다 보면 어떤 물건은 더 많이 사 오기도 하고 어떤 물건은 미처 체크를 못해 비어 있다. 오프라인에서 빠뜨리거나 온라인 도매 몰에서만 판매하는 인기 상품은 온라인으로 따로 주문한다. 물건별로 가장 싼 곳을 파악해서 배송비가 안 붙는 곳은 낱개로 주문하기도 한다. 처음엔 이 모든 게 낯설고 어려웠다. 다행히 이제는 과자 이름을 거의 다 외울 정도가 되었다.

익숙해진 일들이 있을 무렵 다양한 일들도 많이 일어난다. 기억에 남는 경험으로 4가지 정도가 있다. 첫 번째, 키오스크 안에 잔돈을 채우고 현금을 정기적으로 빼 주어야 하는데, 개업 후 1주일 동안 키오스크 열 생각을 못했다. 주일에 교회에서 예배드리고 있는데, '천 원어치를 사고 만 원을 넣었는데, 잔돈이 안 나온다.'라는 문자가 왔다. 당황하여 문자 주신 분에게 죄송하다는 말씀 먼저 드리고, 계좌번호를 전달받아 잔돈을 송금해 드렸다. 1,000원짜리 잔돈이 부족한 것 같아 가게에 가기 전 편의점마다 들러서 만 원으로 500원짜리 젤리를 사고 잔돈을 모았다. 은행도 안 여는 일요일이라 이 잔돈으로 하루를 버틸 수 있을지 걱정되었다. 다행히 키오스크를 열어보니 고객들이 넣은 천 원짜리가 쌓여 있어서 잔돈을 채울 수 있었다. 초보 사장이 겪은 첫 번째 경험이었다.

두 번째 경험은 아이스크림 에어 간판을 설치한 지 거의 하루 만에 민원으로 인해 철거한 것이었다. 민원 복장을 한 분들이 가게에 오더니 에어 간판 설치 자체가 불법이라고 철거해야 한다고 하셨다. 다른 매장은 1년 내내 세워두어도 민원이 없는데, 여기는 설치 자체가 불법이라니 어이가 없었지만 철거하는 수밖에 없었다.

세 번째 경험은 민원 전화였다. 매장 맞은편 빌라에 사시는 주민이었는데 우리 가게 간판 불빛이 너무 밝아 새벽에 잠을 못 주무신다고 하셨다. 24시간 영업하는 무인 아이스크림 가게라 간판 불도 24시간 켜 두어야 하는데, 주민이 불편하다 하시니 밤 12시 반에 간판 불을 끄는 것으로 조율하였다.

네 번째 경험은 토요일 새벽 취객들의 방문이었다. 새벽 한 시 반쯤 잠자기 전에 가게 CCTV를 점검하는데, 성인 남성 두 분이 계산을 안 하고 물건을 들고 나가는 모습이 보였다. 무슨 일인가 싶어 CCTV를 돌려 봤더니 두 분이 한 시간쯤 가게 안의 냉동고에 앉아 아이스크림과 간식들을 드시며 가게를 어지럽힌 후 주섬주섬 물건을 챙겨 나가시는 것이었다. 놀란 마음에 새벽 2시에 남편을 깨워 가게에 나가 보니 난장판이 되어 있어 바로 경찰에 신고했다. 경찰이 출동해서 사건 전체 과정을 물어보고 가셨다. 가게 청소를 다 하고 새벽 5시가 되어서야 집에 돌아왔다. 다음 날 오후 1시쯤 되어 남성분에게 전화가 걸려왔다. 어제 가게에 왔다가 뽑기를 했고 1등 상품이 당첨되어 과자를 들고 왔는데, 뽑기 결제를 안 했다고 하셨다. 술김에 결제도 안 하고 뽑기를 한 후 1등 상품인 3만 원 상당의 과자만 챙겨 가신 것이었다. 두 분이 문자로 깍듯하게 사과하고 변상하겠다고 하셔서 다음 날 경찰서에 고소 취하를 요청했다. 그분들의 처분을 바라지 않는다는 합의서를 써 주고, 사건이 조용히 해결되었다. 사장이 된다는 것은 다양한 경험도 겸허히 느끼는 시간이 필요하다는 것을 알게 되었다.

무아 창업 초기에 우노 다카시 『장사의 신』을 읽으며 "시대를 불문하고 살아남는 가게는 실질적인 의미에서 손님에게 이득을 주는 가게"라는 말에 공감하여 가게의 서비스 품목을 늘렸다. 젤리 바구니를 만들어 가게에 오시는 모든 손님이 하나씩 드실 수 있도록 날마다 젤리를 꽉 채워 놓았다. 사장이 가게에 있을 때 만 원 이상 사 가시는 분께는 600원짜리 바 아이스크림을 서비스로 드린다. 구매하시는 가격의 1%씩 적립 서비스도 해드리고, 1만 원 이상 구매 영수증을 남겨주신 분 중 추첨하여 행운상, 아차상 선물 증정 이벤트도 계속하고 있다. 퇴사 후 무아 창업으로 파이프라인 하나를 갖게 되었다.

지금 이렇게 적어 보니, 2024년을 정신없이 보냈다. 과정에서 다양한 사람을 만났고, 내가 모르는 세상을 만나게 되었다. 매 순간 흔들리는 멘탈을 붙잡아야 했다. 포기하고 싶은 순간들의 연속이었다. 직장이라는 안전한 울타리를 나와 모든 선택을 스스로 해야 한다는 부담감은 상당히 컸다. 독서가 없었다면, 25년 직장 퇴사 후, 사장이라는 길을 걸을 수 있을까 매 순간 고민하면서 마음을 바로잡을 수 있었다. 혼자는 힘들었다. 그래서 독서 커뮤니티를 선택했고, 다행히 함께 성장하는 사람들 틈에서 멘탈을 잡을 수 있었다. 퇴사를 고민하는 사람들에게 책 읽는 것을 추천하고 싶다. 책 읽으면서 제2의 인생을 새롭게 시작할 용기를 얻을 수 있다. 아는 만큼 보이고, 보이는 만큼 실행할 수 있는 세상이었다. 독서를 통해 다양한 시선을 선물 받고, 소통하며 나의 경험을 글로 담아 선한 영향력을 나누고 싶다. 함께 성장하는 커뮤니티에 감사하다.

25년 직장인, 1년 차 초보 사장이 추천하는 책

『보도 섀퍼의 이기는 습관』

보도 섀퍼

1 추천하는 이유

사람은 누구나 위너의 삶을 살 권리가 있다. 이 책에서 자신의 내면에 귀 기울여 탁월한 성공과 지혜로운 삶을 얻은 사람들의 경이로운 습관 31가지를 소개하고 있다. 승리하는 삶을 대하는 생각, 행동, 습관을 깊이 들여다보고 실행하면, 당신도 위너의 자격을 갖출 수 있다.

2 감상평

책에 소개된 서른 개의 습관을 목차에서 처음 볼 때는 이미 다 알고 있는 내용처럼 느껴졌다. 하지만 한 챕터씩 내용을 읽다 보면 하나도 가벼운 것이 없음을 알게 되었다. 이미 알고 있는 내용이라도 어떻게 자신의 습관으로 만들어 위너가 될 수 있는지가 가장 중요하다. 이 책을 날마다 한 챕터씩 읽었다. 그리고 블로그에 내용을 기록하고 적용점을 생각했다. 한 달 동안 내 삶과 나의 습관들을 되짚어 보며 이기는 습관을 장착할 수 있었다. 한 번 읽을 때 10가지 습관만 내 것으로 만들어도 성공이다. 보도 섀퍼는 책을 쓰는 동안 4,000권의 책을 읽고, 세상에서 가장 지혜롭고 부유한 사람 200명을 만났다고 했다. 한 권의 책을 통해 수많은 위너들의 성공 습관을 만날 수 있다는 건 참으로 멋진 일이다.

3 이 책을 읽을 때 알아 두면 좋을 팁

이 책은 되도록 천천히 읽으면 좋겠다. 한 챕터, 한 챕터 천천히 읽으며 본인의 상황에 맞추고 실전 연습을 통해 자기만의 습관을 완성하는 게 좋다. 한 챕터 읽을 때마다 블로그 글로 정리해 보길 권하고 싶다.

3장

그림으로 마음 잇는 미술 치료사의 독서

| 남윤희 |

"책을 읽을 때마다 새로운 세포가 생긴다.
책은 관점을 재구성하고 경험을 재구성하며,
심지어 삶을 재창조할 수 있는 도구다."

마음 잇는 책을 만났다

"남들과 같아질 필요는 없다.
나다움을 잃지 않는 것이야말로 가장 큰 용기다."

- 앤디 워홀

처음 새벽 기상했던 날이 생각난다. 43세 생일을 맞이한 다음 날 아침이었다. 아이들이 신나게 놀다 가버린 텅 빈 놀이터처럼, 그네만 덩그러니 남긴 채 쓸쓸하게 느껴지는 새벽이었다. 마치 일상 그대로 정지된 느낌 속에, 문득 '너 잘 살고 있니?'라고 스스로 자문했다. 질문이 끝나자마자 지나온 시간이 영상처럼 되감아 지나갔다. 막연하게 지금까지와 다른 삶을 살고 싶다는 생각이 들었다. 지난 삶이 후회되어서가 아니다. 현재가 만족스럽지 못해서도 아니다. 미래가 궁금했고 어제보다 조금, 오늘보다 조금 나은 내일을 살고 싶어졌다.

남편과 함께 퇴근하기 위해 그의 회사 근처로 갔다. 약속보다 조금 빠르게 도착하였다. 만나기로 한 장소에서 기다리며 상점을 둘러보다 아래층

서점으로 안내하는 간판을 보았다. 서점을 둘러보다 구본형의 『나는 이렇게 될 것이다』 제목에 이끌려 손을 뻗었다. 미래를 바꾸고 싶었던 나는 속으로 '나는 바라는 모습 그대로 될 것이다.'라고 답했다. 구체적이지 않았으나 막상 대답하고 나니, 그것이 무엇인지부터 알아야 했다. 책을 펼쳤고 "무슨 일이 있어도 새벽 두 시간은 자신에게 투자하고 어제의 나와 경쟁하라."라는 구절이 마음속 결심을 만들어 주었다. 삶을 주도적으로 사는 사람들은 새벽 기상을 하고 책을 읽는다고 했다. 아무런 일도 일어나지 않는 안전한 삶 속에서 매일 알 수 없는 불안감을 가지고 살고 있었다. 이 책을 통해 뭐라도 해보자 하는 마음으로 선택했던 것이 새벽 기상과 책 읽기였다.

새벽 기상하기로 마음먹고 알람을 맞춰두고 잠자리에 들었지만, 첫날은 실패했다. '그럼 그렇지! 내가 무슨 새벽 기상한다고.' 속으로 말했지만 포기하지 않았다. 작심삼일을 삼 일마다 무한 반복한다고 생각했다. 둘째 날에는 알람을 5시부터 6시까지 10분 간격으로 맞추고 잠자리에 들었다. 둘째 날에 성공했다. 새벽 시간에 일어나긴 했는데 막상 일어나고 보니 무엇을 하면 좋을지 몰라 커피 한잔 내려와 책상 앞에 앉았다. 주변을 둘러보았다. 책장에는 전공 서적과 그림 설정 집, 화가들의 작품집, 미술사 책 등이 알록달록 꽂혀 있었다. 회색 표지 책 한 권이 눈에 들어왔다. 알록달록한 그림책 표지와 달리 회색 표지여서 눈에 들어왔던 책 줄리아 캐머런의 『아티스트 웨이』였다.

책을 구매한 것은 2013년도로 기억한다. 책에서 소개하는 창조성 회복을 위한 도구 소개와 워크숍에 관심이 있어 읽었던 기억이 났다. 책장 앞으로 가서 책을 꺼내어 페이지 몇 장을 넘겨보았다. 몇몇 페이지 구석에 연필로 적어 둔 작은 글씨가 보였다. 글 쓸 때 누르는 정도가 약하고 연필심도 옅어서 무슨 글씨인지 보이지 않는 것도 있었다. 다만 알 수 있었던 것은 이 책을 내가 꽤 열심히 읽었었다는 것이다. 하지만 안타깝게도 내용은 아무것도 기억나지 않았다. 다시 책을 읽기 시작했다. 『아티스트 웨이』에서 안내하는 12주 워크숍을 스스로 해 보자 마음먹었지만, 책 읽는 것만으로 벅찼다. 평소에 읽지 않았던 터라 읽는 근력이 하나도 없었다. 솔직히 말하면 결혼 후 책을 끝까지 읽었던 적이 거의 없다. 결혼 전에 수필이나 중수필을 몇 번 구매해 읽은 적은 있지만 몇몇 단락을 빼놓고는 크게 마음에 와닿지도 않았다. 무엇보다 세상일에 관심이 많았고 친구들과 어울리는 시간이 더 중요했다. 그랬던 내가 새벽에 일어나 책을 읽었다. 완독한 첫 책이었다. 더불어 미술치료사의 삶으로 예술가의 삶을 살 수 있도록 해준 인생 책이 되었다.

젊은 날, 열심히만 살고 긍정적으로 생각하면 저절로 변화가 찾아오는 줄 알았다. 대학에 입학하면서 모든 학비와 생활비는 스스로 해결했던 시간이 생각났다. 낮에는 학교 수업 듣고 하교 후에 과외, 밤에는 일식 식당에서 아르바이트했다. 동생들의 등록금과 기숙사비를 마련해야 했기에 개인적인 목표나 삶의 가치관에 대해 깊게 고민한 적이 없었다. 핑계 같지만,

그럴 여유가 없었다. 그래서일까 기억에 남는 성장도 없었다. 삶의 고민은 계속되었고 세상이 바라는 가치에 더 힘주며 살았다. 그것이 잘 사는 것인 줄 알았다. 그런데 마음은 공허했다. 책을 읽고 싶은데 혼자는 힘들다. 주변을 둘러보니, 눈에 띄는 독서 모임이 있다. 참여해야겠다 생각하고 가입했다.

독서 모임에 참여하며, 다양한 장르의 책을 읽었고 읽으면서 알아차렸다. 삶의 기준이 내가 아니라 다른 사람에게 맞춰져 있었다는 것을 깨달았다. 같은 자리, 같은 속도, 같은 시선은 인생을 포기하겠다는 선언과 같다는 책 속의 말을 기억했다. 다시 새벽 기상과 책 읽기를 통해 시선의 축을 나에게 두는 법을 배우기 시작했다. 내가 바라는 삶이 무엇인지 찾아가는 과정을 통해 나다운 가치관을 만들어 가기 시작했다. 나다움이란 무엇인가에 대해 질문하고 답하면서 생각하는 시간을 만들었다.

첫째, 나만의 속도로 책 읽기다. 하루 한 쪽이든 한 권이든 나의 속도에 맞게 읽었을 때 책 읽기가 즐거웠다. 무엇이든 즐거워야 오래 할 수 있다. 중간에 읽기 싫어서 안 읽은 적도 있었고 우선순위에 밀려 못 읽은 적도 있다. 책을 읽고 기록하기 귀찮아서 그냥 넘어간 적도 많았다. 책에서 '습관'이라는 라틴어 단어 '**하비투스**(Habitus)'를 알게 되었다. 단어의 유래가 '수도사들이 입는 옷'이라는 의미에서 시작되었다. 수도사들은 매일 똑같은 시간에 일어나 아침 기도를 마치고 난 뒤 오전 노동을 하고 점심을 먹기 전

낮 기도를 했다. 수도자들이 입는 옷 '하비투스'에서 '습관'이라는 뜻이 파생하게 된 것을 배웠다. 처음부터 실패할 계획을 세워놓고 스트레스 받고 의기소침해하기보다 작은 성공을 자주 경험하는 것이 중요하다는 것을 알게 되었다. 좋아하는 것을 자신의 속도로 할 때 나다움을 발견할 수 있었다.

둘째, 책을 읽었다면 아주 작은 행동이라도 실행하는 것이다. 책을 읽기 전과 읽은 후가 같다면 그건 책을 읽은 것이 아니라고 했다. 『아티스트 웨이』를 완독한 날부터 11년 넘게 모닝 페이지를 쓰고 있다. 모닝 페이지 쓰고 글 쓰는 작가가 되었다. 그리고 그림 그리는 미술치료사가 되었다. 아무것도 하지 않으면 아무 일도 일어나지 않는다. 독서로 바라던 일상의 변화를 선택하고 성장하는 중이다.

셋째, 책 읽고 기록하며 독서 모임과 함께하는 것이다. 독서 토론을 통해 같은 책을 읽고 사람들과 많은 대화를 나누었다. 과정을 통해 다른 생각을 배우고 나답게 사는 방법을 익힐 수 있었다. 책을 왜 읽고 싶었는지, 나는 어떤 사람이 되고 싶은지, 책을 통해 무엇을 깨달았는지 나누며 '나다움의 가치'에 집중할 수 있었다. 혼자였다면 긴 시간 돌아왔을 것이다. 책 읽고 변화하는 생각을 기록하고 공유하며 나다운 가치관을 다듬는 시간이 필요했다. 누구와도 비교하지 않고 '나답게 살기'는 독서를 통해 충분히 가능하다는 것을 코치의 안내와 모임에서 깨닫고 이뤄가는 중이다.

나다움을 찾는다는 것은 자신만의 길을 발견하고, 그 길을 따라 삶을 만들어 가는 과정일 것이다. 한 권의 책을 천천히 읽고 가슴 뛰는 문장에 줄 긋고 깨달은 것을 실행했을 때 비로소 나를 위한 독서가 된다. 거울 속 숨어 있던 나의 자아는 어제보다 성장한 나를 발견한다. 삶은 완성형이 아닌 '과정'이라는 말을 기억하며 오늘도 책을 읽는다. 나의 마음과 세상을 잇는 징검다리가 되어 준 독서는 삶의 윤활유 역할을 해주었다.

책을 통해 나다움을 발견하다

"성공한 사람은 더 나은 질문을 하고 그 결과 더 나은 답을 얻는다."

- 『네 안에 잠든 거인을 깨워라』, 토니 로빈스

지금의 내 모습은 과거 나의 선택으로 이루어진 합이라고 한다. 삶을 살면서 부딪히는 문제를 해결하고, 매 순간의 갈림길에서 선택해야 하는 것은 인간의 숙명일 것이다. 많은 선택은 시간이 지날수록 더욱 넓고 깊어진다. 후회 없는 선택을 하고 싶었다. 무엇보다 더 현명하게 문제의 해결책을 찾고 싶었다. 그렇게 하려면 무엇을 해야 할지 어떻게 해야 할지 몰랐다. 확실한 것은 아는 만큼 경험한 만큼 보인다는 것이었다. 그러기 위해서 지식과 지혜가 필요했다. 하지만 모든 일을 직접 몸으로 부딪치며 깨달을 수는 없는 일이다. "그들은 새로운 책을 읽을 때마다 새로운 인생을 시작하는 사람들이기도 하다."고 했던 장석주 작가의 말에 힘을 얻었다. 책을 통해 새로운 인생을 경험하고 질문하고 답을 하다 보면 어려운 일이 생겼을 때 적극적으로 대처할 수 있다고 믿는다.

성공한 사람들이 독서를 강조하며 중요하게 여기는 이유를 알아가는 시간을 보내고 있다. 책은 단순히 읽는 것을 넘어 사람의 생각과 인생을 크게 변화시킬 수 있는 도구이다. 책 읽고 질문하기는 통찰과 지혜를 선물로 준다. 더 나아가 삶 전체를 송두리째 바꿀 수 있는 역할을 하기도 한다. 책은 바닥에 떨어진 자존감을 회복하고 스스로 괜찮은 사람이 될 수 있다는 긍정적인 멘토의 역할을 한다. 하지만 바쁘게 돌아가는 일과 중에 여유롭게 앉아 책 읽을 시간은 턱없이 부족하다. 독서로 삶의 변화를 불러오기까지는 분명 오랜 시간이 걸린다. 그런데도 책을 읽으라 외치는 소리에 귀를 기울여 하루 10분이라도 실행한다. 작은 물방울이 모여 큰 강물을 이루듯 변화는 아주 천천히 깊게 이루어질 것을 믿는다. 내적 변화와 성장을 바탕에 두고 책을 읽지 않는다면 나다운 삶을 만들어 가는 과정에 작은 파도에도 무너지는 모래성을 쌓는 것과 같지 않을까 싶다.

2019년부터 재테크 도서와 자기계발서를 읽기 시작했다. 도서 인플루언서가 추천한 도서 목록을 모아 정리해 둔 것부터 읽었다. 끝까지 어떻게든 읽었다. 하지만 결정적인 변화는 없었다. 돌이켜 생각하니 나의 처지와 상황을 고려하지 않고 다른 사람의 기준에서 추천한 책을 무턱대고 읽었구나. 알아차렸다. 내 기준이 없었다. 시간이 지나고 보니 모든 경험은 이롭다는 생각이 들었다. 다양한 독서를 통해 재테크를 잘하고 싶다면 자신이 어떤 성향인지 알아야 한다고 했다. 자신을 알아야 투자성향도 알고 재테크로 성공할 수 있다고 말했다. 좋아하는 일로 성공한 사업가가 되고 싶다면 자신이 어떤 사람인지 잘 알고 있어야 한다고 했다. 자신이 어떤 사람인가를 안다면 인간관계를 원만하게 해나갈 수 있다고 했다. 모든 이야기는 하나의 방향을 향해 있었다. 결론은 자신을 알아야 한다는 것이었다.

'나'를 알아야 한다는 말이 도대체 무슨 말인지 과거에는 알 수가 없었다. 고민하던 중 댄 자드라의 『파이브』를 읽었다. 빨간색 표지에 하얀색으로 크게 숫자 5가 적힌 책이다. 스탠퍼드 대학교에서는 3, 4학년에게 기말고사 대신 자신의 5년 후를 구체적으로 그려보게 만드는 과제를 내준다고 한다. 이 과제는 디자인적 사고법을 기초로 한 문제 해결 방식으로, 학생 각자가 새롭고 다양한 미래와 가치를 찾아갈 수 있도록 훈련을 시키는데 책 『파이브』는 이와 같은 방식을 채택하고 있다. 단순히 읽어내어 완독하는 개념이 아닌 독자 스스로가 쓰고 느끼고 상상함으로써 자신이 원하는 삶을 꿈꾸게 하는 책이라고 소개하고 있었다. 호기심에 첫 페이지를 펼쳤다.

Where Am I?(나는 어디에 있는가?)

Who Am I?(나는 누구인가?)

Why Do I Live?(나는 왜 사는 것인가?)

이 세 가지 질문에 답을 빈칸에 채우기가 어려웠다. 사실 한 글자도 쓰지 못했다. 넓은 들판 깜깜한 길을 혼자 걷는 기분이었다. 하고 싶은 일은 가득했지만 모두 이룰 수 없는 이유로 머릿속은 가득했다. 아무리 상상해 봐도 비현실적인 꿈이었다. 그렇다고 포기하고 싶지는 않았다. 책을 읽으며 질문하고 답하는 연습을 하라고 했다. 질문이 없으니 딱히 답을 쓸 일도 없었다. 포기하지 않았다. 하루 10분 책 읽기는 꾸준히 했다. 10분에서 20분, 30분으로 시간을 늘렸다. 그러던 어느 날 연필을 들고 책에 밑줄을 그으며 질문하기 시작했다. 모르는 단어에 동그라미로 표시했고 그 옆에 '무슨 뜻이지?'라고 적었다. 감정을 묘사한 글에는 '나도 그런 적 있었지.'라고 썼다. 책이 마치 사람인 듯 대화를 시작했다. 책 접히는 것이 싫었고 밑줄 긋는 것도 싫어했지만 이제는 밑줄을 긋고 그 아래 생각을 적고 질문한다. 그렇게 읽다 보니 책 읽기에 흥미가 생겼고 이제는 작가와 생각이 다르면 책 귀를 접고 묻고 따지기도 한다.

첫째, 나는 나와 타인의 마음 돌봄에 관심이 많다는 것을 알았다. 독서는 단순히 지식을 쌓는 것 이상 '나'라는 사람을 스스로 발견하는 과정이었다. 어떤 사람인지, 그리고 어떤 사람이 되고 싶은지를 알아가는 데 큰 도움이 되었다. 그림으로 마음을 잇는 미술치료사가 되고 싶다는 것을 『아티스트 웨이』를 읽고 책에서 안내하는 12주 워크숍을 하며 깨달았다. 한 권의 책이 내 안의 또 다른 나의 이야기를 발견하도록 돕는다.

둘째, 긍정적인 시선을 가지게 되었다. 질문하며 책을 읽기 전과 후, 아이들과 남편 그리고 나에게 일어나는 다양한 일을 바라보는 시선이 긍정적으로 바뀌었다. 질문하고 읽지 않던 때에는 책 속 내용은 비현실적이었고 자수성가한 자기계발서 속 작가는 그저 성공한 사람의 무용담이었다. 내 삶 속으로 들어오지 않았다. 하지만 질문하며 책을 읽기 시작하면서 보이지 않는 숨은 마음을 조금씩 알게 되었다. 아이들의 투정 뒤에 나의 관심이 필요하다는 것을 알아차렸고, 남편의 무관심 뒤에는 나에 대한 신뢰가 있었음을 알게 되었다. 이러한 마음가짐은 6년 전과 비교했을 때 생각과 행동 심지어 삶의 방향까지 바꾸고 있다.

셋째, 나다움의 가치를 발견하고 있다. 사람은 누구나 각자의 재능을 가지고 태어난다. 그것은 태어날 때부터 부여된 가치일 것이다. 독서와 끄적임 그리고 사색하며 '참된 나'를 발견하고 그 본래의 가치를 찾아가고 있다. 우주 가운데 자기보다 더 존귀한 이는 없음을 '천상천하유아독존(天上天下唯我獨尊)'이라고 석가모니가 했던 말이다. 인간 본래의 성품인 '참된 나'를 실현한다는 것은 가면을 벗고 나다움으로 사는 것이 아닐까 한다. 나다움으로 가치 있는 나를 발견하기 위한 최고의 도구는 단연코 독서였다.

책 속에서 하는 질문에 단 한 글자도 적지 못했던 2019년도 '나'는 없었다. 2025년 지금 '나'는 대답할 수 있다. 매일 10분 책 읽기 덕분이다. 펜을 쥐고 책을 펼쳤다. 자신의 물음에 매일 책상을 밟고 올라선다. 작은 실천이, 나에게 질문하고 답하는 시간이 쌓여 단단한 사람이 되었다. 질문력은 자신의 내면을 바라보고 생각해야 나온다. 당당히 자신의 내면을 바라보니, 나에게 질문하는 힘이 생겼다. 오늘도 책을 통해 나다움을 만들어 가며 해답을 찾아가고 있다.

나다움 독서

"깨달음을 주는 것은 답이 아니라 질문이다."

- 외젠 이오네스코

어두운 시기란, 우리가 상실을 겪고 마음이 텅 빈 듯한 느낌이 드는 때인 것 같다. 세상이 멈춘 것처럼 느껴지는 시간이 있었다. 그 안에서 무엇을 할 수 있을지, 앞으로 어떻게 살아가야 할지 모르는 막막한 순간이 모이면 어둠이 된다. 어둠이 걷히게 하기 위해서는 그 아픔을 마주하고 조금씩 받아들이는 시간이 필요하다. 기억 속에서 그들이 남긴 의미를 되새기는 과정을 통해 어둠도 조금씩 걷히는 느낌이 들었다. 가장 깜깜했던 순간의 감정들 슬픔, 외로움, 그리움이 나를 더 깊이 이해하도록 이끌어 주었던 것 같다.

3년 동안 연이은 가족의 죽음을 지켜보며 두려웠다. 그 누구보다 열심히 한 가정의 가장으로 아들로, 딸로 살았던 삼촌들과 할머니, 사촌 동생들까지 갑자기 세상을 떠났다. 특히 충격이었던 건 나보다 어린 나이인 사촌 동생 둘을 먼저 보낸 것이다. 한 해 동안 2명씩 연속되었던 이 죽음은 끝나지 않을 것만 같았다. 무서웠다. 그때 처음으로 나에게 물었다.

'어떻게 살다 가고 싶니?'

삶의 방향을 바꾸게 도와준 첫 질문이었다. 질문하는 이유는 답을 찾는 것보다 가고자 하는 방향으로 나아가기 위한, '행동하기' 위함이 아닐까 생각했다. 나다움으로 사는 삶을 살기 위해서는 질문이 필수다. 구체적인 질문을 깊이 하지 않고 살았다. 문요한 『굿바이, 게으름』에서 작가는 추상적인 질문과 구체적인 질문이 모두 필요하다고 했다. 난, 하루하루 친구들과 잊지 못할 추억을 쌓으며 노느라 나에게 내어줄 시간이 언제나 부족했다. 하지만 가족의 죽음 이후 질문은 마치 잔잔한 호수에 던져진 돌처럼 삶이 출렁였다.

'이렇게 살아도 괜찮은가?' 하는 질문은 내 삶에 큰 변화를 불러왔다. 내가 사는 오늘은 세상을 먼저 떠난 동생들이 살고 싶었던 오늘이다. 허투루 살고 싶지 않았다. 새벽 기상으로 나만의 시간을 만들었고 책을 읽었다. 독서 모임에 참여하고 자산 공부도 했다. 10년 가까이 미뤄두었던 미술치료(상담 심리) 공부도 시작했다. 나와 타인을 치유할 수 있는 지식을 갖추어 갔다. 블로그를 하게 되었고 책으로 돈 공부, 마음공부를 했다. 그 시간이 5년이 훌쩍 넘었다. 지금은 작가로, 미술치료사로 마음을 돌보며 그림 그리는 사람으로 살고 있다.

질문은 아무것도 없는 곳에서 답을 만들어 낸다. 해야 할 것은 올바른 질문을 던지는 것뿐이라고 말한 토니 로빈슨이 말이 생각난다. 질문 하나가 답을 얻으면 행동하는 나를 발견했다. 경제적으로 여유 있으려면 무엇을 해야 할까 하는 질문에 50권이 넘는 경제 도서를 읽게 되었고, 가계부를 쓰며 재테크를 시작했다. 질문한다는 것은 홀씨 퍼뜨리는 것과 비슷했다. 소소한 질문부터 꼬마 철학자 같은 질문에 이르기까지 내가 질문하면 홀씨처럼 훨훨 날아가 어딘가 조용히 내려앉았다. 그렇게 어디선가 뿌리를 내리고 있다가 답을 찾도록 도와준다. 질문하지 않는다는 것은 항해 중인 배가 항로를 제대로 확인할 수 없는 상태이고 가야 할 목적지도 모른 채 바다 위에 부유한 배와 비슷하다. 책을 읽으며 했던 질문은 내 삶을 바꾸고 있다.

첫째, 질문하는 힘은 생각과 감정, 행동을 더 잘 이해하는 데 도움이 되었다. 그로 인해 더 나은 의사결정을 할 수 있고 자신을 인식함으로써 진정으로 중요한 것이 무엇인가를 식별하고 자신의 가치관에 맞춘 행동을 하는 것이 예전에 비해 쉬워지고 있다. 무엇보다 단편적으로 하던 생각을 다양한 방법으로 이해하려 노력하게 되었다.

둘째, 문제 해결하는 데 창의적인 방법을 탐색하도록 했다. 질문하지 않는다면 매번 하던 방식으로 비슷하게 움직일 확률이 높다. 그러나 스스로 질문하는 순간 새로운 아이디어를 만들 가능성이 높다는 것을 알게 되었다. 아이가 이유 없이 짜증 내거나 좋지 않은 행동을 할 때 과거에 나는 그 행동에 집중하여 늘 하던 방식대로 아이를 꾸짖었다. 이제는 아이의 행동에 집중하기보다 짜증이 어디서 시작되었는지를 먼저 생각하고 아이에게 질문하게 되었다. "엄마가 궁금하네, 무슨 일이 있었는지 네 얘기를 듣고 싶은데! 그래, 지금은 별로 말하고 싶지 않구나. 그렇다면 다음에 이야기하자. 이유가 있겠지. 쉬렴." 하고 방문을 닫아준다. 그러고 나면 조용히 방문을 열고 나와 아이는 행동의 이유를 말한다. 이러한 방법은 아이들과의 대화를 깊이 하는 것에 도움이 되었다. 책을 읽고 질문하지 않았다면 만날 수 없었던 장면이다.

셋째, 자기 질문은 인생에서 진정으로 원하는 것이 무엇인가를 발견하는 데 도움이 되었다. 나의 꿈, 강점, 약점을 되돌아보고 보다 명확한 목표를 달성할 수 있게 했다. 매일 하루를 질문으로 피드백 해야 하는 이유이기도 하다. 질문에 반드시 답이 주어지는 것은 아니다. 내가 필요한 때에 즉시 답이 찾아오지도 않는다. 나에게 가장 알맞은 그때, 알맞은 방법으로 내가 알아들을 수 있는 모습으로 답이 나를 찾아온다는 것이다. 질문함으로써 중요한 가치, 목표, 감정을 더 깊이 인식할 수 있었고 그림 그리는 미술치료사로, 작가로 부자 예술가로 바라는 삶의 모습을 구체적으로 그릴 수 있었다.

어린 동생들을 먼저 떠나보낸 일은 쉽게 받아들일 수 없는 슬픔이었다. 특히 크나큰 상실감과 불공평함을 느끼며 현실을 받아들일 수 없어 깊은 혼란에 빠져 있었다. 그때 느꼈던 두려움, 공허함, 불안함, 당혹감, 그리움 같은 감정들이 그 시기를 깊은 어두운 시간으로 만들었다. 어떤 말로도 그 상실의 아픔을 채울 수 없었다. 삶은 예측의 영역이 아닌 대응의 영역이라 했다. 바람이 어디서 불지 알 수 없다. 어떻게 견디었을까 회상해 보니 그건 바로 책이었다. 『아티스트 웨이』에서 배운 모닝 페이지를 매일 쓰며 슬픔을 덜어낼 수 있었다. 책에서 만나는 글귀를 필사하며 위로받았다. 그 시간이 저금통 속 동전처럼 쌓여 전보다 균형 잡힌 삶으로 나를 이끌고 있다.

모든 출발점은 '자기 자신'에게 있다. '어떻게 살다 가고 싶니?'라는 질문 속에서 얻은 해답이었다. 변화의 진정한 시작은 나에게 있었다. 산다는 것은 끊임없이 태어나는 것이라고 했던 에리히 프롬의 말을 기억하며 매일 새롭게 시작할 수 있다는 희망을 선물 받는다. 고난이 끝이 아니라 새로운 출발이다. 조급해하지 않아도 괜찮다. 나답게 살기 위해 책 읽고, 글 쓰며, 솔직함으로 마음을 들여다본다. 작은 모험을 자주 한다면 어느새 살고 싶었던 그 길 위에 서 있음을 발견할 것이다. 나답게 사는 삶이 곧 사랑 그 자체라는 것 말이다. 어제의 나와 경쟁하며 더 나은 사람이 되기 위해 오늘도 읽고 질문을 던진다. 사랑한다. 윤희야.

책으로 마음 잇는 미술 치료사

"책을 힐끗 쳐다보기만 해도 이미 1,000년 전에 죽은 누군가의 목소리가 들린다.
책을 읽는다는 것은 시간을 헤치고 가는 항해다."

- 칼 세이건

하늘은 따뜻한 오렌지색으로 빛나고 있었다. 해가 넘어가며 눕는 어두운 그림자는 빛과 대비되어 실루엣만 남은 신호등이 서 있다. 그 위로 엉킨 전선이 하늘 위에 검정 선으로 그려져 있었다. 퇴근길 건널목 앞에 서서 신호를 기다리며 올려다본 하늘이었다. 평온하면서도 바쁜 일상의 멈춤이다. 서로 다른 방향으로 뻗어 있는 복잡한 선은 인간관계를 닮은 듯하다. 하늘에 그려진 선 따라 움직이다 보니 미로 찾기 게임을 하는 것 같았다. 풀어지기는 할까 싶은 전선 뭉치와 복잡한 선이지만 간판에 불이 하나둘씩 켜진다. 가야 할 곳으로 전기가 흐르고 있다.

우리 삶과 닮았다. 계획된 대로 흐르기도 하고 때로는 예상치 못한 방식으로 교차하고 엉킨다. 사랑, 우정, 일, 경험 등을 만들어 가고 연결해 가는 과정이 간단하지는 않다. 마치 전선들처럼 겹치고 겹쳐 축 늘어지기도 하고 때로는 혼돈 속에 얽히기도 한다. 하지만 궁극적으로 서로 연결해 주고 있다는 것을 알 수 있다. 인간관계에서도 각각의 역할과 방향이 있음을 깨닫는다.

하루에도 여러 번 선택으로 가득 차 있는 삶 속에서 결정하고 선택하는 것이 사람과 사람을 연결하는 길이 된다. 때로는 계획된 길로, 때로는 노력과 의도를 가지고 연결한다. 우연한 만남, 친절한 몸짓, 때로는 취약한 순간이 삶의 방향을 바꾸고 관계를 연결하기도 한다. 전선이 교차하며 스파크나 정전기가 발생하듯 인간관계도 그럴 때가 있다. 두 경로가 교차하며 정렬되지 않을 때 오해와 충족되지 않은 기대로 갈등을 빚는다.

얼마 전 프로젝트 실장이 직무에서 물러나는 일이 있었다. 본인이 직접 선택하여 입사한 사람들과 갈등이 생겼다. 두 사람의 입장은 좁혀지지 않았다. 수직적 관계 조직 안에서 팀 사람들과 관계가 정렬되지 않아 오해가 쌓였다. 엉킨 전선처럼 감정이 엉켜 통로를 찾지 못했다. 엉킨 선을 풀고자 하는 의지도 이해하려는 여유도 둘 다 없어 보였다. 결국, 안전하게 연결되어 전류가 흐르는 길은 막히고 엉키고 결국 끊어진 것이다. 팀에 어려움이 생겼다. 조직도를 비롯한 프로젝트 개발 시스템을 다시 정비해야 하는 상황이었다. 더불어 사람들의 불안한 마음이 안정되는 데도 시간이 필요했다.

닳아서 해진 관계가 있다면 보강 공사를 하는 것이 필요하다. 때로는 끊어내고 새로 교체할 용기도 필요하다. 나에 대해, 다른 사람에 대해 가장 많은 것을 발견하는 곳은 감정이 엉킨 곳이다. 이곳에서 성장이 일어난다. 내가 가고자 하는 길을 만들고 연결하는 과정에서 어려움이 없다면 성장하는 과정은 단단하지 못할 것이다. 멀리서 보는 전선은 혼란스럽다. 하지만, 가까이 다가가서 보면 전선이 복잡할수록 안전장치가 있다는 것을 알 수 있었다. 마찬가지로, 인간관계가 불완전할수록 기초를 형성하는 과정이라는 생각을 했다. 교차하는 선이 항상 내가 기대한 곳으로 이어지지 않을 수 있다. 이것을 기억한다면 관계의 어려움을 조금은 가볍게 넘어설 수 있지 않을까 생각했다. 때로는 원하는 것을 얻지 못하는 것이 아주 멋진 행운이라는 달라이 라마의 말을 기억하며 내 뜻대로 되지 않을 때 '나는 아주 멋진 행운아'라고 말할 것이다.

행복한 삶이란 갈등 없는 상황은 아니다. 모든 관계의 핵심은 어울림이다. 좋은 어울림을 위해 꼭 기억해야 할 지혜는 '화이부동(和而不同)'의 원칙이라고 『논어』에서 공자가 말한다. 다른 사람들의 차이와 다양성을 존중하여 잘 어울려 화합하되 자신이 가지고 있는 좋은 기질과 가치관은 간직하여 자기다움을 잃지 말아야 한다는 말을 기억하며 살아야겠다.

이어령의 『이어령, 80년 생각』에서 타는 갈증으로 우물물을 마시지 말고, 우물을 파라고 했다. 불편함으로 생긴 갈증이 있을 때 나의 우물을 파고 있는가 질문했다. 나에게 우물이란 갈등을 해결하는 지혜이며 나다움의 기술과 능력을 가지는 것이다. 그리고 지식과 배움, 사람과의 관계이고 창의성이며 회복력이며 내면의 평화다. 더 나아가 미래의 가능성이고 경제적 여유이고 시간이며 건강이다. 갈등의 순간에도 성장은 있다.

우물을 판다는 것은 나의 자원을 만들고, 지식을 쌓고 타인이나 환경에 의존하지 않으며 현실적 능력을 만들어 가는 과정이다. 자립하여 나에게 필요한 것을 확보하기 위한 행위일 것이다. 다른 우물에서 물을 길어 오는 것은 한계가 있다. 그 우물의 주인이 길러 가지 말라 하면 멈춰야 한다. 혼자서만 살 수 없기에 다른 사람에게 의존하는 것은 본질적으로 부정적인 것은 아니지만, 나만의 재료가 고갈되면 취약해질 수 있다. 그러니 지속적인 성장과 자원을 생산해 낼 수 있는 나다움의 능력을 키워야 필요가 있다. 그것이 생산자의 삶을 말하는 것이 아닐까? 그렇다면 무엇으로 우물을 팔 수 있을까?

첫 번째 방법은 독서에 시간을 투자하는 것이다. 우물 파는 방법을 배우고 쓸 줄 알아야 물이 당장 없어져도 그 기술로 다른 우물을 파낼 수 있다. 책을 읽고 깨달은 것을 실행하며 가지게 된 그 기술은 누구도 빼앗을 수 없는 도구가 된다. 안정적인 재정 상태를 원한다면 금융 지식을 습득하고 재정 관리, 저축, 투자를 배운 대로 실행해 보는 것이 하나의 방법이 될 수 있다. 두 번째로는 문제를 해결하는 다양한 방법에 도전하며 빠르게 실패하고 회복해 나가는 것이다. 감정적, 직업적, 개인적 어려움을 직면할 때 인내할 수 있는 내면의 힘을 갖는 것은 회복력의 우물을 파는 것이다. 좌절 속에서 회복하는 방법을 배웠다. 인생의 어려움을 겪을 때 쉽게 무너지지 않는다는 것을 경험으로 알고 있다. 세 번째 방법은 기록하기이다. 마음 챙김과 신체 건강, 관계를 유지해 가는 방법을 안다 해도 모두 기억하기는 어렵다. 기억보다 기록이 나만의 우물을 깊이 파는 데 도움이 될 수 있다. 가진 기술이 다양하면 다양할수록 우물의 깊이는 더 깊어지고 다양한 상황에서 우물을 활용할 수 있을 것이다.

다른 사람의 우물을 기웃거리는 일에도, 비용을 지불하고 우물을 이용하는 것에도 불편함을 느꼈다. 다른 사람의 우물을 사용할 수 없게 되는 날이 오기 전에 나의 우물을 파는 능력을 갖추는 것이 필요하다고 느꼈다. 가능하다면 아주 작고 볼품없어 보이는 우물이라도 직접 만들어 내는 것이 중요하다는 것을, 책을 통해 깨달아가는 중이다. 그 과정에서 좌절과 실패의 순간이 올 것이 틀림없다. 지하수나 우물을 팔 때 땅을 파자마자 바로 깨끗한 물이 나올까? 아니다. 처음에는 흙탕물이 나오다가 땅속을 한참 파고 들어간 뒤에야 깨끗한 물이 나온다. 처음부터 잘되지 않는다고 자신을 괴롭히는 행동은 멈춰야 한다. 아무런 도움이 되지 않는다. 너무 지나치게 애쓰지도 말고, 너무 느슨하지도 않게 오늘에 집중하자고 다짐한다.

새로운 책을 읽을 때마다 새로운 세포가 생긴다. 책은 관점을 재구성하고 경험을 재구성하며 심지어 삶을 재창조할 수 있는 도구다. 책을 읽는다는 것은 삶을 갱신하는 행동이 된다. 질문하고 성찰하고 변화하도록 초대한다. 페이지를 넘길 때마다 새로운 인생을 시작할 기회를 준다. 독서의 여정은 단순히 지식을 얻는 것, 이상의 변화를 준다. 세포부터 재발견하고 재구성하는 시간이다. 매일 새벽을 깨우고 책을 읽으며 예전보다 성장하는 내가 되었다. 나는 현재 미술치료사(art therapist)이다. 책을 읽은 후 미술치료사 일은 천직처럼 보람과 기쁨을 만들어 주었다. 심리적인 내용을 단편적으로 알아차리는 것보다 충분한 공감과 입체적인 시각을 가질 수 있게 되었다. 책은 나에게 삶의 밀도를 높여준 선물이다.

그림으로 마음 잇는 미술 치료사가 추천하는 책

『파이브』

댄 자드라

1 추천하는 이유

무엇을 해도 부족함을 느끼고, 5년 후 미래를 그린다면 적극적으로 알려주고 행동하게 도와주는 책을 추천하고 싶다.

2 감상평

'어떻게 살다 가고 싶니?' 삶의 방향을 바꾸게 도와준 첫 질문을 『파이브』에서 만났다. 자신의 내면에 귀 기울이면, 꿈은 더욱 가까워진다는 것을 알게 해준 책이다. 다른 사람의 이야기에서만 답을 찾으려 하지 말고 나의 이야기에 귀를 기울일 때임을 알게 되었다. 심리적 어려움을 겪는 분들을 만날 때 종종 자신의 이야기보다 다른 사람의 시선과 이야기에 집중되어 있다는 것을 본다. 이 책을 읽기 전 나 또한 다르지 않았다.

'지금 내게 정말로 중요한 것은 무엇일까? 나는 과연 무엇을 하고 싶은 걸까?' 질문을 던지며 침묵 중에 내 목소리에 귀를 기울이게 되었다.

질문들을 시작으로 나에게 집중한다면 지금까지 미처 발견하지 못했던 자신의 장단점, 현재 마음의 상태, 앞으로 삶의 비전과 가치, 삶의 균형을 찾고 주변의 소중한 것들을 조금은 선명하게 그려 볼 수 있을 것이다. 나다운 삶이란 무엇이며, 삶의 가치를 어디에 두고 살아야 하는지 생각하게 했다. 자신의 미래를 스스로 생각하고, 스스로 판단하고, 스스로 선택하게 만드는 '행동하는 책'이라고 소개하는 데 동의한다. 이 책을 읽고 했던 작은 행동 덕분에 미술 심리 치료사(art therapist)가 되었다. 태도는 하나의 '선택'이라고 말한 작가의 말처럼 나다움의 태도로 살 수 있도록 도와준 책이다.

3 이 책을 읽을 때 알아 두면 좋을 팁

단 5년으로 인생 전부를 바꾸고 싶다면 책 속 질문에 빈칸을 다 채우지 못하더라도 한 단어라도 써두길 바란다. 해마다 한 번씩 읽으며 빈칸을 채워간다면 부족함을 느끼는 부분의 질문에 의미 있는 답을 찾을 수 있을 것이다. 결국, 자신에게 의미 있는 무언가를 찾았을 때 성장을 느끼게 된다. 책의 두께는 얇고 내용은 쉽지만 단단해진 '진짜 나'의 모습을 되찾는 연습을 도와줄 책이 될 것이다. 질문에 생각하고 빈칸을 채워 쓰고 기록한다면 진정 자신이 원하는 것과 현실적인 꿈을 연결할 수 있는 접점을 찾도록 해줄 것이다.

4장

주부 9단 경단녀 엄마의 독서

| 박혜란 |

"엄마는 자녀들에게 있어 사랑과 힘의 원천이다.
항상 지지해주고 격려해주는 것이 엄마이다."

독서를 통한 인생 멘토의 만남

"책을 읽는 것은 자신의 미래를 만드는 것이다."

- 에디슨

또각또각 구두 소리가 들렸다. 예쁘게 화장하고 정장 입은 직장 여성들이 보인다. 뒤에서 유모차를 밀고, 시선은 그녀들을 따라갔다. 저들의 삶이 부럽다. '육아는 언제 끝나는 것일까?' 시간이 정지하고 있는 것 같다. 24시간 혼자서 어린 자녀들을 키우며 육아 중이다. 남편은 장기 출장이 많았다. 어느 순간부터 무기력하다. 육아로 10년이 흘렀다. 하루가 무미건조했다. 아이들을 유치원에 보내고 넷플릭스 드라마를 정주행하면서 하루를 보냈다. 유치원 하원 시간을 맞추기 위해 싱크대에 쌓아 놓은 설거지를 하고, 머리를 대충 묶고 나갔다.

하루는 유치원생이던 둘째가 "엄마는 꿈이 뭐예요?" 하고 물었다.

"전 도넛이 되고 싶어요." 딸이 말했다.

꿈이 도넛이라고 말할 수 있다는 것이 놀라웠다. '나는 무엇을 하고 싶은 걸까?' 잠깐 생각했을 뿐 현실 속에서 잊혀갔다. 육아의 현실은 전쟁터였다. 아이들을 낳고 혼자 육아에 지쳐 있을 때 정하나 · 박주일의 『독서가 공부를 이긴다』가 눈에 들어왔다. 호기심에 읽기 시작했다. 그 후, 닥치는 대로 육아서를 읽었다. 독서하다 보니 육아의 기준이 생겼다. 주변 이야기에 흔들리지 않았다. 책을 읽으며 육아의 가치관을 만들어 갔다. 아이들이 어릴 때부터 책 육아를 했다. 책 읽어주고, 도서관에 주 1회 다니며 책과 친해지는 환경을 만들었다. 공룡을 좋아하면 공룡 책을 찾아서 읽어주고, 고래에 관심을 가지면 고래 나오는 책은 다 읽어줬다. 초등학교에 들어가 만화책에 관심을 보여 책장을 만화책으로 채워줬다. 모든 노력을 아이들에게 집중했다.

아이들이 성장하고, 학교에 다니면서 엄마의 역할이 점점 줄어들었다. 오전 시간에 할 일이 없었다. 집에 덩그러니 혼자 남겨졌다. 자녀를 위해 헌신한 삶 속에 '나'라는 존재는 없었다. 부모 교육서를 읽으며 아이들을 양육했듯이 자신을 위한 책을 구매하기 시작했다. 자기계발서에 관심이 갔다. 성공한 사람들의 공통적인 습관은 새벽 기상과 운동 그리고 독서였다. 새벽에 일어나 독서를 시작했다. 자기계발서는 처음이라 익숙하지 않았다. 책을 읽어도 무슨 말인지 이해가 되지 않았다. 혼자서 마음잡고 꾸준히 하기가 어려웠다. 작심삼일로 끝나 버릴 때가 많았다.

나를 들여다보았다. 자녀를 대하면서 알게 되었다. 어린 시절 농사짓는 부모님은 나를 잠시 외갓집에 보냈었다. 잠시가 하루가, 몇 달이 되고 몇 달이 일 년이 되었다. 부모에 대한 서운함이 원망과 분노로 가득 찬 어린 시절이었다. 과거 속에 살면서 스스로를 괴롭혔다. 앞으로 한 걸음도 나아갈 수가 없었다. 분노 조절 장애로 시한폭탄 같은 삶을 살았다. 세상이 원망스럽고 힘이 들더라도 내 편 한 사람만 있으면 바르게 성장할 수 있다고 생각했다. 피해 의식이 가득한 삶이었다. 칭찬이나 공감 한 번 받아 본 적 없는 성장 과정으로 다른 사람을 쉽게 믿지 못했다. 웃고 있어도 외로웠다. 분명 소리 내어 웃는데도 생각은 늘 어린 시절에 머물러 있었다. 가족과 함께 있어도 외로웠다. 형제 사이에서도, 어떤 모임에도 어울리지 못했다. 즐겁지 않았다. 얼굴은 웃고 있을지라도 한 번도 마음을 다해 웃은 적이 없었다.

결혼 초 남편은 이런 모습을 보며 형제들과 어울리지 못하고 겉도는 것 같다고 말했다. 남편이 모를 줄 알았는데 눈치 채고 있었다. 형제들 사이에서도 유독 고집이 세고 시기 질투와 욕심이 많았다. 내 편 내 것에만 집착하고 공감받지 못했기에 자기중심적인 삶을 살았다. 다른 사람과 융합하는 것에 관심도 없고 알고 싶지 않았다. 이러고 싶지 않은 마음과 달리 일상에서 내 모습은 점점 작아졌다. 머리에서는 이해가 되는데 가슴이 용납되지 않아 힘든 시간이었다.

어느 일요일 아침, 자기계발 모임에서 '빅맘 스토리'라는 분의 피드백을 들었다. 다른 사람에게 관심이 없던 나는 그분이 궁금해서 경험담 녹화 영상을 찾아보았다. 출근하는 버스 안에서 그날 그립던 엄마의 모습을 보았다. 눈물이 하염없이 흘렀다. '엄마가 자녀를 위해 이렇게 헌신할 수 있구나!' 감정이 온전히 전해지니 가슴이 아프고 슬픔이 한꺼번에 쏟아졌다. 출근길, 화장한 얼굴이 눈물로 범벅이 되었다. 그분이 운영하는 '빅맘의 북테라피' 가치 성장 캠프에 참여했다. 그 후 모임은 '빅맘의 위즈덤 스쿨'로 성장했고 그 과정에서 과거의 내 모습을 정면으로 맞이할 용기를 얻었다.

독서를 통해 한 문장을 찾아 생각했다. '본깨적'(본 것, 깨달은 것, 적용할 점)을 기록했다. 네이버 카페에 글을 올리면 빅맘 코치는 피드백을 해주셨다. 책 읽기와 글쓰기가 동시에 이루어졌다. 피드백을 통해 무엇을 보완하면 좋을지 피드백을 받고 적용하기 시작했다. 때로는 피드백이 마음이 아팠다. 하지만, 피드백 받고 두렵지만 나의 과거를 마주하기 시작했다.

책 읽고 글을 쓰면서 내면의 분노와 원망을 다 토해내기 시작했다. 어린 시절 가냘프고 슬픔 가득한 작은 소녀를 만났다. "그동안 힘들었지!" 아이를 꼭 안아 주었다. 내면이 단단해진 아이는 더는 삶의 방향을 잃은 외롭고 자책했던 내가 아니었다. 나다움을 찾기 시작했다. 목소리에 힘이 생기고 마음의 성장으로 단단해졌다. 긍정적인 생각으로 자존감이 올라갔다. 아이들 교육에서처럼 삶에 기준이 생겼다. 작은 것에도 감사하게 되었다. 더는 분노 조절 장애로 힘들어하지 않는다. 어느새 책 읽는 시간이 즐거워졌고, 내면 근력이 단단해지고 있다는 생각을 하게 되었다.

책은 스승이자 친구가 되어 주었다. 무기력으로 힘들었던 시간에서 벗어나 도전하는 삶을 살고 싶었다. 내면의 불안함을 독서를 통해 채워가고 있다. 자신감이 생기니 당연하다고 생각된 보통의 하루가 감사하고 즐겁다. 매일 새벽 기상하며 묵묵히 식탁 한쪽에 스탠드 켜고 책을 읽는다. 퍼즐을 하나씩 맞추듯 삶이 즐겁다. 책을 통해 매일 다양한 멘토를 만났다. 조용히 멘토는 다가와 나의 삶 속에 스며들기 시작했다.

독서를 통해 풍요로운 마음과 사람을 대하는 태도가 세련되었다. 글쓰기는 감정보다 사실 위주로 쓰다 보니, 어느 정도 자신의 감정을 정확히 보기 시작했다. '북테라피' 안에서 독서와 글쓰기 그리고 사람 관계까지 다양한 배움을 익히고 있다. 예전과는 다르게 마음 근육이 단단해지고 있다. 작은 일에 예민하게 반응하지 않는다. 불과 1년 전 모습과 책 읽은 후 블로그 글은 다르다. 지금의 글은 나의 성장을 알려준다. 독서를 통한 인생 멘토는 날마다 나를 찾아와 나의 삶의 방향을 안내해주고 있다. 책을 통해 진정한 인생 멘토를 만났다.

엄마라는 직업을 알게 해준 독서

"아이에게 줄 수 있는 최고의 유산은 '사랑'과 '꿈을 꾸는 법'이다."

- 브라이언 트레이시

어린 시절 외갓집에서 자랐다. 1남 4녀의 둘째였다. 엄마의 삶은 녹록지 않았다. 언니는 5살, 나는 3살, 동생은 1살이었다. 홀시어머니에 4명의 시동생과 부모님이 한집에서 함께 살았다. 외갓집에서 3살부터 유치원 들어가기 전까지 자랐고 엄마는 항상 그리운 존재였다. 어린 시절 외할머니댁에서 왜 자랐는지 몰랐고 엄마가 버렸다고 생각했다. 어릴 적 애정 결핍은 결혼하고도 계속 따라다녔다. 그 어떤 것으로도 채워지지 않았다. 남편은 인테리어 직업으로 장기 출장이 많았다. 일주일에 한 번, 2주일에 한 번, 일이 많을 때는 한 달에 한 번 집에 왔다. 서툰 엄마가 되어 독박 육아했다. 아이를 낳으면 무조건 부모가 되는 착각에서 어설픈 엄마가 되었다. 둘째를 낳을 때쯤 첫째의 1차 반항기가 시작되었고 밤낮이 바뀌면서 극도로 예민해지기 시작했다. 아이는 아침에 자고 밤에 놀거나 책을 읽었다. 아이들은 각자 수면 패턴이 달랐다. 첫째를 저녁 8시에 재우면, 어김없이 밤 11시에 눈을 떠서 불을 켜라고 울었다. 한밤중에 하루가 시작되었다. 밤과 낮 활동 패턴이 바뀌니 현실에서 평정심을 잃어갔다.

육아 스트레스와 심리적 불안으로 아이들의 욕구를 제대로 채워주지 못했다. 그럴수록 첫째의 요구는 더욱 커졌다. 일관성 없는 육아로 자녀들을 더 불안하게 했다. 결국, 아이를 어린이집에 보내야겠다고 등록했으나 걱정스러운 마음에 독립시키지 못했다. 매일 소리 지르며 전쟁 같은 육아의 연속이었다. 엄마의 심리가 아이들에게 고스란히 전해졌다. 두 아이를 데리고 친정에 갔었다. 남매를 돌보며 소리 지르는 모습을 본 작은아버지는 '엄마의 대물림'이란 영상을 보내주셨다. 부모라면 자녀를 잘 키우고 싶은 것은 당연하다. 영상을 보며 내 모습 그대로 아이들이 성장한다고 생각하니, 마음이 아려왔다. 아이를 망치고 있다는 생각에 내가 변해야 했다.

어느 날 새벽, 육아 스트레스와 우울증으로 죽을 것 같았다. 결국, 남편에게 "살려줘! 제발 살려줘!"라고 울며 애원했다.

내적 불행으로 일상의 모든 것이 망가지고 있었다. 내가 불행하면 아이들의 삶이 행복하지 않으니까 심리 치료를 하고 행복한 삶을 살고 싶었다. 최성애 박사님의 『내 아이를 위한 감정코칭』을 읽으며 심리상담 치료 시작을 결정했다. 한 번도 가져보지 못했던 자신과 마주하며 대화하는 시간을 가졌다. 가족이 모두 상담 센터로 갔다. 엄마의 상처가 치유되면 보통 가정이 변할 수 있다고 하셨다. 심리 치료 비용이 만만치 않았지만 곪을 대로 곪아 터져버렸기에 마음의 건강이 최우선이었다.

출장이 많은 남편은 회사에 양해를 구하고 집으로 퇴근했다. 아이들을 맡기고 택시 타고 평창동으로 향했다. 심리 치료를 위해 유년 시절의 환경과 상황에 마주했다. 엄마를 기다리는 마음은 외롭고 그리웠다. 눈을 감으니 엄마가 안아 주고 손으로 등을 쓰다듬어 주는 느낌이 들었다. 엄마의 품에 안겨 등을 쓰다듬어 줄 때 따듯한 온기가 전해졌다. 그토록 그리워했던 엄마의 사랑이었다. 심리 치료로 마음을 치유하면서 엄마의 힘들었던 삶을 이해할 수 있었다. 나라면 당장 도망갔을 텐데 그 힘든 삶을 어떻게 견디셨을까 생각하니 한없이 안쓰러웠다. 나를 버렸다고 생각했던 오해도 풀 수 있었다. 엄마에 대한 모든 응어리가 풀렸다.

심리 치료를 받고 6살 아이와 거실에 마주 앉았다.

"그동안 소리 지르고 힘들게 해서 미안해. 엄마가 처음이라서 너의 마음을 헤아릴 줄 몰랐어. 용서해 줄 수 있을까?" 진심으로 사과했다.

"엄마가 아파서 치료받고 있잖아요. 용서해 줄게요." 아이가 말했다. 아이를 꼭 안아 주며 '고마워! 건강한 엄마가 되도록 노력할게.' 하고 다짐했다.

햇살이 가득한 아침이다. 자녀의 존재 자체에 고마움을 표현하고 마음을 다해 사랑을 준다. 머리부터 발끝까지 마사지하며 아이와 스킨십 한다. 1% 변화가 가정의 평화를 가져다주었다. 엄마의 행복이 아이들에게 고스란히 전해져 밝게 자라고 있다. 엄마의 건강한 자아가 자녀를 바르게 성장하게 한다는 것을 비로소 알게 되었다.

『밥 프록터의 부의 확신』을 보면 자유로운 자신이 되기 위해서는 "가족과 타인이 생각하는 자신이 아니라, 온전히 내가 생각하는 자신이 되어야 자유롭다."고 했다. 책을 읽고 자기 정체성을 찾아가고 있다. 매일 하는 루틴을 통해 단단한 나를 만난다. 자신을 신뢰할 때 자존감이 올라가고 자신감이 생긴다는 것을 배웠다. 아이들과 소통하고 나누는 것이 즐겁다. 엄마의 내면이 단단해지니 아이들에게 온전한 사랑을 줄 수 있다.

글쓰기 강의를 들으며 글 쓰는 시간이 즐겁다. 글은 작가가 쓰는 것이고 잘 써야 한다는 고정관념을 가지고 있었다. '승하 책방'을 통해 한계는 자신이 정한다는 것을 알아차렸다. 블로그 에세이 100일 챌린지에 도전했고 완주했다. 자신감이 생겼다. 둘째 초등학교 담임 선생님이 아이들에게 에세이를 쓰게 하셨다. 글 주제를 정하며 아이와 함께 매일 글을 썼다. 6학년 졸업하면서 세상에 단 하나밖에 없는 책을 출간해 주셨다. 아이는 작가가 되었다. 한 줄 한 줄이 모여 글이 되고 책이 된다니 신기하다. 아이의 책을 읽으면서 나의 경험이 누군가에게 도움이 될 수 있다는 소망으로 작가가 되었다. 꿈이 있는 엄마 곁에서 아이들도 묵묵히 자신의 몫을 해나가고 있다. 꿈 있는 엄마는 세상을 아름답게 품는다.

엄마가 되었다. 아이 낳고 키우면서 올바른 태도를 책을 통해 배웠다. 엄마라는 직업의 소중함을 알게 되었다. 단순하게 경력 단절이라는 한계를 만들고 스스로 자신을 가두었다. 엄마는 자녀들에게 있어 사랑과 힘의 원천이다. 항상 지지해주고 격려해주는 것이 엄마이다. 나에게 온 소중한 아이들을 품는다. 아이들의 꿈을 응원하며 오늘도 '엄마'라는 두 글자를 가슴에 담아 소중하게 간직한다.

혼생 걷기를 통한 매일 하는 것이 나를 만든다. 엄마의 독서력

"작은 행동이 위대한 꿈을 현실로 만든다."

- 로버트 콜리어

3년 전 코인에 투자했다. 금액을 예치하면 돈이 나오는 방식이었다. 처음에 30만 원을 예치하니 하루에 5,000원씩 나왔다. 남편도 가입하고 두 배로 돈을 벌었다. 황금알을 낳는 거위를 키우는 것처럼 매일 돈을 낳았다. 6개월 정도 흐름을 지켜보았다. 코인 투자로 나오는 수익을 현금화하니 빠르게 돈이 불어났다. 1코인이 0.1달러일 때 시작해서 1달러로 상승했다. 코인 가격이 오르는 것을 보고 적극적으로 공부하고 투자하기 시작했다.

주식은 증권사에서 거래하고 코인은 암호 화폐 거래소를 이용한다. 우리나라 암호 화폐 거래소에는 상장되지 않아 홍콩 거래소를 이용하여 업비트 통해 현금화할 수 있었다. 코인이 5달러가 되고 8달러까지 치솟았을 때는 친정어머니가 주신 600만 원과 시댁에서 4,000만 원, 주식에 있는 2,000만 원까지 투자한 상황이었다. 가족과 지인들에게 소개하며, 한 달 수익이

1,000만 원을 넘었다. 수익을 현금화하지 않고 재투자하여 투자금을 늘렸다. 코인으로 직접 물건도 살 수도 있었다. 집에 필요한 냄비와 청소기를 샀고, 조카 유아 자전거도 코인으로 사서 선물했다. 키오스크와 협력하여 커피숍 및 백화점에서 코인으로 결제할 수 있다는 것을 시뮬레이션으로 보여주었다. 중국에서는 카드 사용을 하지 않고 큐알 코드로 결제하고 있었기에 쉽게 이해가 되었다.

전국적으로, 다른 국가에서도 가입하는 사람들이 많았다. 홍콩의 쿠코인을 비롯하여 세계 10개 거래소에 상장했고 암호 화폐 거래소 1위 바이낸스에도 상장 예정이었다. 메인넷을 개발하면 코인의 가치가 상승한다는 기대감으로 남편 몰래 보험약관대출 및 신용대출을 받아 투자금을 늘렸다. 쉽게 번 돈은 쉽게 나간다고 했던가. 메인넷이 개발되고 코인은 폭락했다. 2년 동안 투자했던, 1억 넘는 돈이 눈 깜짝할 사이 허공에 사라졌다. 나로 인해 지인들과 가족들의 돈까지 잃었다.

코인 투자로 받은 신용대출과 보험약관대출로 한 달에 갚아야 할 이자와 원금이 60만 원이었다. 주택담보 대출까지 한 달에 100만 원이 넘는 돈을 감당할 수가 없었다. 계약직으로 건강검진 센터에서 5시간 아르바이트로 일하며 빚을 갚아 나갔다.

출근을 준비하는데, 식탁 위에 있는 남편 핸드폰이 울렸다. 평소 관심이 없었는데, 문자가 눈에 들어왔다. 카드값 800만 원을 리볼빙으로 할부한다는 문자를 확인했다. 코인 실패에 대한 빚으로 남편의 카드값을 모른 척하고 싶었다. 5개월쯤 지났을 때쯤 카드 연체 독촉장 왔다. 2,700만 원이라는 카드빚으로 집이 가 압류된 상태였다. 눈물이 쏟아졌다. 피하고 싶었던 순간이 현실이 되었다. 돈에 대한 개념이 없고 무분별한 소비가 이어진 결과였다. 남편의 빚까지 빚이 눈덩이처럼 불어나 있었다. 아무것도 할 수가 없었다. 집이 경매로 넘어가기 며칠 전 시누이 도움으로 가압류를 풀 수 있었다.

두 번의 사건은 인생에 큰 위기가 되었다. 위기는 인생을 점검하는 시간이 되었다. 40대 중반이었다. 어디서부터 무엇을 시작해야 할지 답답하기만 했다. 지푸라기라도 잡고 싶은 마음으로 운동화를 신고 무작정 밖으로 나가 걸었다. 혼자 걷는 것 말고는 할 수 있는 것이 아무것도 없었다. 걸으면서 평소 찾지 않은 하나님께 불평불만을 토로하기도 했다. '어디서부터 잘못되었을까?' 되돌아보는 시간을 가졌다. 눈물을 주체할 수 없었고 눈이 퉁퉁 부었다. 혼자 생각하며 걷기를 했다. 문득, 매일 걷다 보니, 100일 걷기 해 볼까 하고 도전하게 되었다.

매일 걸었다. 겨울바람이 차갑다. 나무들도 겨울잠을 자는 듯 고요함 속에 물 흐르는 소리만 들린다. 하천에 새끼 오리들은 엄마 오리를 따라간다. 유유히 흐르는 강물을 보며 절망 속에 희망을 그려본다. 햇살에 반짝이는 물결, 암초에 걸려 잠시 멈추듯 흐르는 강물은 우리의 삶과 닮아 있다. 차가운 바람이 얼굴에 닿는다. 살이 에일 듯이 추움에도 불구하고 홍제천을 따라 걷는다. 한강에 가까워질수록 바람이 더 매섭다. 혼자 생각하며 걷기를 하며, 비가 올 때도 추울 때나 더울 때도 걸었다. 나에 대한 자책과 남편에 대한 원망과 분노는 걷기를 하며 비워지기 시작했고 어느덧 한 줄기 희망이 피어나기 시작했다. 원망했던 하나님에게 감사하다는 표현을 하기 시작했다.

김승호의 『돈의 속성』을 보면 돈은 인격체이고 돈을 소중히 여기면 돈도 나를 소중히 여기게 되어 자산이 불어난다고 했다. 경제적 관념이 없어 무책임한 투자와 과소비로 인해 많은 것을 잃고 나서야 깨달았다. 책을 통해 경제적 개념을 배우고 가계부 쓰는 법을 배웠다. 신용카드를 자르고 체크카드를 사용하면서 현금의 흐름을 정확히 파악하기 시작했다. 적은 돈을 소중히 여겼다. 앱테크와 걷기 앱테크를 하며 생필품 및 식비를 절약했다. 외식과 배달 음식을 줄이고 어머니가 보내주신 식품 재료로 식단을 짜서 건강한 집밥을 만들어 먹었다. 걷기 하며 데일리 워킹 적금으로 소액을 모아갔다. 감정 소비를 줄이고 지출을 통제하려고 했다. 월급 외에 부수입을 늘리며 자산을 쌓는 데 집중했다. 서서히 빚을 갚아 나가고 있다.

혼자 걷기에서 함께하는 사람들이 생겼다. 둘이 걷기가 되었고 온라인에서 챌린지 프로그램을 만들어 함께 걸었다. 한 걸음 한 걸음이 100일 걷기를 완성하고 1년을 넘어 600일을 걷고 있다. 걷기를 통해 남편을 비롯하여 가족이 달라지기 시작했다. 체력을 키워 2024년 가을 10km 가족 마라톤도 도전하여 완성했다. 남편은 매일 걷고 달리며 10kg 이상 체중 감량을 하고 있다. 처음으로 달리는 모습을 봤고, 남편을 알고부터 제일 날씬한 사람과 살고 있다. 중학교 2학년 첫째는 자기 주도 학습으로 공부하며 다독상과 선행상을 받아 왔다. 도서관 사서 선생님과 가장 친한 친구가 되었다고 말한다. 도서관을 점심시간에 혼자 다니다 친구 셋이 다니며 나란히 다독상을 받았다고 한다. 6학년 둘째는 도전정신과 모험가 스타일이다. 학교에서 티볼 선수로 활약하며 대회에 나가 서울시 2위를 했다. 책장에 책을 소장하며 자신만의 색깔을 담고 있다. 책에서 나는 종이 냄새가 좋다며 산책하듯 서점에 간다. 매일 저녁 9시, 가족 독서 30분을 하고 있다. 아이들은 1일 1독하며 마음의 양식을 쌓아가고 있다.

혼생 걷기(혼자 생각하며 걷기)로 마음속에 쌓인 것을 비우고 그 틈을 '북테라피'에서 독서하며 채워나간다. 감사 일기를 쓰고 삶이 변하기 시작되었다. 죽을 것 같은 하루, 무기력했던 삶에 감사가 생기고, 감사가 복리가 되었다. 건강해서 걸을 수 있고, 소중한 가족과 함께 앞으로 나아갈 힘이 있고 아이들과 나누고 웃을 수 있어 감사했다. 무너졌다고 생각되었던 순간 감사의 새싹이 자라고 있었다. 독서를 통해 '본깨적' 하면서 마음이 치유되고 일상의 모습이 변하고 있었다.

병아리가 세상에 나올 때 안에서 나오기 위해 알을 쪼고 밖에서 돕기 위해 알을 쪼아 주는 것을 '동시줄탁(同時啐啄)'이라고 한다. 나의 노력과 독서 코치의 안내를 통해 힘들었던 삶에서 나오기 위해 발버둥 쳤고 인고의 시간을 끝내고 알에서 나왔다. 혼자서 하는 독서의 힘은 약했지만, '북테라피'에서 사람들과 소통하면서 성장하고 있다. 책 속의 한 문장을 발췌해 걸으며 생각했다. 매일 생활 속에 적용하고 있다.

감사 일기 및 시간 관리, 글 쓰면서 비우고 채워간다. 흙탕물이 맑아지려면 깨끗한 물을 계속 부어야 하듯 일급수가 될 때까지 맑은 물을 독서로 채우고 있다. 내 안의 내가 존재할 때 행복하다는 것을 깨달았다.

"꿈꾸는 것은 내 마음이고, 꿈을 이루는 것은 나의 행동이다."라는 빅맘 코치의 말이 생각났다. 매일 작은 행동을 실천하고, 독서를 통해 용기를 얻었다. 인생을 아름다운 정원으로 가꾸고 있다. 매일 독서, 매일 시간 관리 그리고 책 속 한 문장을 가지고 산책 후 글을 쓴다. 그렇게 독서를 통해 나의 인생이 익어 가고 있다.

오늘도 책을 통해 한 문장을 선물 받는다

"물이 바위를 뚫는 것은 물의 힘이 아니고
물이 바위를 두드린 횟수라는 사실을 잊지 말자."

- 이현

새벽 5시 알람이 울린다. '이불 속은 위험해!'라고 외치며 일어난다. 커피 포트에 물을 넣고 전원 버튼을 누른다. 창문을 열었다. 겨울의 차가운 바람이 움츠리게 한다. 보글보글 소리와 탁! 물이 끓었음을 알린다. 세이렌의 로고가 있는 스타벅스 머그잔에 뜨거운 물 반을 채우고 차가운 물을 채워 음양수로 만든다. 음양수를 마신다. 따뜻한 물이 식도를 타고 내려간다. 세포 하나하나 잠을 깨우고 면역력을 키운다. 매일 새벽 음양수를 마시며 하루를 시작한다. 고요한 새벽, 스탠드 켜고 책을 펼친다. 타이머 1시간을 맞추고 몰입 독서를 하고 있다. 꾸준한 독서로 하루의 에너지를 충전한다. 성공자들의 길을 토대로 따라 걷다 보면 어느덧 목적지에 도착했다.

블로그를 배울 때 '나의 장점 찾기' 숙제가 있었다. "엄마는 어떤 사람이야?" 하고 아이들에게 물어보았다. "우리 어머니는 한번 하면 꾸준히 하는 사람이지요." 하고 말했다.

지금껏 계획을 세우고 꾸준하게 실천하지 못했다. 하지만 독서 글쓰기 걷기를 하며 꾸준한 엄마가 되어 가고 있다. 블로그에 에세이를 쓰면서 100일 챌린지에 도전했다. 100일 챌린지 캘린더를 A4용지에 프린트해서 벽에 붙였다. 형광펜으로 하트를 그리며 채워나갔다. 글 쓰는 동안 시간이 온전하게 있는 것이 아니었다. 친구를 만나 늦어질 때도 있었고, 하기 싫은 날도, 몸이 안 좋을 때도 있었다. 그럼에도 불구하고 글을 쓰고 12시 전에 블로그 발행 버튼을 눌렀다. 아이들은 엄마의 꾸준함을 보고 배웠다.

꾸준한 독서를 하며 삶의 기준을 만들어 간다. 독서는 삶이 힘들고 고난이 닥쳐와도 좌절하지 않고 앞으로 나아갈 수 있게 해주는 원동력이라고 생각했다. 생각이 현실이 되었고, 나는 날마다 성장하는 사람이 되어 가고 있다. 독서가 일상 습관이 되어 가고 있다. 책 읽고 육아하며 매일 밤 아이들에게 책을 읽어줬다. 미디어 세상에서 편리한 도구는 얼마든지 많았지만, 직접 목소리를 들려주었다. 한글 떼고 혼자 읽을 수 있을 때조차 읽어줬다. 어느 날 내가 읽어주는 속도보다 아이들이 읽는 속도가 빠르다는 것을 알았고 독서 독립을 했다. 독서하는 자녀를 보며 책은 삶을 살아가는 데 많은 작용을 한다는 것을 깨달았다.

과거의 나는 삶을 돌보지 않았고 과거 속에 살면서 미래에 대한 계획도 없었다. 현실에 충실하지 않았다. 방관했던 삶을 벗어나 현재 책을 통해 한 걸음씩 걸어 나간다. 늦었다고 생각하지 않는다. 꾸준한 독서와 글쓰기를 하고, 걷기를 하면서 나만의 시간과 공간을 만들어 가고 있다. 그 시간을 통해 자산을 구축했고, 빚을 청산하는 시간을 만들었다. 책을 통해 내면 근력이 생겼다.

내가 하고 싶은 것을 스스로 생각하고 찾아가고 있다. 현재를 충실히 살아가면 3년 후, 5년 후 삶이 그려진다. "매일 하는 것이 나를 만든다. 지루한 것 매일 반복한다." 여유시간에도 충분한 휴식을 취하며 에너지를 재충전한다. 그리고 생각한다. 나의 한 걸음이 누군가에게 선한 영향력 있는 삶이 되길 바라며 운동화를 신고 걷는다. 걷기가 몸과 마음 정신을 치유하고 있다. 비워야 채워진다. 고요 속에 나를 만나 성찰의 시간을 갖는다. 매일 만 보 걷기 1,000일 목표로 걸으며 산티아고의 성지순례를 계획하고 있다.

2024년 7월 1일 아날로그 방식으로 은행에 가서 적립식 자율 통장을 만들었다. 1일 1만 원을 가지고 은행에 가서 저축하기로 했다. 6개월 동안 1,000만 원 만들기 도전이었다. 모든 것은 마음먹기에 달려 있다는 말처럼 의심하지 않았다. 평일에는 퇴근길에 저축했고 주말에는 걸으면서 은행을 찾았다. 작은 핸드폰으로 모든 것이 가능한 시대다. 하지만 종이 통장을 들고 은행에 갔다. 퇴근 후 밥 먹자는 동료들에게 "1일 1만 원 저축하며 1,000

만 원 모으고 있어요. 다음에 먹어요." 하고 다음을 약속했다. 천만 원 모으기에 집중했다.

'어떻게 부수입을 만들까?' 생각하며 자산을 구축해나갔다. 첫 번째, 가계부의 고정지출과 변동지출을 점검하며, 지출 통제를 했다. 감정 소비를 하지 않았고 꼭 필요한 생필품만 구매했다. 두 번째, 외식 및 배달 음식을 줄이고 집밥을 먹었다. 풍요로운 상차림으로 건강까지 챙길 수 있었다. 세 번째, 자녀들의 책을 정리하고 당근 마켓에 판매하며 부수입을 늘렸다. 집 정리도 하고, 옷과 신발을 고물상에 팔았다. 끌어당김의 법칙인 듯 길을 가다가 1만 원을 줍기도 했다. 네 번째, 4인 가족 증권 계좌를 개설하여 공모주를 하고 소소한 수입을 만들었다. 이벤트에 참여하여 생필품을 구매했다. 다섯째, 매일 만 보 걷기 완성 후 저축 및 주식 투자하여 수익금을 늘려나갔다. 마이너스 50프로 주식이 갑자기 기하급수적으로 오르기도 했다. 티끌 모아 태산이었다. 하루 만 원이 100만 원이 되고, 500만 원, 드디어 1,500만 원을 모았다. 매월 50만 원 저축하는 것도 버거웠던 삶이었지만, 6개월 동안 1,500만 원을 모았다. 끌어당김의 법칙으로 매일 은행에 가며 돈의 좋은 기운을 받았다. 행동이 생각을 만들어 현실을 만들었다.

빅맘의 100일 챌린지를 하면서 1일 1만 원 소수점 투자를 하고 있다. 매일 은행에 가서 저축했던 것처럼 1만 원의 힘이 얼마나 단단함을 가지는지 알고 있기에 실행하고 있다. 3년 목표다. 3년 후, 자산 증식이 어떻게 되어 있을지 기대된다. 거창하지 않아도 된다. 매일 작은 성취가 중요하다. 한 걸음 앞서 걸어가는 그녀들의 성장을 본다. 작은 습관으로 매일 나를 만들어 가고 있다. 작은 성취가 쌓여 삶은 아름답고 찬란하게 빛난다. 생각이 현실이 된다. 모든 삶이 이토록 아름다울 줄이야. 사는 것이 행복하고 감사한 시간이다. 오늘도 책을 통해 한 문장을 곱씹는다. 그리고 삶에서 적용한다. 그렇게 성장하는 자신을 발견한다. 나를 세우고 가정을 세우고 나의 주변을 아름답게 가꿔 나간다.

주부 9단 경단녀 엄마가 추천하는 책

『꿈꾸는 엄마가 기적을 만든다』

황경애

1 추천하는 이유

꿈이 있는 엄마는 기적을 만들어 낼 수 있다. 자녀를 잘 키우고 응원하고 싶은 분들께 추천한다.

2 감상평

미국 땅, 홀로 세 아이를 키웠다. 인생의 고난에도 불구하고 엄마가 꿈을 꾸고 성장하면서 자녀들의 꿈을 이뤘다. 엄마의 끊임없는 도전과 성취로 아이들 모두 미국 명문대를 보내고 졸업했다. 200만 달러는 아이들이 명문대에서 받은 장학금이다. 단돈 5달러가 없어서 아침을 맞이하고 싶지 않을 때도 삶의 목표를 찾고 성장해 나갔다.

"올바른 세계관이 올바른 삶으로 이끈다."

아이들에게 바른 가치관을 심어 주기 위해 자신을 믿고 매 순간 노력하는 엄마였다. 홀로 육아를 할 때 이 책이 한 줄기 희망이 되었다. 엄마가 행복하면 자녀도 행복하다는 것을 알게 해줬다. 육아의 기준점을 만들어 가는 계기가 되었다. 엄마의 지혜로운 자녀 교육법, 도전정신, 자녀에 대한 사랑이 담긴 감동 스토리다. 우리는 자녀를 잘 키우고 싶어 한다. 그전에 엄마의 꿈을 꾸고 성장하면 자녀도 잘 성장한다는 것을 보여준다. 엄마의 꿈을 먹고 자란 아이들이다.

3 이 책을 읽을 때 알아 두면 좋을 팁

자녀에 대한 기준이 없을 때 큰 도움이 된다. 자녀를 잘 키우기 위해선 엄마의 성장이 중요하다. 고난과 역경 속에서도 나만의 기준만 있다면 삶을 살아갈 수 있다. 이번 기회에 나는 자녀를 위한 어떤 기준을 만들어 갈 수 있을까 질문하고 읽는다면 도움이 될 것 같다.

5장

오십 넘어 도전한 대출 전문가의 독서

| 이운정 |

"나는 하는 일마다 잘된다. 내가 세운 목표는 다 이루어진다.
내 인생은 세상에서 가장 예쁘다."

열등감을 자신감으로 바꾼 독서

"살아야 할 이유가 있는 사람은 거의 모든 방식을 견딜 수 있다."

- 프리드리히 니체

나는 서울특별시 관악구 봉천 본동 산 102번지. 달동네 1남 2녀 장녀로 태어났다. 사흘 밤낮 진통하고 발부터 나오는 나를 보며 '산모와 아기 다 죽었구나.' 생각했다고 한다. 발부터 나왔고 100일 동안 젖이 안 나왔다. 분유 살 돈이 없어 미음을 먹었다. 엄마는 '명이 긴 아이'라고 말씀하셨다. 할머니, 고모 둘, 삼촌 둘, 연년생 동생까지 열 식구가 한집에 살았다. 그 당시 막내 삼촌은 초등학생이었다. 아빠가 혼자 벌어서 열 식구가 먹고살았으니 참 가난한 시절이었다. 엄마의 모습은 늘 피곤해 보였다. 세 명의 아이를 연년생으로 낳아 기르며 가난한 살림에 시집살이는 고단하고 힘들어 보였다.

엄마의 손을 잡고 싶고 무릎에 기대어 눕고 싶었다. 엄마 손을 잡을라치면 고된 살림과 시집살이로 지친 엄마는 치대지 말라고 하셨다. 엄마 사랑이 필요했지만, 엄마는 늘 충혈되고 피곤한 눈으로 방 안에 앉아 천장을 바라보고는 했다. 부모님의 도움을 받지 못하고 일상에서 일어나는 일의 대부분을 스스로 해결해야 했다. 어린 나이부터 어른스럽다는 말을 들으며 독립적인 아이가 되었다.

7살 때, 중풍을 앓던 할머니가 돌아가셨다. 고모들이 시집을 갔고 삼촌들은 취직하며 집을 떠났다. 드디어 다섯 식구가 남았다. 아빠는 돈을 벌기 위해 사우디에 가셨다. 아빠가 사우디에서 돈 많이 벌어 와 잘사는 날을 기다렸다. 그러나, 사우디 건설 현장에서 들려온 소식은 아빠의 사고였다. 아빠는 다리와 발을 크게, 다치셨다. 한강 성심 병원에서 으스러진 발을 맞추는 수술을 했다. 일 년 넘게 입원하며 재활 치료를 해야 했다. 엄마는 아빠를 간호해야 했다. 아빠는 월남 파병 용사 고엽제 후유증과 사우디 건설 현장에서 다친 다리로 인해 돈을 벌지 못했다. 아픈 아빠 대신 엄마가 돈을 벌어서 생계를 책임졌다. 나는 10살 어린 나이에 엄마 대신 어린 동생들을 돌봐야 했고, 더 가난한 집이 되었다. 동생들 밥 챙겨주고 주전자에 물을 끓여서 얼어 버린 수도꼭지를 녹여 맨손으로 빨래하고, 설거지했다. 스스로 해야 할 일들이 더 많이 늘어갔고 점점 더 어른스러워졌다.

어려운 살림에 학원을 다닐 수 없었다. 엄마가 사준 세계 명작 소설과 위인전, 백과사전이 어린 시절 친구가 되었다. 『소공녀』를 읽으며 『소공녀』가 어려운 시간을 이겨내고 행복해지는 모습이 좋았다. 책을 읽으며 책 속 주인공을 만나 위로를 받았다. 주인공이 되는 상상을 했다. 책이 좋아서 도서

부에 들어가 활동했다. 장래 희망으로 선생님이 되는 꿈을 꾸었다. 중학교에 들어가 봉사부장을 맡았다. 같은 일도 누군가를 위해 봉사하면서 인정받으니, 재미가 있었다. 즐거움은 그렇게 오래가지 않았다. 고등학교 진학 상담을 한 엄마는 집안 형편 때문에 상업 고등학교에 가야 한다고 하셨다. 선생님이 되고 싶었지만, 엄마의 고생을 알기에 상업 고등학교에 가야 했다. 학교 가는 길에 혼자 많이 울었다. 고생하는 엄마를 보며 슬퍼하고 주저앉아 있을 수가 없었다.

고등학교에 진학 후, 좋은 성적은 내 자존심이 되었다. 결국 원하는 성적을 받으며 목표를 이뤄낸 사람이 되었다. 좋은 성적을 받기 위해 시간을 관리했고 책을 읽으며, 꿈을 키우고 책 속 주인공의 위로를 받았다. 자존심이 되어 준 성적은 좋은 회사에 입사하게 해주었다. 공부가 나를 삶의 주인공으로 만들어 주었다. 다시 공부하기 시작했다. 가난한 집의 장녀이기에 공부로 자존심을 높였다. 작은 수첩에 매일 공부의 분량을 정하고 성적을 관리했다. 전교 10등 안에 들었다. 성적 장학금을 받고 학교에 다닐 수 있었다.

고등학교 3학년 때, 학교장 추천으로 한국투자신탁, 하나은행, 보람은행 등등 금융회사에 면접을 봤다. 최종 메트라이프생명 자산 운용팀 자금기획과에 입사했다. 본사에 들어가서 동기들과 재미있게 회사 생활을 시작했다. 월급으로 집에 생활비를 대고 동기들과 신나게 놀러 다녔다. 동기들과 재미나게 놀러 다니는 시간이 지나니 회사 내에서 고졸에 대한 차별이 느껴지기 시작했다.

서울역 한샘 학원을 등록했다. 1년 동안 회사 퇴근 후 한샘 학원으로 가서 공부했다. 어릴 적 꿈이었던 선생님이 되기 위해 힘든 시간을 참았다. 회사에서는 공부하는 여직원을 반기지 않았다. 몰래 공부했다. 친구들보다 2년 늦은 수능을 보았다. 교대에 갈 성적이 나오지 않았다. 친구들은 성적에 맞는 대학에 가라고 했지만, 자존심을 내세우며 대학을 포기했다. 교대에 입학하는 게 아니면, 다른 대학은 소용없다고 여겼다. 대학을 포기하고 제대로 놀기 시작했다. 그동안 눌러왔던 것이 한꺼번에 폭발했다. 외모를 화려하게 치장했다. 사고 싶던 옷도 샀다. 여직원회 총무였고 퇴근 후 사람들을 만나면서, 매일 밤 술을 마셨다. 감정적으로 삶을 대하기 시작했다. 결국, 술로 인해 위에 문제가 생겼을 때 남편을 만났다.

남편은 내가 회식할 때면 술 깨는 약을 사서 만나러 왔다. 남편을 만나고 다시 공부를 시작했다. 한국방송통신대학 유아교육학과에 입학했다. 휴가를 내고 출석 수업을 들었고, 중간고사, 기말고사 시험을 봤다.

방송통신대학 성적 장학금을 받으며 공부하는 재미를 느끼기 시작했다. 남편의 격려를 받으며 퇴근 후 공부하는 사람이 되었다. 공부하며 다시 꿈을 꾸기 시작했다.

회사에서는 공부하는 직원들에게 불공평하게 대하였다. 공부하는 티를 내면 안 되는 시절이었다. 98년 IMF 때 많은 직원이 정리 해고되었다. 나는 정리 해고에서 살아남아 1998년 10월 17일에 결혼했다. 신혼집은 평촌에 마련했다. 회사에서 3천8백만 원 대출받아 전셋집을 구했다. 친정에 생활비를 대고 모아둔 돈으로 예단을 마련하고 신혼 살림살이를 마련했다. 부모님 도움 없이 두 사람의 힘으로 결혼 생활이 시작되었다.

2000년 9월 2일 38시간 진통 끝에 자연분만으로 아들을 낳았다. 출산휴가 2달을 쉴 수 있었다. 방송통신대 유아교육학과 4학년 때는 유치원 실습한 달을 해야 하는데, 회사에 한 달 동안 휴가를 낼 수 없었다. 아들을 낳고 출산휴가를 이용해서 유치원 실습을 계획했다. 38시간의 진통을 하면서도 제왕절개 수술을 하지 않았다. 산후 회복이 빠른 자연분만을 했고, 산후조리를 끝내고 10월 한 달 유치원 실습을 했다. 드디어 유치원 정교사 자격증을 취득했다.

책을 읽을 때와 읽지 않을 때 삶에서 차이가 났다. 내 가치는 내가 만드는 것이었다. 이제는 안다. 책 읽고 공부하며 꿈이 생겼다. 삶이 답답할 때 책을 펼친다. 작은 벽돌을 온라인 빌딩 속에 차곡차곡 올린다. 오늘도 나의 삶을 아름답게 가꾸기 시작했다. 나의 열등감을 자신감으로 바꾸는 비법은 책 속에 있다. 책 속에서 나에게 필요한 한 문장을 찾는 순간, 과일나무에서 탐스러운 열매를 따는 기분이다. 오늘도 책 속 한 문장에서 생활에 적용할 부분을 만든다.

도서관에서 인생 멘토를 만났다

"책은 인생의 나침반이다."

- 미상

남편은 1남 3녀의 둘째이자 외아들이었다. 경찰이셨던 시아버지와 젊은 시절부터 우울증약을 드시고 시아버지를 평생 미워하신 시어머니, 미혼인 세 명의 시누이가 있었다. 엄마가 시댁 식구들을 챙기는 걸 보고 자라서 시댁에 하는 것을 당연하게 여겼다. 시누이들은 '우리 엄마는 잘하는 것이 없어.', '무얼 바라면 안 돼.' 하며 시어머니 뒤에 있었다. 어릴 때부터 독립적으로 자랐기에 아무것도 해주지 않는 어머님을 원망하지 않았다. 아버님이 정년퇴직하고 서울 집을 정리하고 고향인 청주로 내려가셨다.

시누이 3명 중 동갑인 막내 시누이는 2003년에 결혼했다. 결혼하면서 횟집을 했는데 경험 없이 시작한 사업으로 어려움을 겪었다. 가게 적자를 메꾸려고 돈을 빌려달라고 했다. 마이너스 통장에서 돈을 인출해, 빌려주었다. 파산 직전, 보증을 서달라고 했다. 매달 돈을 빌려달라던 시누이와의 갈등이 생겼다. 2004년 2월, 완전히 파산한 시누이와 시누이 남편, 갓 태어난 조카가 청주 시댁에 들어가 함께 살게 되었다. 경제적으로 피해를 준 시누이 가족에게 필요한 용품을 시댁에 갈 때마다 챙겼다. 시어머님은 '경선이가 무슨 정신이겠냐'며 딸을 걱정했다. 사업이 망해서 시부모님 집에 얹혀살면서도 정신을 못 차리는 시누이 부부를 딸이라고 감싸며 며느리의 섬김은 당연히 여기는 시어머님으로 인해 이해하는 마음도 잠시 서운함과 미움이 자랐다.

2010년 1월 술 드시고 자전거를 타던 아버님이 빙판길에서 미끄러져서 목을 다쳤다. 충북대병원에서는 수술이 힘들어 서울대병원으로 모시고 와서 수술했다. 청주와 서울을 오가는 병원 생활이 시작되었다. 병원을 모시고 다니는 것은 차가 있는 아들의 몫이었다. 1년 후, 아버님은 대장암 말기 판정을 받았다. 항암치료를 위해 남편은 아버지를 모시고 다녔다. 휴가 낸 남편이 청주까지 가서 서울 병원에 모시고 와서 진료 후 청주에 모셔다드렸다. 이런 생활이 계속 이어지니 남편이 피곤했는지, 교통사고가 났다. 남편과 상의해서 부모님을 모시기로 했다. 어머님께 우리가 모실 테니 합가하자고 했다. 서울과 지방을 오고 가고 하기에는 체력도 경제적 여유도 부담되었기 때문이다. 어머님은 흔쾌히 알았다고 하시며 아버님을 먼저 우리 집으로 보내셨다. 아버님 보내고 오신다고 하던 어머님은 시간이 지나도 오시지 않았다. 아버님의 항암치료 이후, 내 몫이 되었다. 합가하면 부모님의 재산이 없어진다는 딸들의 반대가 있었다고 전해 들었다. 일하면서 아버님 몸에 좋은 음식을 만들고, 아버님 항암치료를 모시고 다녔다. 아버님은 항암치료 10번을 모두 하셨지만 결국 대장암 발병 3년 만에 돌아가셨다.

3년 세월 속에 시어머님과 시누이들에게 받은 상처와 미움은 마음뿐만 아니라, 몸을 병들게 했다. 힘든 시간을 참고 견뎠더니 몸이 고장이 났다. 자궁암 직전까지 가며 계속된 하혈로 한동안 누워만 있었다. 공황장애가 왔다. 시댁 생각만 하면 천장이 빙빙 돌고 숨이 막혔다. 하지만, 그 아픔도 잠시, 아들과의 합가를 원치 않았던 시어머님은 아버님이 돌아가신 후, 청주 집을 정리하고 우리 집 옆 동으로 이사 오셨다.

마음과는 다르게, 시어머님 집을 알아보고, 계약하고, 가구를 들이고 입주 청소를 했다. 합가하면 엄마의 재산권이 사라진다며 반대하던 시누이들은 시어머님 집을 본인의 명의로 바꿔 어머니와 함께 살았다. 옆 동으로 이사 온 시어머니를 병원에 모시고 다녀야 했고 음식을 해서 챙기며 1년을 살았다. 대한민국 며느리 생활은 힘들다는 생각도 잠시 스트레스가 몸을 아프게 했다. 결국, 살기 위해 결혼 후 16년간 살던 동네를 떠나 인덕원으로 이사를 했다. 인덕원으로 이사를 왔을 때 아들 고1, 딸 중1 입학할 때였다. 시댁과 물리적 거리가 생기자, 숨통이 트였다. 집을 사면서 얻었던 빚도 다 갚았다. 날아갈 것 같았다. 새로 이사한 집에 빚 없이 사는 게 너무 좋았다.

빚이 사라지자, 투자로 돈을 벌고 싶었다. 지인 집에 초대받아 간 날, 광고를 보면 돈이 쌓인다는 사업을 소개받았다. 믿고 따르던 언니들의 말만 믿고 자세히 알아보지 않고 '묻지 마 투자'를 했다. '폰지' 사기였다. 순식간에 3천만 원이 사라졌다. 당황스러웠다. 투자 손실을 만회하고 싶었다. 마음이 급해졌다. 마침 부동산 투자 잘해서 월세를 받는 동네 언니가 좋은 땅이 있다고 했다. 언니를 믿고 땅을 샀다. 기획부동산 사기였다. 3천5백만 원짜리 쓸모없는 땅이 생겼다. 어처구니없는 투자로 거액을 날리니 남편과 다투기 시작했다. 남편은 20년을 믿고 맡겼지만, 이대로 가다간 집 망한다며 경제권을 가져갔다. 2017년 그 싸움 끝에 50만 원 생활비를 받으며 살게 되었다.

남편에게 큰소리치며 성공을 장담했다. 다른 사람들까지 끌어들였던 다단계 '폰지' 사기, 기획부동산 사기는 한순간에 부부 신의를 물거품처럼 사라지게 했다. 서로에 대한 믿음은 사라졌고, 피해를 본 지인들을 마주 볼 자신이 없었다. 자존감은 바닥으로 떨어졌다. 큰 충격으로 몸이 무너졌고, 공황장애가 생겼다. 몸과 마음이 아픈 시절이었다. 길고 어두운 터널 같은 시간을 지나며 몸에 살이 찌고, 앉아도 일어서도 허리와 무릎이 아파 걷기도 힘든 몸이 되었다.

남편에게 받는 생활비는 턱없이 모자랐고 돈 달라고 하는 것도 자존심 상했다. 통장 잔액은 10만 원도 없었다. 개인 모임 회비를 내기 위해 돈을 달라고 하니 돈 없으면 모임도 정리하라는 말을 들었다. 내가 할 수 있는 것은 무엇일까 생각하다가 집 옆 도서관으로 발길을 향했다. 도서관에 가서 경제, 재테크에 관한 책을 읽기 시작했다. 재테크 책을 읽으며 부족한 돈 공부를 시작했다, 책을 통해 알게 된 내용을 적용하며 심리 계좌를 40만 원에 고정했다. 매주 10만 원 살기를 하며 생활비를 아꼈다. 재테크 카페에 가계부를 쓰고 정보를 나누며 인증하고 지출을 통제하기 시작했다. 앱테크를 통해 화장품, 속옷, 소소한 생필품을 0원에 구매했다. 이벤트에 적극적으로 참여하고 식비 절약을 했다. 식품 재료를 사서 손질하고 작게 나눠서 냉동하면 버려지는 게 없었다. 절약 노하우를 공유하고 카페의 VIP 회원이 되었다. 생활비를 아낀 돈을 코인과 해외 주식 소수점 투자를 했다. 집안일에 지장을 주지 않고 수입을 늘리기 위해 가장 무료한 시간인 1시부터 5시에 맘스터치 아르바이트를 시작했다. 40~50만 원 수입이 생겨서 ETF 투자를 시작했다. 돈을 모아 투자하는 재미를 알게 되었고, 더 아끼기 위해 간소한 삶을 살며 사지 않는 삶을 선택했다.

공부 없이 남의 말만 믿고 시작한 투자는 건강과 경제권을 잃게 했다. 상실감에 한동안 아무것도 할 수 없는 시간을 보내야 했다. 암흑 같은 시기에 살기 위해 간 도서관에서 만난 책은 어두운 터널을 벗어나는 길 안내자가 되었다. 책에서 작은 희망을 보았고 시작할 힘을 얻었다. 사기와 투자 실패는 돈 공부를 시작하는 계기가 되었다. 책을 읽고 공부하면서 무엇이 잘못됐는지를 알게 되었다. 묻지 마 투자가 얼마나 무서운지를 알게 되었다. 잘못된 투자를 경제적 자유를 위한 수업료라 생각했다. 더 큰 사고를 치기 전에 멈출 수 있어서 감사하다고 마음을 바꾸기 시작했다. 생활비를 어떻게 하면 아껴서 투자할 수 있을지 고민하게 되었다. 지출을 통제하는 사람이 되었다. 돈을 모아 투자를 하면서 투자 원칙을 세웠다. 원칙을 정한 투자를 하니 저절로 통장에 돈이 쌓였다.

도서관에서 만난 책 속 스승님들의 가르침은 다시 시작할 날개를 달아주었다. 책에서 만난 멘토는 나에게 삶의 방향과 단단함을 선물했다. 끝나지 않을 것 같던 어두운 터널을 나왔다. 책 속 멘토와 함께 걸어 나오니 삶의 빛이 내 곁에 왔다.

독서를 통해 인생 혁명을 꿈꿉니다

"정해진 운명을 거역하는 자, 나는 이들을 역행자라 부른다."

- 자청

자녀들 입시를 끝내고 나니 허탈했다. 불만족스러운 생활에서 내 인생을 찾고 내 일을 하고 싶었다. 내가 가진 자격증은 유치원 정교사 자격증, 보육교사 1급 자격증, 운전면허증이 있었다. 어린이집을 운영해 보고 싶었다. 먼저 어린이집 교사로 일해보기로 하고 일을 시작했다. 어린이집 교사로 취업하기는 쉬웠다. 하지만 일은 생각보다 힘들었다. 아이들은 예뻤지만, 감정노동자로서 늘 참아야 하고 쉬는 시간 없이 일해야 했다.

2022년 6월 말, 퇴근길에 갑자기 장맛비가 쏟아졌다. 비가 튀어서 더러워진 발을 씻으러 화장실에 들어갔다. 바닥이 미끄러웠고 눈 깜짝할 사이에 슬라이딩하듯 넘어졌다. 오른쪽 손목에 금이 갔다. 고관절 통증으로 한동안 걸을 때마다 아팠다. 오른손과 팔에 깁스했다. 오른손을 쓰지 못하는 여름을 보냈다. 깁스한 상태로 아이들 기저귀를 갈고 씻기고 교실을 청소

하는 일은 힘들었다. 쓰지 말아야 할 손을 쓰면서 통증으로 얼굴이 찌푸려졌다. 머리를 감고 씻는 것은 딸의 도움을 받아야 했다. 하지 못하는 것들이 많아지니 저절로 우울했다. 깁스를 풀고 거울을 바라보았다. 그 안에는 우울하고 생기도 없으며 희망이 사라진 나이 먹은 아줌마가 보였다.

2022년 8월, 운명처럼 『역행자』가 찾아왔다. 책 『역행자』에서 만난 자청은 책을 통해 인생 공략집을 발견했다고 했다. '나도 책을 읽으면 할 수 있다.' 어릴 때부터 책을 좋아했었다. 바쁜 일상을 살면서 잊고 있었다. 자청의 말처럼 책을 읽으면 인생 공략집을 찾을 수 있다고 하니 희망이 생겼다. 역행자를 통해 행동하는 사람이 되기로 결심했다. 책에 나온 대로 매일 2시간 책을 읽으면 내가 원하는 사람이 될 것 같았다. 책을 읽기 위해 독서모임에 들어갔다. 책을 읽을 수 있는 나만의 시간이 필요했다. 출근과 가족들의 방해가 없는 시간은 새벽이었다. 새벽 기상을 해야만 책을 읽을 수 있었다. 새벽 기상을 하려고 MKYU 김미경 학장님과 514 챌린지를 하며 '모닝 짹짹'을 했다.

그동안 모아둔 돈으로 나를 가르치는 일에 돈을 쓰기 시작했다. 하고 싶은 일, 좋아하는 일을 찾아 배움에 돈을 투자했다. 수강료를 내고 부동산 공부를 시작했다. 부동산으로 돈을 벌고 싶었다. 부동산 공부는 여전히 어려워서 강의를 찾아 여기저기를 기웃거렸다. 땅으로 사기를 당하지 않기 위해서 토지 강의를 들었고, '대출상담사'라는 직업을 소개해 준 동생을 만났다. 본격적인 자기 계발을 시작했다. 아무것도 하지 않으면 아무 일도 일어나지 않는다는 걸 배우고 3년 뒤의 목표를 세우고 행동하기 시작했다. 내게 부족한 부분을 찾아 배우고 익히고 책을 읽었다.

나의 배움에 투자하면서 만나는 사람들이 달라지기 시작했다. 독서의 중요성을 강조하며 책을 읽는 사람들과 책에서 깨달은 부분을 나누기 시작했다. 혼자서 책을 읽는 것에 한계가 있었다. 좋아하는 책만 읽었고 매일 2시간 독서를 하자는 계획이 지켜지지 않았다. 독서 모임에 가입해서 추천 도서를 읽기 시작했다. 롭 무어의 『레버리지』를 읽으며 레버리지 당하지 않고 레버리지 하는 사람이 되기로 했다. 경제적 자유를 꿈꾸기 시작했다. 어린이집을 그만두었다. 잘하는 일, 즐겁게 할 수 있는 일을 하고 싶었다. 사람들에게 선한 영향력을 끼치는 삶을 살며 멋지게 나이 먹고 싶었다.

2024년 1월 '빅맘의 북테라피'를 시작했다. 평소 읽던 책과 달리 마음에 위로가 되는 책들이 많았다. '북테라피'라는 이름처럼 마음에 안식처가 되는 책들을 추천해 주었다. 김경일의 『타인의 마음』을 읽고 나를 바라보는 시간을 가졌다. 힘들 때도 웃고 있던 내가 보였다. '외로워도 슬퍼도 나는 안 울어' 만화 속 주인공 '캔디'처럼 참는 게 미덕인 줄 알고 지낸 시간이었다. 책을 통해 부적절하게 밝은 사람이라는 것을 알아차렸다. 힘들다는 표현을 못하는 것이 '심리적 허세'라는 걸 깨달았다. 초등학교 시절 사랑을 받지 못하면 어쩌나 하는 무의식 속 불안감이 존재한 것이다. 독서를 통해 어린 나를 만났다. 엄마의 사랑과 인정을 받고 싶어 혼자 울고 있는 어린아이를 어른이 된 내가 "괜찮아! 네 잘못이 아니야! 사랑받을 자격이 충분한 아이야!" 위로했다. 위로를 받고 내면의 모습을 바라보면서 과거에서 벗어날 수 있었다. 책을 통해 자신은 물론 주변을 여유롭게 보는 시선을 가질 수 있게 되었다.

"나는 하는 일마다 잘된다. 내가 세운 목표는 다 이루어진다. 내 인생은 세상에서 가장 예쁘다."

꿈과 목표를 위해 확언을 외쳤다.

길을 잃어버렸을 때 돌아보니, 일상의 피곤함을 핑계로 책을 읽지 않을 때였다. 한동안 인생 방향성을 잃고 무지한 선택으로 상처만 깊이 남았다. 나는 오늘도 책을 손에서 놓지 않는다. 매일 한 문장의 독서가 내 인생에 희망을 선물했다. 내면의 나약한 힘이 사라지고, 상처를 치유하는 힘이 좋은 생각을 하며, 결정 내리는 삶이란 것을 안다.

책을 읽으면서 세상을 똑바로 볼 수 있는 지혜가 생기기 시작했다. 책은 빛이 되어서 반짝이며 길을 알려주고 사라진 내면의 힘을 찾아 주었다. 세상이 어지럽고 힘든 결정을 해야 하는 순간에는 늘 책을 읽는다. 책 속에서 만난 멘토는 인생의 스승이 되어 길을 알려주었다. 그 안에서 만난 지혜는 흔들리지 않는 믿음을 만들어 주었다. 매일 밥을 먹듯 새벽 고요한 시간, 나만의 시간에 책에서 지혜와 멘토를 만나고 있다. 평범한 삶을 거부한다. 나만의 방식으로 멘토들의 이야기를 듣고 나의 한계를 깨고 나간다. 오늘도 자신을 위한 역행자로 살아가고 있다.

매일 한계를 깨는 나는 대출 히어로

"편안함은 모든 감옥을 다 합친 것보다 더한 감옥을 만들어 낸다."

- 그랜트 카돈

기획부동산 사기를 당하고 부동산 공부의 필요성을 느꼈다. 공부해야지 생각만 하면서 시간을 흘려보냈다. 어린이집 교사로 일하면서 몸이 힘드니 다른 것에 관심을 가질 여력이 없었다. 시간에 쫓기며 살게 되었다. 그러는 사이 부동산 가격이 폭등했다. 빚 없는 집 한 채를 가지고 편안하게 살다가 벼락 거지가 된 것 같았다. 상대적 박탈감이 컸고 '부동산 공부해야지.' 마음먹게 되었다. 하지만 마음뿐이고, 부동산에 들어가서 시세조차 물어보지 못했다.

23년 3월 어린이집 교사를 그만두었다. 미루고 미루던 부동산 공부를 시작했다. 수강료 내고 강의를 듣기 시작했다. 부동산 모임에 나가고 관련 카페에 가입했다. 부동산 임장(지역 조사)을 통해 부동산 중개사무소에 들어가 시세와 흐름을 파악해야 했다. 그런데 낯선 부동산에 들어가지를 못했다.

같이 공부하는 동생에게 부동산에 들어가는 게 힘들다고 하자 부동산에 매일 들어가는 직업이 있다고 했다. 부동산에 관심이 많았던 그 동생은 대출상담사 일을 시작하고 있었다. 묻지도 따지지도 않고 나도 하겠다고 했다. 대출상담사라는 직업을 알게 되었고 여신금융연수원 교육을 받고 23년 7월 29일 대출모집인 중개 자격시험을 보았다. 23년 8월 자격증을 취득한 후, 에이플러스 모기지 회사에 들어갔다.

영업해본 적이 없었다. 팀장님은 일주일에 한 번 이상 부동산에 들어가 전단지 드리고 인사하고 나오면 된다고 했다. 어디를 영업할지 고민하니, 집에서 40킬로 거리에 있는 하남 미사로 영업을 가라고 했다. 하남 미사에서 영업하던 선배가 농협으로 이직했으니 그 자리를 채우라는 것이었다. 하남 미사는 집에서 너무 멀었다. 고속도로를 통해 운전해서 가야 하는데 고속도로 운전을 한 번도 한 적이 없었다. 고속도로 운전은 힘들고 위험하다는 한계를 만들고 계속 '안 된다. 힘들다.'를 생각하며, 어영부영 9월 한 달을 보냈다.

한 달 영업을 하지 않고 보내니 마음속에 커다란 돌덩이가 들어와 앉았다. 뭘 해도 불만족스럽고 불편했다. 자존감이 떨어졌다. 같이 입사한 동기가 열심히 한다는 소식이 마음을 불편하게 했다. 바닥까지 떨어진 자존감과 이대로는 안 된다는 절박한 심정이 한계를 깰 마음이 들게 했다. 더는 미루고 안 될 이유를 찾지 말고 무조건 행동하기로 했다. 머릿속에서 만든

‘고속도로 운전은 어려워, 무서워, 위험해. 나는 고속도로에서 운전을 못 하는 사람이야.’라는 한계를 깨기로 했다. 내비게이션을 켜고 하남 미사 대장 아파트 ‘센트럴자이아파트’를 검색했다. 옷을 챙겨 입고 운전대를 잡았다. 손에서 땀이 났고 숨이 가빠졌다. 내비게이션을 보는 것도 익숙하지 않아 초집중해야 했다. 벌벌 떨면서 운전했다. 그렇게 길게만 느껴졌던 고속도로를 달려 1시간 만에 하남 미사 강변 신도시에 도착했다. 손에는 땀이 흥건했다.

“해냈다!”

내가 만든 한계가 깨진 순간이었다. 나는 못하는 게 아니라 안 한 것이라는 것을 깨달았다. 못한다고 생각했던 것을 해내는 순간 나는 할 수 있는 사람이 되었다. 내가 만든 한계를 깨고 자유롭게 날아올랐다. 첫 고속도로 운전으로 한계를 깼지만, 첫 영업, 처음 가본 도시, 낯선 시선들이 기다렸다. 전단지 들고 부동산 문을 열고 들어가 차가운 시선의 사장님들을 만나기가 두려웠다. 몇 번씩 심호흡하며 망설였다. ‘목숨을 걸고 달려왔잖아. 영업은 운전보다 쉬운 거야.’ 스스로 달래며 전단지 들고 영업을 시작했다. 문을 열고 들어가면 빤히 쳐다보는 부동산 사장님들 눈도 못 마주치고 전단지 두고 나오기가 바빴다. 모르는 동네를 파악하기 위해 차를 세워두고 걸었다. 2만 보를 넘게 걸었다. 영업을 마치고 돌아가는 어두운 밤, 집에 가는 길을 잘못 들어가 올림픽 도로를 타고 강남을 지나가며 꽉 막힌 도로

위를 달려야 했다. 새로운 길을 만났고 미숙한 운전 실력이라 손에서 땀이 났고 숨이 가빠졌다. 심호흡하며 초긴장 상태로 운전대를 잡았다. 다시 만난 낯선 길이 당황스러웠다. 다시 생각을 바꿨다. 새로운 길을 배우고 운전 연수 중이라고 생각했다. 실수도 공부가 된다고 생각하니 즐길 수 있었다. 마음이 차분해지기 시작했다.

낯선 도시와 차가운 시선의 부동산 사장님들에게 영업 가는 일이 싫었다. 머릿속으로 온갖 이유를 만들었다. 날이 안 좋아서, 몸이 아파서, 집안일 때문에 계속 미루고 미루니 일주일이 지나가 버렸다. '부동산 대출 중개'라는 창업을 했는데 문을 열지 않는 사장님이었다. 머릿속 생각을 버리고 무조건 행동하기로 했다. 먼저 나를 기억할 수 있도록 전략을 세웠다. 전단지를 반으로 접어 비닐에 넣고 '하루 견과'를 담았다. 비닐 속의 영업용 전단지 안에 든 간식을 먹기 위해서는 비닐을 열고 내 이름을 한 번이라도 볼 수 있게 만들었다. 매주 간식이 든 전단지를 들고 방문하자 차가웠던 시선들이 따뜻해지기 시작했다. 6개월쯤 지나자 '과잣값 못한다.'라며 미안해했다.

고속도로 운전이 편안해지기 시작했다. 운전하는 1시간 동안 밀리의 서재를 통해 론다 번의 『시크릿』을 귀로 들었다. 책 읽는 시간이 부족해 밀리의 서재를 들으며 다녔다. 『시크릿』을 통해 잠재의식과 확언의 중요성을 알게 되었다. 하늘의 좋은 기운을 불러오기 위해서 부정어를 쓰지 않기 위해 노력했다. 매일 감사 일기를 통해 감사할 것들을 찾았다. 감사할 것들을 찾으니 일상이 다르게 보였다. 매 순간이 감사했다. 운전하고 『시크릿』 들으면서 우주의 기운을 끌어모아 '긍정 에너지'를 가득 채워 영업했다. 밝고 에너지 넘치는 내가 오기를 기다리는 사장님들이 생기기 시작했다. 2024년 6월 문의 전화가 늘어나고 밥 먹을 시간이 없어졌다. 업무수첩 가득 고객과 만남 약속으로 가득 채워졌다. 7월 3주 동안 100억 넘게 판매했다. 8월에 천만 원이 넘는 수당을 받았고 2024년 Hero SR(대출상담사)이 되었다.

불가능한 목표 같았던 월 천만 원을 받는 사람이 되겠다는 확언이 이루어졌다. 처음 영업을 시작할 때는 능력 밖의 목표였다. 한계를 깨고 도전하면서 목표가 이루어졌다. 불가능할 것 같은 목표를 세우고 할 수 있는 노력과 행동을 꾸준히 한 결과였다. 지금은 도전을 즐기는 사람이 되었다. 한계를 깨는 도전을 하기 시작했고 도전하면서 만나는 실패와 어려움을 당연하게 여기며 즐긴다. 평온한 삶은 발전이 없다는 걸 안다. 실패와 어려움은 성장을 위한 필수 과정이라 여긴다. 매일 어제보다 더 성장하는 삶을 꿈꾼다. 주어진 시간을 소중히 여기며 그 시간에 잠재력을 믿고 행동한다. 내 운명은 내 생각대로 만들어지고 있다.

매일 새벽 나만의 시간에 책을 읽고 생각의 크기를 키우고 있다. 1년 후 나는 오늘 책을 읽은 것에 대해 감사함을 느낄 것이다. 3년 후 나는 책을 읽고 적용하고 있는 나를 자랑스러워할 것이다. 미래의 나는 오늘도 독서하는 자신을 자랑스러워할 것이다. 매일 한계를 깨는 내가 미래의 나를 만나러 간다.

오십 넘어 도전한 대출 전문가가 추천하는 책

『EBS 다큐프라임 자본주의』

EBS 〈자본주의〉 제작팀·정지은·고희정

1 추천하는 이유

나의 행복과 가족의 미래를 준비하기 위해 반드시 알아야 하는 것이 있다. 바로 자본주의에 대한 것이다. 자본주의 사회를 살고 있지만 우리는 자본주의를 모른다. 살면서 뉴스를 흘려듣고 '나와 상관없는 이야기'라고 치부하며 열심히 산다. 바쁘다는 핑계로 열심히만 살고 있지만, 여전히 돈 때문에 힘들어 한다. 열심히 사는데 힘들다면, 자본주의 시스템을 공부해야 한다. 자본주의 본질을 모르면서 자본주의 사회를 살고 있다는 것은, 불빛 없는 어두운 터널에서 헤매는 것이다.

2 감상평

자본주의 세상에는 내가 모르는 돈의 비밀이 있다. 학교에서 배우지 않았고 누구도 설명해주지 않았다고 변명 아닌 이유를 이야기했다. 책 읽고, 나만 바보처럼 사는 것을 깨달았다. 『EBS 다큐프라임 자본주의』는 '돈이란 무엇인가?', '왜 학교에서 경제를 제대로 가르치지 않는가?'라는 단순한 질문에서 1년 6개월간 기획, 취재가 되었다. '돈에 대한 진실', '자본주의의 비밀', '금융상품의 비밀', '마케팅의 비밀'을 읽고 나면 자본주의 사회에서 속지 않고 사는 지혜가 생긴다.

3 이 책을 읽을 때 알아 두면 좋을 팁

쉽게 술술 읽히는 책이다. 경제 초보가 읽기에 딱 좋은 책이다. 읽는 중간중간 모르는 단어나 용어가 나오면 메모를 해두었다가 찾아보면 도움이 된다. 나는 '나만의 경제 수첩'을 만들었다. 경제 수첩에 메모가 쌓일수록 경제 내공도 쌓여가는 것을 느꼈다. 그동안 흘려들었던 뉴스를 이해하게 될 것이다.

6장

읽고 쓰고 사색하는 필라테스 선생님 독서

| 이정은 |

"독서는 나에게 자신감을 심어주었고,
어떤 상황에서도 대처할 힘을 길러 주었다."

미국 드라마 속 여주인공이 되는 꿈. 현실자각독서

"나는 내 운명의 지배자이며 내 영혼의 선장이다."

- 시인 윌리엄 어네스트 헨리(William Ernest Henley)

5시 45분 새벽. 머리를 쥐어박았다. 지난밤 아이를 재우다 같이 잤다. 이유식 만들고 영어 공부하려고 했다. 해야 할 일, 하고 싶은 일이 많았는데, 잠들었다. 커피 생각이 간절하다. 슬며시 아이 머리 팔베개를 빼고 침대 밖으로 나왔다. 잠시 후, "으~앙" 아이가 깼다. 팔베개를 빼면 자동이다. 방금 만들어 두 모금 마신 커피, 올라오던 김이 사라지고 있다. 물소리가 들린다. 출근 준비하는 남편의 샤워 소리다. 뜨거운 물줄기 아래 서 있는 그이가 참 부럽다. 집을 뛰쳐나가 출근하고 싶은 생각이 간절했다. 현실은 한 손으로 아이를 안고 식어버린 커피잔을 든다. 조용히 혼자 뜨거운 커피 한 잔 마시고 싶었는데, 아이는 그 여유도 허락하지 않는다. 뺨 위로 물 한 방울이 떨어진다. 아이와 나, 둘만의 긴 하루 시작이다. 2014년, 제목 '슬픈 육아' 블로그 비공개 글이다.

미국 유학을 계획한 남자 친구가 청혼했다. 핑크빛 오픈 스포츠카를 타는 로맨틱 드라마 여주인공으로 발탁된 것 같았다. 능력 있는 남자 친구가 듬직했고 고마웠다. 공부와 일을 병행한 남편 덕분에 학교에서 생활비를 지원받았다. 그러나 예상보다 금액은 넉넉하지 않았다. 유학생 동기 중 우리만 중고차를 탔다. 한국에 비해 유난히 값이 싼 하겐다즈 아이스크림을 보고, 마트에 갈 때마다 쇼핑카트에 넣을까 말까를 고민했다. 아이스크림은 간식이었기 때문이다. 매주 세일 정보와 할인 쿠폰을 확인하는 것이 중요한 일이었다. 밀가루 반죽을 만들면 칼국수, 만두피, 호떡까지 만들어 먹었다. 고기 한 덩어리면 동그랑땡, 함박스테이크, 만두소까지 다양하게 활용했다.

"오빠, 우리도 나중에 쇼핑카트 한가득 먹고 싶은 것들 가득 채울 날이 있겠지?"

남편의 졸업이 희망이었다.

미국에서 일할 수 없는 신분이었기에, 남편이 공부하는 동안 아이를 낳고 키울 계획이었다. 타인에게 아이를 맡기는 비용 대신 경제적 이득이었고, 가치 있는 시간이라 생각했다. 그러나 예상과 달리 임신이 쉽지 않았다. 매월 임신테스트기에 두 줄이 뜨기를 간절히 기다렸지만, 언제나 빨간색 한 줄이었다. 내 힘으로 어찌할 수 없는 애타는 기다림, 4년 시간이 무기력하게 흘러갔다. 결국, 시험관 시술로 축복의 임신이 되었다. 10개월 후 나는 엄마가 되었다.

현모양처의 어릴 적 꿈을 실행할 타이밍이었다. 모유 수유로 심한 젖몸살을 겪고 있을 때, 유학생 아내들의 소식을 들었다. 대학원을 졸업하고, 취직했다는 이야기였다. 경제적 어려움과 신분의 제한으로 임신만을 기다린 지난 시간이 초라했다. 시험관 시술과 임신, 출산으로 살이 찌고, 수유복을 입은 거울 속 내 모습이 젖소 같았다. 미국 대학원 졸업장이 있고, 육아도 척척, 경력도 착착 쌓아가는 그녀들의 당찬 모습이 부러웠다. 그들과 비교하며, 24시간 아이와 붙어 있는 생활에 점점 지쳐갔다.

남편이 출근 전 1시간, 아이를 돌봐주기로 했다. 집에 있으면 남편이 있어도 아이가 나를 찾을 테니 무조건 밖으로 나가기로 했다. 이른 아침 어디에서 나만의 시간을 가질 수 있을까 생각한 후 아파트 주민에게 제공되는 무료 헬스장을 찾았다. 마침 산후 다이어트가 필요했던 시기였다. 땀으로 젖은 옷이 쌓인 만큼 우울감이 줄었다. 새벽 6시 온라인 영어 공부를 시작했다. 스터디모임 닉네임을 '책책책'으로 정했다. 매일 책을 읽는 사람이 되고 싶었기 때문이다. 공부할 때마다 '책책책'으로 불리니, 진짜 책을 읽기 시작했다. 이름에 맞는 사람으로 점차 변화되고 있다. '원서 읽기', '미국 드라마로 영어 공부하기' 스터디 모임을 결성하게 되었다. 점점 무기력감에서 벗어났다. 더는 육아만 하는 엄마가 아니었다. 운동도 하고 영어 공부도 하고 책도 읽는 엄마가 되었다.

아침 7시까지 허락된 혼자만의 시간이었다. 그 시간을 생산적으로 즐기며, 더 많은 시간을 확보하고 싶었다. 기상 시간이 빨라지기 시작했다. 늦게 일어나면 나만 손해였다. 새벽 4시 오픈하는 집 근처 스타벅스에 갔다. 그 시간, 카페의 손님은 오직 나 혼자였다. 그윽한 커피 향과 아름다운 음악이 흐르는 가운데 공부하는 나, 이 시간의 내가 참 마음에 들었다. 이렇게 주체적인 시간을 보내고 집으로 가는 길은, 신나는 출근길이었다. 나를 바라보는 아이를 향해 미소 지으며, 기쁘게 현관문을 열 수 있었다.

이민 생활 초기, 나는 깊은 열등감과 자괴감에 빠져 마치 외로운 슬픈 영화의 주인공 같았다. 오마에 겐이치의 『난문쾌답』에서는 변화하고 싶다면 3간을 바꾸라고 한다. 시간을 달리 쓰고, 공간을 바꾸고, 만나는 인간을 바꿔야 한다고 말이다. 나는 바로 서기 위해, 3간을 바꿨다. 조용한 새벽, 헬스장에서 운동을 만났다. 고요한 새벽 카페에서 책을 만났다. 엄마, 아내가 아닌 나로서 존재하는 시간과 공간 속에서 성장하는 나를 만났다. 그리고 마침내, 책을 통해 내 인생을 주도하는 행복한 주인공이 되었다.

결혼 후 16년 차, 책을 통해 사장을 꿈꾸다

"실패는 있어도 '패배'는 없어야 한다."

- 고명환

미국은 슈퍼마켓 안에 스타벅스 매장이 입점해 있는 곳이 많다. 슈퍼마켓 내 스타벅스에서 커피를 구매하면, 영수증에 마켓 이름이 찍힌다. 당시 나는 남편 명의 카드를 사용했기 때문에, 소비 내용이 알려지는 것이 싫었다. 진한 아메리카노가 간절했던 날에는, 카페 대신 슈퍼마켓으로 향했다. 조용한 음악이 흐르고, 부드러운 커피 향이 감도는 분위기 좋은 카페에 가고 싶었지만, 남편이 공부하고 일하는 동안 한가롭게 커피 마시는 시간을 보여주는 것이 미안했기 때문이다. 마음 한편의 불편함을 안은 채, 같은 돈을 내고 마트에서 커피를 마셨다. 그리고 생각했다. 내 돈을 벌고 싶었다.

"오빠, 나 투자하고 싶은데 5,000달러 줄 수 있어?"

출산 후, 나는 허리와 골반 통증을 안고 살았다. 그러던 어느 날, 아이를 안아 올리다가 갑자기 주저앉았고, 도저히 일어설 수 없었다. 남편이 나를 업고 병원으로 향했다. 이후 비슷한 상황이 반복되었다. 걸어 다니는 사람들이 세상에서 가장 부러웠다. 제대로 일어나 걷기 위해 필라테스를 시작했다. 코어에 힘이 생기면서 통증이 사라졌고, 리포머 위에 누워 있는 시간이 점점 편안하고 행복해졌다. 그렇게 매일 스튜디오에 출석하며 필라테스를 즐기던 날, '지도자 자격증' 광고를 보았다. 늘 편안했던 심장이 쿵쾅쿵쾅 뛰기 시작했다. '이 자격증을 따서 필라테스 선생님을 해볼까?' 당시 상위 클래스를 수강하며 강사님들에게 실력을 인정받았기에, 몸으로 하는 필라테스는 자신 있었다. 그러나 하는 것과 가르치는 것은 완전히 다른 영역이었다. 무엇보다, 모든 과정이 영어로 진행된다는 것이 가장 큰 걸림돌이었다. 등록비 5,000달러도 큰 금액이었다.

수영을 좋아하는 딸이 있다. 아파서 학교는 못 가도, 수영 연습만큼은 하루도 빠지지 않는 아이. 딸바보 남편은 필라테스가 수영 선수에게 매우 좋은 운동이라는 기사를 읽고 말했다. "자격증 따서 아이에게 필라테스를 가르치면 되겠네." 내 아이에게 도움이 되는 공부, 내가 좋아하는 필라테스, 두려움이 있었지만, 결심했다.

자격증을 취득하기 위해서는 총 500시간의 과정을 이수해야 한다. 온라인 교육 150시간, 멘토와 실습 66시간, 수업 관찰기록 80시간, 개인 연습 100시간, 수업 연습 70시간, 그리고 보조강사 실습 34시간. 그 후, 발표 수업과 필기 테스트, 수업 시연 테스트를 거쳐야 비로소 자격증을 받을 수 있다.

첫 난관을 만났다. 척추 옆굽음증, 디스크 등 회원의 특수성에 적합한 수업 모형을 만들고 발표하는 시간이었다. 잘 가르칠 수 있는 수업 대상을 선택해야 했다. 필라테스 자격증을 공부하기로 시작한 이유는 내 아이를 위해서였다. 그 진심을 담아 아이 신체 발육에 도움이 될 수 있는 수업을 연구했다. 한국은 아이들의 키 성장, 자세 교정의 장점으로 유아 필라테스가 인기다. 반면 미국은 고등학생 이상부터 필라테스 센터에 등록할 수 있다. 한국은 어린이를 위한 작고 섬세한 리포머도 있고 전문 키즈 샵이 많다. 어린이용 필라테스 기구들의 사진을 발표 수업 자료로 많이 사용했다. "Wow~~! it's so cute!" 멘토 선생님은 너무 귀엽고 앙증맞다며 영상을 뚫어지게 바라보셨다. 한국 유아 필라테스 프로그램을 접한 동기생들은 한국에 가서 직접 배워 오고 싶다고 했다. 발표하는 내내 한국인의 자부심을 강하게 느끼며, 영어 울렁증도 슬슬 풀리기 시작했다. 마지막은 엄마의 필라테스 수업이 원더풀이었다는 아이 인터뷰 영상을 실었다. 수업에 만족한 회원님의 후기 덕에 무사히 1차 난관을 통과했다.

두 번째 난관, 이론 해부학 시험이다. 2번의 시험 기회가 있고, 이때 꼭 합격해야 다음 과정으로 진행할 수 있다. 반드시 테스트를 통과해야 했다. 300여 개의 근육, 200여 개의 뼈 용어들을 영어로 공부해야 했다. 오랜만에 영어 단어 등을 빽빽이 종이에 쓰며 외우기 시작했다. 단어를 외울수록,

밀가루 반죽처럼 서로 엉켜서 뒤죽박죽이었다. 기출문제가 없었고, 이 넓은 영역들을 어떻게 공부해야 할지 감이 오지 않았다. 과감히, 공부하지 않고 시험을 보기로 했다. 불합격을 100프로 예상하고 시험을 치렀다. 출제 방식을 알아내고 싶었기 때문이다. 해부학 문제는 모두 온라인 이론 수업 퀴즈에서 출제됐다. 지피지기 백전백승! 공부 범위가 좁혀지고 확실하니, 집중력이 높아졌다. 마우스로 정답 하나하나를 클릭할 때마다 손가락이 덜덜 떨렸지만, 가까스로 2차 관문을 통과했다.

세 번째, 수업 시연 실기시험이다. 매트, 리포머, 스프링보드, 케딜락, 체어, 바렐, 스파인코렉터 총 7개의 모듈, 학생을 직접 가르치는 모습을 멘토 앞에서 보여줘야 했다. 3시간 이상 걸리는 테스트였다. '포기'라는 단어가 눈앞을 왔다 갔다 했다. 한국어 통역관을 붙이고 한국말로 시험을 본다고 이야기해 볼까? 고민했다. 한국에 있는 지점에 가서 한국말로 테스트를 받고 올까도 고민했다. 마지막 관문 앞에서 포기를 생각했다. 그러나 가족들의 응원과 지원을 생각하니 그럴 수 없었다. 멘토 선생님에게 솔직하게 이메일을 썼다. 외국인으로서 하루에 장시간 시험 보기가 부담스러우니, 2회에 걸쳐 테스트를 볼 수 있을지 여쭤봤다. 다행히 멘토 선생님은 이례적이지만 배려해 주셨고, 충분한 준비 과정을 거쳐 만족스럽게 시험을 마쳤다.

미국 생활 초반, 남편에게 많은 의지를 했다. 슈퍼마켓 구석이 아닌, 내 돈으로 내가 원하는 커피를 자유롭게 마시고 싶었다. 고명환의 『나는 어떻게 삶의 해답을 찾는가』 책 제목처럼, 내가 진정 원하는 삶의 해답을 찾기 위해 책을 읽었다. 독서는 나에게 자신감을 심어주었고, 어떤 상황에서도 대처할 힘을 길러 주었다. 수많은 우여곡절과 테스트를 거쳐, 지금 나는 미국 샌디에고에서 필라테스를 가르치고 있다. 마침내, 나는 원하는 삶의 주인, 라라 필라테스 사장이 되었다. 나의 글이 누군가에게 희망의 메시지가 되었으면 한다. 외롭고 힘들었던 이국 생활 속에서, 실패는 있어도 패배하지 않으려고 노력했다. 독서를 통해 삶의 지혜를 터득하고, 더 나은 삶을 만들어 가고 있는 하루에 감사하며 보내고 있다.

독서를 통한 성장
샌디에고 온리원 라라 필라테스

"한 인간의 존재를 결정짓는 것은 그가 읽은 책과 쓴 글이다."

- 니체

먹는 재미가 세상 제일 좋았다. 아무 생각 없이 먹었더니 뚱뚱했다. 한 번만 말라 보인다는 이야기를 누군가를 통해 듣고 싶었다. 운동을 시작했다. 먹기 위해 운동을 시작한 사람이었다. 튼튼한 근육 돼지였다. 2020년, 굳은 결심을 하고 온라인 바디 프로필 100일 챌린지에 참여했다. 공개적으로 식스팩 복근을 목표로 인스타 기록을 시작했다. 결심한 바를 밝혔으니, 허투루 할 수가 없었다. 하루 3시간씩 운동했다. 매일 똑같은 1,300kcal 식사를 지속했다. 그 결과 10kg을 감량하고 식스팩 복근으로 인생 사진을 찍었다.

미국에서 어떤 일을 할 수 있을지 늘 고민이었다. 지인들이 헬스 트레이너를 권유했다. 마침 근육질의 몸도 만들었고, 적성과 성격에 딱 맞는 일이었으니, 자신감이 상승했다. 홍보 글을 작성하여 지역 게시판에 공지했다.

가슴이 쿵쾅쿵쾅, 수시로 웹사이트를 들락거리며 클릭 수를 체크했다. 핸드폰 알람이 조용했다. 바로 일을 시작할 수 있으리라 생각했던 예상이 완전히 빗나갔다. 전문 자격증도 없이, 운동을 가르칠 수 있다고 생각한 자신이 부끄러웠다. 얼굴이 화끈거려 24시간 만에 광고 글을 삭제했다.

몰입했던 챌린지가 끝나고 새로운 도전에 실패하니 자신감이 떨어졌다. 스트레스로 다시 먹는 것에 집착하고 탐닉하기 시작했다. 바디 프로필을 준비하기 이전보다 더 먹고 덜 움직였다. 체중계 숫자가 계속 급상승했다. 원하던 날씬한 사람이 된 줄 알았는데 아니었다. 10kg 감량했지만, 15kg 더 쪘다. 요요였다. 열심히 운동하고 식단 하며 만들었던 결과가 한순간에 사라졌다. 이 상실감은 폭식증을 몰고 왔다. 늦은 밤, 편의점에 가서 종류별로 프링글스 5통을 샀다. 집으로 돌아오는 길에 한 손은 운전대를 잡고 한 손은 과자 통을 잡았다. 감자 칩을 씹지 않고 통째로 입에 쑤셔 넣었다. 집에 오는 10분 사이, 3통이 사라졌다. 허기가 풀리지 않았다. 냉동실에서 꽁꽁 얼어버린 소고기를 꺼내, 전자레인지에 넣었다. 여전히 고기는 선홍빛이었고 차가웠지만, 육회라고 생각하며 먹었다. 자기 통제감을 잃었다. 제어할 수 없는 폭식증이 시작되면서, 2~3시간 내리 먹었다.

폭식한 다음 날은 눈 뜨고 거울을 바라보기가 두려웠다. 퉁퉁 부은 손과 얼굴. 잠든 내내 악몽과 식은땀. 이 세상 제일 실패자 모습이 보였다. 무거운 몸을 이끌고 헬스장에 갔다. 어제 먹은 칼로리를 계산하니 러닝머신 3

시간을 뛰어도 태울 수 없었다. 그래도 먹었으니 뛰어야 했다. 징벌의 운동에서 벗어나고 싶었다. 무서운 식욕에서 벗어나고 싶었다. 먹고 괴롭고 늘 불안감을 가지게 되었다.

마음에도 요요가 왔다. 살 빼고 자신감 충만하더니 이제 밖에 나가기가 두려웠다. '저것 봐! 다시 쪘네!' 세상의 시선이 두려웠다. 모임에 가도 나는 사람보다 음식만 보였다. 동물 같았다. 집에 있으니 더욱 종일 먹는 생각만 났다. 폭식, 절식이 되풀이되었다. 자기 통제감을 잃은 식이 장애, 나를 믿지 못하는 상황, 두렵기 시작했다. 남편에게 식이 장애 치료를 받아야 할 것 같다고 이야기했다. 전문가의 도움이 필요했다. 다이어트 책, 유튜브에서 알려주는 좋은 방법을 다 시도했다. 다이어트 일기가 도움이 된다고 해서 블로그 기록도 시작했다. 그러나 여전히 체중계 숫자에서 벗어나지 못했다. 몸무게 숫자 말고 나로 살고 싶었다. 블로그에는 매일 자제 후 폭식이 되풀이되고, 자신을 비판하는 글이 늘어났다.

주변에 도움을 요청하고 싶지만, 아무도 없다. 그러던 중, 우연히 '빅맘의 북테라피'를 만났다. 빅맘님은 나의 이런 패턴을 보더니 "라라님, 왜 이렇게 찌질하게 사세요? 갖고 계신 재능이 너무 많고 지금도 아주 아름답습니다. 왜 자주 다른 사람의 시선을 의식하세요. 이제 샌디에이고 온리원 라라 필라테스 선생님으로 사세요."라고 말씀하셨다.

입문반에 등록했다. 적자생존! 빅맘님은 적으면 산다고 강조하셨다. 100일 동안 책을 읽고 글을 쓰면 정체성이 바뀐다고 하셨다. 한계를 인정하기로 했다. 내 의지보다 환경을 세팅하기로 했다. **"항상 내 의지를 믿지 않고 정체성을 조정하고 환경을 조성함으로써 결과를 만들어 내다."** 역행자처럼, 북테라피 환경에서 정체성을 바꾸기로 했다.

매일 책 읽고 기록했다. 읽은 내용을 일상에 적용하고자 노력했다. 100일 동안 매일 새벽에 일어나 읽고 블로그 글을 발행했다. 힘에 부칠 때 100일 동안 마늘을 먹고 사람이 된 곰을 생각했다. 찌질한 다이어트 실패자에서 샌디에이고 온리원 필라테스 선생님이 되기 위해서 100일을 견뎌야 했다. 힘들었다. 그때마다 빅맘님의 '찌질하다'라는 이야기가 떠오르면서, '결코 찌질하지 않을 거야.' 다짐하면서 글을 써 내려갔다.

'빅맘의 북테라피' 이전 블로그 제목은 라라의 핏한 라이프였다. 매일 핏한 상상을 했지만, 먹을 것에 무너졌던 시간이었다. '북테라피'를 만나고 100일이 지났다. 현재 블로그 이름은 샌디에고 라라 필라테스다. '다이어트 실패했던 나는 필라테스 선생님이 되었다.' 100일 챌린지는 자신감을 선물해 주었다. 자신 있게 유튜브 영상도 업로드했다.

이제 찌질하지 않다. '빅맘의 북테라피' 안에서 정체성이 바뀌었다. 독서를 통해 삶이 풍요롭게 되었다. 아이디어를 실천하다 보니, 샌디에고 온리원 필라테스 선생님으로 성장했다. 5명으로 시작한 필라테스는 현재 대기 인원도 있다. 독서를 통해 온리원 라라 필라테스는 계속 성장하고 있다.

읽고 쓰고 사색을 통해 필세권을 만든다

"우리 가게만이 할 수 있는 일등 전략을 찾도록 노력해."

-우노 다카시

2023년, 5월 회원 수 5명으로 라라 필라테스 홈 스튜디오를 오픈했다. 적극적으로 센터의 존재를 알려야 했다. 한인 사이트에 광고하려 했지만, 남편은 단호하게 반대했다. 천천히 경험을 쌓으며 욕심을 버리라고 했다. 그래도 이왕 시작했으니 더 많은 시간을 가르치고 싶었다. 간판도 명함도 없는 센터에 어떻게 회원님을 유치할 수 있을지 고민이 시작되었다. 마케팅, 심리, 경영, 비즈니스 관련 책을 읽기 시작했다. "사람, 진심 그리고 감동"이 결론이었다. 방법을 마련하기 시작했다.

"먹는 것까지가 운동이다." 어느 연예인의 말처럼, 클래스 후 삶은 달걀을 드린다. 운동과 영양을 함께 챙겨드리고 싶은 마음에서 시작되었다. 하얀 달걀을 보니 빈 도화지 같았다. 무엇이라도 채우면 재미있을 것 같았다. "세인님~ 매일 스쿼트 10개! 다음 주까지 꼭 해오세요. 와 주셔서 감사합니다!" 초기에는 숙제를 적었다. 과제를 적다 보니 어떤 상품명처럼 감동을 드리는 감동란이 되고 싶었다. 새벽 따끈히 구워진 달걀 위에 정성스럽게 내 마음을 썼다. 형식적으로 감사합니다. 문구 대신 진심을 담았다. 너무나 일하고 싶었던 나에게 기회를 주신 분들, 달걀 위 문장이 점점 길어졌다.

깜짝 이벤트를 좋아한다. 젊은 날, 음악 카페 사회자분께 미리 협조를 구하고 많은 이들 앞에서 사랑 편지를 읽고 노래도 부르며 남편에게 청혼했다. 곰 같은 남자 친구가 예상치 못한 이벤트에 놀라 뒤로 자빠질 뻔했다. 이처럼, 회원님들께도 깜짝 이벤트를 만들어 드리기로 했다. 6월 미국에는 아버지를 축하하는 '파더스데이'가 있다. 여성 회원들이 필라테스를 오실 수 있는 이유는 배우자의 경제적 시간적 도움이 있기 때문이라는 생각이 들었다. 그래서 배우자를 위한 필라테스를 생각했고 남성 초대권을 선물했다.

"이 힘든 운동을 우리 아내가 한다고요?"

필라테스를 경험하신 남편분들은 믿지 못하겠다는 표정이다. 수업이 끝나고 댁으로 돌아가시는 길에 고혹한 향이 짙은 장미 꽃다발을 준비했다. 아버님들이 직접 사서 사모님께 드리는 것으로 말을 맞추었다. 다음 날, 회원들의 카톡 메시지가 쌓였다. 아버님들의 연기력은 실패였다.

여전히 필라테스를 배우러 매일 스튜디오에 간다. 종종 가기 싫을 때도 있다. 회원들이 필라테스 오시는 길을 즐겁게 오시면 좋겠다는 생각이 들었다. 재미를 만들기로 했다. 매월 댁에서 더 운동하실 수 있도록 운동 챌린지를 계획하고 시상식을 한다. 매월 챌린지는 '워킹 여왕 옥희 님'을, '플랭크의 제왕 주명 님'을 탄생시켰다. 상장을 만들고 작은 선물을 드리니 회원이 수줍게 웃으셨다.

'필라테스 옆 도서관'은 회원들이 읽고 싶은 한국 책을 신청받아 매월 주문해 드린다. 미국에서는 한국의 신간을 읽을 기회가 제한적이고 경제적 부담도 만만치 않다. 필라테스 하고 책도 읽고 몸과 마음이 함께 성장하는 시간을 만들어 드리고 싶었다. 그래서 지금은 책을 읽고 싶어서 필라테스 오신다고 말씀해 주시는 회원도 있다.

'필라테스 옆 키친 프로그램' 요리 클래스와 '라라핏' 다이어트 프로그램으로 건강한 식습관 형성도 함께한다. 열심히 운동해도 식습관이 엉망이라면 운동한 보람이 없다. 과거의 나처럼 말이다. 건강한 식습관은 혼자서 습관화하기 어렵다. 점점 회원님들의 몸무게가 가벼워지고 있다. 매월 주 4회 무료 운동 프로그램으로 운동할 기회를 더 제공한다.

"선생님, 친구들이 필세권에 사는 저를 부러워합니다."

필세권? 라라 필라테스에서 걸어서 2분 거리에 사는 지역을 말한다고 한다. 어느 회원님이 주신 문자에 코끝이 찡했다. 나의 진심이 통한 것 같다. 샌디에이고 최고의 필라테스 선생님이라는 첫 문장으로 시작하는 카드를 받았다. 샌디에이고 최고의 필라테스 선생님의 열정이 삶이 활력이 된다는 최고의 메시지를 받았다. 간판도 명함도 없지만, 현재 라라 필라테스는 대기만 15명인 지역 명소가 되었다.

최인아의『내가 가진 것을 세상이 원하게 하라』에서 책만 팔 생각이 아니었다고 말했다. 라라 필라테스도 필라테스만 팔 생각이 아니었다. 회원님들과 즐거운 문화를 만들고 싶다. 그렇게 시작된 작은 행동이 지금의 라라 필라테스를 만들었다.

책 속 한 문장은 경험의 폭을 넓혀주고 실행력을 통해 자신감을 선물로 만들어 준다. 책 읽고 쓰고 사색을 통해 필세권을 만들어 가고 있다. 책은 나를 온리원으로 성장시켜 준다.

읽고 쓰고 사색하는 필라테스 선생님이 추천하는 책

『육일약국 갑시다』

김성오

1 추천하는 이유

초보 사장이라면, 사업을 어떻게 성장시킬 수 있을지 고민하고 있을 것이다. 김성오 『육일약국 갑시다』에서 어떻게 매출을 200배 성장시켰는지 읽고 감동했다. 마산의 작은 약국에서 시작해 전국 최고 약국으로 성장하기까지의 과정, 초보 사장이 공감할 고민과 해결책을 차근차근 읽었다. 특히, 돈이 아닌 '고객 신뢰'를 쌓아가는 것이 가장 큰 자산이라는 점을 강조했다. 장기적인 관점에서 사업의 지향점을 고민하는 초보 사장님들이라면, 꼭 읽으면 좋겠다.

2 감상평

"사업의 본질은 결국 사람에게 있다"는 것을 깨닫게 되었다. 단순히 돈을 버는 것이 아니라, 나는 고객에게 어떤 가치를 제공하고 얼마만큼의 정성을 들이고 있는지 점검하게 되는 계기가 되었다. 특히, 작은 차이가 결국 큰 성과를 만든다는 점이 인상적이었다. 초보 사장으로, 하루

하루 쌓이는 노력은 언젠가 큰 변화를 가져올 것이라 믿었다. '고객은 나의 은인이다!'라는 마음을 기반으로 실천해야겠다고 다짐했다.

3 이 책을 읽을 때 알아 두면 좋을 팁

책에 나오는 작은 실천 방법이 있다. 고객 응대, 신뢰 쌓기 등을 내 사업에 적용해볼 수 있다. '업종에 맞게 어떻게 응용할 수 있을까?' 고민하면서 읽어 본다면 도움이 된다. 책 안에서 제시하는 원칙들은 약국뿐만 아니라 다양한 분야에도 적용할 수 있다. 꾸준함의 중요성을 기억하면 좋겠다. 눈앞의 성과보다 매일 조금씩 발전하는 것이 결국 성공으로 이어진다는 점을 기억하면 더욱 의미 있게 읽을 수 있다.

7장

1인 지식 노동자의 독서

| 오승하 |

"기회는 우연처럼 오지만, 우리가 만들어 가는 것입니다.
생각만 하는 것 아니라, 행동으로 만듭니다."

북테라피 성장 이야기

"평범한 일을 매일 평범한 마음으로 실행할 수 있는 것이 비범한 것이다."

- 프랑스 소설가 앙드레 지드

38년 차 독서 애호가입니다. 누군가 쓴 글을 읽고 삶 속에 적용한 삶을 살아왔습니다. 20대 직장 다닐 때 나폴레옹 힐 『놓치고 싶지 않은 나의 꿈 나의 인생』을 읽고 더는 커피 타는 여직원이 아니라, 기안서에 이름 석 자 넣고 퇴사하는 꿈을 꾸었습니다. 결과적으로, 회사 기안서에 이름을 남겼습니다. 25년이 지난 지금도 이름을 기억하고 연락해주는 동료들이 있으니 말입니다. 20대 직장 생활도 치열했습니다. 밤새 야근했고, 그해 생각한 예산이 맞아 잘 돌아가면 자부심을 느낀 시간이었습니다. 다만, 조금 큰 꿈을 꾸지 않은 것, 자신에 대한 꿈을 꾸지 않고 회사에 대한 꿈을 꾼 것이 아쉽다는 생각을 합니다. 결과적으로 경험이 쌓여, 지금의 '빅맘 위즈덤 스쿨'를 운영합니다. 모든 과정은 축복입니다. 주인의식을 가지고 생활했던 직장 생활은 현재, 함께 성장하는 커뮤니티를 만들어 운영합니다. 모든 경험은 이롭습니다.

서른에, 엄마가 되었습니다. 처음 육아는 서툴렀습니다. 시대가 바뀌었고, 부모님의 도움을 받고 싶었지만, 육아관이 달랐습니다. 일상에서 고민이 더했습니다. 시중에 나온 육아서를 읽었습니다. 읽고 나니, 초등교육부터 대학교 다닐 때까지 배운 내용을 적용하며 아이를 키울 수 있었습니다. 운동선수 아들, 공부하는 아들 두 명과 소통했습니다. 육아서에서 첫 단추를 잘 맞춘 덕분입니다. 책에서 어린 시절 아이들 마사지를 적용했습니다. 아이 소근육 발달에 마사지는 매우 탁월하다고 했습니다. 그래서일까요. 큰아들은 국가 대표 운동선수입니다. 근육 회복 탄력성이 탁월하다는 평을 받습니다. 운동 후 데이터로 측정하는 과정에서 다른 선수에 비해 회복력이 월등하다는 평이었습니다. 초등학교 시절에는 엄마표 영어 공부를 시켰습니다. 결과적으로 국가 대표로 세계 대회에 참여해서 자유롭게 영어를 구사합니다. 일본 선수와 소통하고 중국 선수와 가벼운 대화를 합니다. 작은아들과는 정이 담긴 대화를 곧잘 합니다. 힘든 사춘기로 부딪히기는 했지만, 현재 고등학생이 된 아들과 자연스러운 소통으로 평안한 관계가 만들어졌습니다.

큰아들이 국가 대표 꿈을 넘어 세계 챔피언의 꿈을 꾸기 위해 가장 큰 장애물은 집안의 경제력이었습니다. 재능이 있어도, 부모의 경제력이 아이의 꿈을 접게 할 수 있다는 사실이 가슴 아팠습니다. 마음을 잡고, 자녀의 꿈을 이루기 위해, 녹즙 배달을 시작했습니다. 아르바이트로 시작한 3시간 근무에서 영업을 배웠고, 결과적으로 업계 상위 1%의 매출을 달성했습니다. 몇 년 후, 회사 관리자로 스카우트되었습니다. 과정에서 모든 답은 현장에 있다는 것을 알고, 마케팅을 연구했습니다. 책을 통해 적용해 나가는 시간을 만들었습니다. 책은 읽고 완독의 목표가 아니라, 본 것, 깨달은 것, 적용할 내용을 매일 실행했습니다. 마케팅 교육을 잘한다는 평이 나기 시작했습니다. 현장 감각과 이론을 설명하니, 어느 순간 그 지역에서 매출 1위를 넘어, 업계에서 인지도 있는 인사가 되었습니다.

마케팅 강의를 시작했습니다. 회사 관리자가 되었습니다. 얼마 지나지 않아 팬데믹이 전 세계에 닥쳤습니다. 과정에서 현장의 영업력 경험과 지식이 지혜를 만들어 조직관리에 탁월하다는 대표이사의 평가를 받았습니다. 모든 것은 수치화되었고, 담당 지역의 매출은 팬데믹 전과 크게 다르지 않았습니다. 회사 생활은 재미있었습니다. 결과가 좋았으니까요. 회사 전체 매출은 급감했지만, 담당 지역 매출 상승을 만들었기 때문입니다. 모든 과정은 책에서 얻은 정보가 한몫했습니다. 능력을 인정받아 점점 담당 지역을 넓혀갔습니다. 하지만, 건강에 문제가 생겼습니다. 결국, 회사를 그만두고, 처음부터 시작하기로, 삶을 받아들였습니다.

어디서부터 무엇을 어떻게 할까? 생각 끝에 책을 집중해서 읽기 시작했습니다. 123일 동안 123권의 종이책을 읽고, 필사하고, 블로그에 올리기 시작했습니다. 블로그 이웃들이 증가했고, 댓글에 글이 좋다는 표현이 보였습니다.

부상이었던 아들과 매일 독서와 산책을 즐겼습니다. 한 문장을 토론했습니다. 감사 일기를 작성하며 무의식의 언어를 공부하고 분석했습니다. 38년 동안 독서할 때와 다르게 몰입해서 매일 한 권 읽는 기간의 성장은 다르게 전해졌습니다. 매일 한다는 의미가 무엇인지 깨닫는 시간이었습니다. 무의식을 깨우고 적용하다 보니, 아들은 다시 희망의 트랙 위로 돌아가 스피드 스케이팅 국가 대표 선수가 되었습니다. 경험을 기록했습니다. 고통받는 20대 대한민국 청년들의 희망과 자녀를 바라보는 엄마의 마음을 담아 『희망의 트랙 위에 다시 서다』 저자가 되었습니다. 책이 세상에 나오면서 독자분들이 자녀교육에 도움 되었다 서평을 남겨주셨습니다. 그리고 그동안 책에서 배운 것을 적용한 '빅맘의 북테라피'를 시작했습니다. 이듬해 습관 챌린지를 통해 '가치 성장 캠프'로 성장하게 되었습니다.

미국 건국의 아버지라 불리는 벤자민 프랭클린은 "많이 읽되, 많은 책을 읽지 마라"고 합니다. 다독이 무조건 좋은 것은 아닙니다. 다독보다는 정독의 중요성을 이야기하는 벤자민 프랭클린의 말처럼, 같은 책을 읽고도 자신의 성장과 시선이 다르게 다가올 수 있습니다. 정독해서 도반들과 무의식의 언어를 배우고 있습니다. 과정에서 SNS 1급 마케팅 과정을 취득해 도반들과 온라인 빌딩을 만들어 가고 있습니다. 공부해서 남 주는 삶이 허락되어 감사한 마음으로 하루 성장을 꿈꿉니다.

'책을 많이 읽으면 모두 성장할까?' 의문이었습니다. 책 읽고 적용하지 않으면 오히려 확증 편향에 다른 사람들을 어설프게 판단하는 사람들을 보고는 했습니다. 읽고 생각하면서 묵언 수행의 중요성을 익히게 되었습니다. '북테라피' 도반들과 서로의 성장을 응원했습니다. 계획한 목표를 통해 행동하는 시간을 만듭니다. 과정을 온라인 기록으로 남기고 있습니다. 지루한 것을 반복하면서 기록하는 과정은 가치를 만들어 내었습니다. 결국, 각자의 브랜딩을 만들어 생산자로 함께 성장해 나아갔습니다.

책을 통해 어떻게 성장을 만들 수 있을까요? 첫째, 매일 책을 읽고, 한 문장을 찾아 산책해야 했습니다. 산책하면서 삶에 어떻게 적용해야 할지 아이디어를 얻었습니다. 그리고 생각을 기록으로 남겼습니다. 둘째, 읽고 기록할 때, 삶에 비춰 생각해 보면서 성장했습니다. 읽고 기록하는 것이 습관이 되었습니다. 셋째, 경험이 쌓이고 기록이 쌓이면 누군가를 도울 수 있습니다. 과정으로 만들어진 '북테라피'가 되어 함께 성장을 이뤄 나갔습니다. 책 읽고 기록으로 남겼습니다, "나의 경험을 글로 담아 세상을 이롭게 한다." 승하 책방이 만들어졌습니다. 그리고 사명이 되었습니다. 누구나 책을 쓸 수 있습니다. 모든 사람은 경험이 있기 때문입니다. 경험은 사람마다 다르지만, 가치와 교훈이 있습니다. 피아노를 배우듯 미술을 배우듯 글쓰기도 배워야 합니다. 글 쓰면서 자신의 가치가 브랜딩이 되기 때문입니다. 책 읽고 기록으로 남기고 책에서 배운 내용을 적용하는 챌린지를 개설했습니다. 삼박자가 어우러지면서 '빅맘 위즈덤 스쿨'이 만들어졌습니다. 우리는 책을 통해 적용하고 성장합니다.

책을 집필한 후, 가장 가깝게는 자식과 배우자가 달라지기 시작했습니다. 라이팅 코치가 되어 함께 공부한 도반들과 책을 내는 생산자가 되었습니다. 기회는 우연처럼 오지만, 우리가 만들어 가는 것입니다. 생각만 하는 게 아니라, 행동으로 만듭니다. 생산자의 삶을 사는 사람들의 눈빛은 다릅니다. 책이 유일한 해답은 아니지만, 분명 우리 인생에 차이를 만들어 내는 것은 확실합니다. 함께 무엇을 어떻게 할지 고민이신 도반들을 기다립니다. '빅맘 위즈덤 스쿨'에서 해답을 찾아가실 것이라 확신합니다.

커뮤니티를 운영하고 함께 성장

"자기 의심은 무시무시한 적이다.
우리 자신을 의심할 때 우리는 자신과 맞서 싸워야 하기 때문이다."

- 『아티스트 웨이』, 줄리아 캐머런

매일 하는 것이 나를 만듭니다. 아침에 일어나면 책을 읽습니다. 미래의 나를 만나는 좋은 습관 방 '북 테라피 오픈 단톡방'에 책을 펼친 후 인증 사진을 올립니다. 하루 30페이지를 읽기도 하고 50페이지를 읽기도 합니다. 읽은 문장 중에 한 문장을 찾아냅니다. 산책합니다. 생각합니다. 오늘 한 문장에서 무엇을 적용할지 생각합니다. 제이 하인리히의 『싸우지 않고 이기는 기술』에서 설득의 최종 목표는 행동을 끌어내고, 행동을 변화시키는 것이라고 했습니다. '북 테라피' 도반들의 행동을 어떻게 끌어내고, 변화의 중요성을 인지시킬 수 있을지 생각하면서 산책합니다.

카톡이 옵니다. 무심코 봅니다. '코치님, 당분간 집안에 일이 있어서 북 테라피 활동을 잠시 쉬겠습니다.' 내용도 없습니다. 시작할 때 마음은 중요한 사람이 되고 싶고, 완주하고 싶다는 이야기를 하신 분이십니다. 언제나 그렇듯 알겠다고 답글을 보냅니다. 이미 결정하고 보낸 글에 무엇이라고 답글을 달아야 할지 생각합니다. 소통 후, 구구절절 설명을 들으면 공감이 됩니다. 초심 후 작심 3일 또는 20일 정도 집중 후, 감정에 '지배당했구나!' 생각합니다. 감정도 습관입니다. 사람마다 각자 감정의 시간이 다릅니다. 이분의 집중력은 20일입니다. 벌써 3번째입니다. 마음이 시립니다.

아침에 눈을 뜹니다. 눈 뜨면, 분명 누군가는 우리를 위한다고 오지랖을 부리며, 기분을 나쁘게 할 것입니다. 아니면 친절을 베푼다는 이유로 나를 위한 가스라이팅을 할 수도 있습니다. 그도 아니면 지나가는 개가 짖기도 합니다. 세상엔 문제투성입니다. 문제를 해결할 수 있는 범위는 사람마다 다릅니다. 다만, 이미 벌어진 일은 우리가 어찌할 수 없습니다. 문제라 인식하는 순간, 두 가지 패턴이 보입니다. 문제를 문제로 보는 시선과 문제를 기회로 보는 태도입니다.

3년 전 회사를 퇴사했습니다. 생각지 않은 인생의 변수였습니다. 고민했습니다. 다시 직장을 다녀도 같은 고민을 3년 후, 5년 후 하겠지 생각했습니다. 해답을 책에서 찾았습니다. 대부분 문제는 책 읽으면 보입니다. 신기합니다. 산책하면서 바람 느끼며, 참 좋다. 벚꽃이 피는 계절이라 코끝에, 잠시 머문 향기를 느끼기도 합니다. 그동안 직장 생활을 하면서 느끼지 못했던 저의 감성이 느껴집니다. 책 읽고 기록한 문장은 따스한 봄 햇살을 주머니에 담아 오는 기분이었습니다. 문장 속에 어린 시절 감성을 일깨워 해결 능력을 키울 수 있다는 것을 경험했습니다. 인생은 생각한 대로만 펼쳐지지 않습니다. 얼마나 다행이고 멋진 일인지요. '좋았다.'라는 생각이 듭니다. 감정보다 매일 하는 루틴을 실천하다 보니 작가가 되었고, 함께 프로젝트를 진행하는 기획과 마케팅 담당이 되었습니다.

사람은 누구나 저마다 원하는 목표와 꿈이 있습니다. 원대한 꿈은 크지만, 행동을 이루고 대가를 지급할 사람은 드물다는 것을 커뮤니티를 운영하면서 알게 되었습니다. 물건 살 때 가격표 확인하듯, 성장을 위해서도 대가 지불을 생각해야 합니다. 얻기 위해 무엇을 내려놓고 대가를 어떻게 지불할 것인가 먼저 생각해야 합니다. 원대한 꿈의 크기만큼 독서 시간을 확보해야 합니다. 책 읽고 필사하고 온라인에 기록을 남겼습니다. 완벽한 기록이 아니라 독서를 하나씩 완성해 가는 것입니다. 기억은 기록을 넘어서지 못하기 때문입니다. 기록해야 자신의 성장을 알 수 있습니다.

현재, 함께 책 읽고 성장하는 도반들은 아침부터 각자 현업에서 일합니다. 일상의 루틴을 꾸준히 지키고, 적용할 점을 찾습니다. 매일 책 읽고, 보고, 깨닫고, 기록으로 남깁니다. 바쁜 일상 속에서 꾸준히 합니다. 함께한다는 생각으로 서로를 아침에 응원합니다. 서로의 장점을 발견하고 강점을 강화합니다.

혼자 하기 힘들다고 문을 두드리는 분들은 아주 작은 시작으로 합니다. 꾸준히 일 년 이상 책 읽고 실행하면서 성장하는 모습을 보여줍니다. 매일 책 읽으니, 자산과 수입이 늘어났다는 이야기를 해주십니다. '북테라피' 만나기 전 삶과 그전의 삶이 다르다고 표현해주십니다. 감사한 일입니다. 아들이 국가대표에 도전한 경험과 루틴으로 현재 '빅맘 위즈덤 스쿨'로 만들어 함께 성장하고 있습니다.

빅맘 위즈덤 스쿨(Big Mom Wisdom School) 방향은, 독서를 통해 깊은 이해, 통찰력, 좋은 판단력을 기르는 과정입니다. 폭넓은 지식과 경험을 바탕으로 분별력을 키우고 인생 도전정신을 생활화합니다. 단순 지식이나 정보의 수집이 아니라 지식과 경험을 활용하여 배웠으면 돈을 벌고, 익혔으면 성과 내는 관점을 배웁니다. 그리고 적용하면서 성장하는 스쿨입니다. 서로 격려하고 조언을 통해 성장하는 독서 시스템입니다.

혼자 힘으로 어렵다고 말씀하신 분들과 매일 어제보다 나은 1% 성장을 기대하며 살아가고 있습니다. 능력이 부족하다고 말씀하시는 도반들도 있습니다. 괜찮습니다. 능력이 부족하면, 시간으로 속도를 찾아가면 됩니다. 행복한 성공에는 과정이 필요하기 때문입니다. 바람에도 흔들리지 않은 내공이 먼저 갖춰져야 삶의 고난을 버틸 수 있습니다. 모든 문제는 시간이 지나면 사라지기 때문입니다.

큰아들을 운동선수로 키우면서 실력이 미흡할 때가 있었습니다. 부상에서 회복되어 돌아간 링크장에서 많은 분이 예전 아이 모습이 아니라고 위로라고 건네고는 했습니다. 그분들은 위로였지만, 더는 아이에게 희망이 없으니 인정하라는 소리로 들렸습니다. 맞습니다. 의료진들도 보통 사람으로 살 것이라고 했습니다. 만약 저와 아이가 있는 그대로 받아들이고 믿었다면, 포기했을 것입니다. 지금의 모습과는 다른 삶을 살고 있을 것입니다. 국가대표 엄마로의 성장 과정을 담은 '북테라피' 루틴은 만들어지지 않았을지도 모릅니다.

아이들 키울 때 많은 의견을 듣고, 환경에 지배받았다면 지금의 성장은 없었을 것입니다. 힘들 때마다 책을 읽습니다. 매일 책 속 멘토에게 의지했습니다. 멘토들의 한 문장을 믿었습니다. 행복은 결과가 아니라 과정이라는 것을 입증했습니다. 과정은 시간이 필요합니다. 어느 순간 공부한 것을 나누면서 커뮤니티가 형성되었습니다. 매일 꾸준히 감정 조절하고 행동하고 적용했습니다. 가치 형성이 되었고, 가치가 형성되니, 브랜딩이 되었습니다. 이제는 도반들과 함께 성장을 꿈꾸고 나아갑니다.

공저를 집필했습니다. '북테라피' 독서 모임 리더이고 '승하 책방' 글쓰기 코치이기도 합니다. 도반들의 소중한 경험을 글로 담아 세상을 이롭게 만드는 것이 비전입니다. 브랜딩을 만들고 싶은 분들과 경험을 담아 책으로 응원하는 코치가 되었습니다. 모두가 감사 일기로 아침을 맞이합니다. 일상에 따스한 온기를 느끼고 세상으로 나아갑니다. 세상에 나가서 저마다 각자 삶의 길을 걸어가고 있습니다. 오늘도 한 문장을 삶에서 적용하고 갑니다. 내 마음 안에 있는 작은 등불이 세상에 빛을 만들고 나아갑니다.

아침마다 나누는 감사 일기를 통해 어릴 적 무의식 속에 자신을 잡고, 있는 감정의 기복을 알아차립니다. 알아차린 감정을 통제하는 힘을 책에서 얻습니다. 감정적으로 일을 처리하던 분들도 책을 읽고 위로를 받습니다. 과거 내가 선택한 삶이 나의 인생이 된다는 것을 알아차립니다. 모든 성공은 시간이란 과정을 만들어 냅니다.

시간은 가치를 만들고 나다움을 만들어 냅니다. 도반들은, 지루한 것을 매일 반복하면서 이뤄낸 성과를 입증합니다. 과정에서 흔들리던 멘탈도 단단하게 책을 통해 성장했습니다. 간혹, 감정에 지배되거나 흔들리는 도반들을 만나기도 합니다. 마음이 시립니다. 하지만, 어디에 계시든 평안하기를 소망합니다.

오늘도 책 읽고 산책합니다. 책 속 한 문장을 나의 인생에 어떻게 적용할지 생각합니다. 책 읽는다고 다 성장하거나 성공하는 것은 아닙니다. 다만, 성공했다 하는 분들은 책이 일상이 되어갑니다. 그렇게 결이 비슷한 친구들이 모여 서로를 응원하고 오늘도 1% 성장을 만들어 갑니다.

독서로 마음 근력을 키우기

*"매일 하는 일을 바꾸지 않는 한 당신의 인생은 결코 바뀌지 않는다.
성공의 비결은 당신의 일상 속에 있는 것이므로."*

- 존 맥스웰

아들의 운동 경비를 벌기 위해 녹즙 배달 아르바이트를 했습니다. 지금 생각해 보면, 그때 저는 책을 읽고 적용한 것이 미숙할 때였습니다. 마케팅 책에서 모든 답은 현장에 있다는 내용을 자주 봅니다. 업계 매출 상위 1% 안에 들어갔습니다. 어떻게 하루 3시간 일하면서 가능했을까요. 일본 작가 센다 다쿠야의 『인생에서 망설이면 안 되는 순간 70』에서 망설임이 길어질수록 결국 하지 않을 확률이 높다는 문장을 읽고, 현장을 보았습니다. 사람들은 어떤 선택에 있어서 망설입니다. 저 역시 녹즙 배달하면서 하루에 수많은 고객을 만나고 내린 결론은 망설이는 시간이 길수록 시간을 빼앗기고, 선택하지 않는다는 것을 알아차렸습니다.

저는 삶에서 가장 파괴적인 단어는 '나중'이라고 생각하게 되었습니다.

'나중'을 이야기하는 대다수는 결국 하지 않을 확률이 높습니다. 그런데 예외도 존재합니다. 저는 그런 분들을 높이 존중합니다. 상황이 안 되어, 나중을 선택하신 분들도 간혹, 있으니, 이 전제는 예외도 있습니다.

생산성이 높고 성장 모습을 보여주는 사람들은 '지금'이라는 단어를 이야기합니다. '지금' 실패하고 보완해서 도전한다는 말을 습관처럼 합니다. 실패를 반복하는 사람들은 '다음'에 '내일'이라는 이야기를 합니다. 그리고 희망의 미래를 꿈꿉니다. 저는 알게 되었습니다. 성공할 사람들의 언어와 실패하는 분들의 언어가 다름을 말이지요. 성장이 멈춘 분들의 특징은 늘 앞에 이유가 많습니다. 컴퓨터를 교체하고 블로그를 배우고 자녀 입시 후 등등 수많은 이야기를 합니다. 결국, 스스로 급한 일을 처리하다가 잊고, 열정이 사라집니다. 언제나 그렇듯이 자신의 일상으로 돌아가 최선을 다합니다. 그 삶도 충분히 존중합니다. 하지만, 새로운 시작에 완벽한 타이밍은 없습니다. 우리는 늘 문제를 안고 살아갑니다. 그게 사실입니다. 책 읽고, 적용하면서 3년 후 7년 후가 달라지는 것을 경험했습니다. 현재 '북테라피' 도반들이 일 년 지나 삶이 풍요롭게, 성장했다고 말씀해 주시니 감사합니다.

'북테라피'에 새로 입문한 도반님들 중에는 몇 년 동안 무엇인가를 많이 배웠고, 실행도 했는데, 정작 자신이 무엇을 잘하는지 모르겠다고 하신 분들도 있었습니다. 배우고, 열정적으로 새벽 기상도 했다고 했습니다. 책도 읽었는데, 어떤 것을 좋아하는지 모르겠다고 하십니다. 함께하면 가능할지 의심스럽지만, 함께하고 싶다고 하셨습니다. 1년 과정이 지났습니다. 지금은 하고 싶은 것이 많아졌고, 무엇을 할지 알겠다는 분들이 넘칩니다. 하루 생활 속에 좋은 습관 보내기에도 분주한 오늘이라고 이야기합니다. 지금 생활을 충실히 보내는 도반님들 덕분에 현재의 성장과 미래의 희망이 전해지니 감사합니다.

도반들 생각 바꾸는 방법 하나는 지금 순간에 볼 수 있는 유한한 의미를 부여하는 것입니다. 당연하게 여겼던 아주 보통의 하루가 소중한 마음의 파장을 일으키고 파장은 전달되어 세상에 있는 가장 든든한 내 편이 됩니다. 책 읽으면서 불편한 관계를 정리하고 긍정의 사람들을 만납니다. 그동안 소홀했던 소중한 사람을 선택합니다. 집중합니다. 내 편을 만들어 갑니다. 내 편이 많은 사람은 세상에 나가서 당당해집니다. 그렇게 지금을 즐기고 살아갑니다.

책을 혼자 읽는 것이 힘들고, 자신이 무엇을 잘하는지 찾기 힘든 분들이 '북테라피'를 선택합니다. 처음부터 잘할 수 없습니다. 매일 하는 것이 자신을 만들어 가듯, 일상을 봅니다. 관심을 가지고 바라보다 보면 하나의 패턴이 보입니다. 그 패턴을 개선하고 성장하면 됩니다. 작은 성취를 만들어 가며, 자신감을 만들어 갑니다. 오늘도 독서 완료 이것이 전부입니다. 삶이 설렘으로 가득해지고 있다고 표현해주시는 도반님도 계십니다. 감사합니다. 삶은 감사 덩어리입니다.

이십 대부터 쓰던 스케줄 표, 매일 읽은 책 속의 한 문장, 부딪히고 포기하지 않는 멘탈 관리, 꾸준히 걷기로 시작해 지금은 달리기합니다. 형편없는 글을 매일 씁니다. 온라인에 기록을 남깁니다. 그렇게 온라인 빌딩에 벽돌 한 장을 올립니다. 매일 쓰다 보니 작가가 되었고, 라이팅 코치가 되었습니다. 책 읽고 쓰면서 브랜딩하는 과정을 도반과 함께합니다. 1년을 함께해 온 도반들은 각자 자리에서 오늘도 성장합니다. 타인을 바라보고 있지 않습니다. 각자 좋은 습관 만들어 가기도 바쁜 일정입니다. 건강한 커뮤니티가 형성되었습니다. 비교는 어제의 나하고 비교하며 성장을 하고 있습니다.

인생 경험이 쌓이면서, 후회하는 감정은 빠르다 해도 늦습니다. 실천은 아무리 늦어도 가장 빠름을 알게 되었습니다. 그러니 결심했다면 즉시 실행합니다. 늦었다고 생각한 시간이 가장 적절한 때라고 생각합니다. '다음에'라는 말을 사용하는 분들을 멀리하십시오. 나쁜 습관은 물들기 쉽습니다. 큰아들은 재활 치료를 끝내고 국가 대표가 되기까지 부정적인 모든 사람을 멀리했습니다. 특히 저는 30년 동안 함께한 초등학교 친구도 직장 동료도 부정적이라면 정리했습니다. '지금 즉시'라는 말을 달고 사는 분들과 친구가 되었고, 그 마음이 성공을 불렀습니다.

매일 긍정의 언어를 사용한다고 하지만, 보통의 경우 잘 모릅니다. 긍정의 언어라고 생각하는 것이 무엇을 끌어당기는지 알아차리지 못한 경우가 많습니다. 도반들과 긍정의 언어를 익히고 있습니다. 매일 피드백을 통해 알아차리고 변화를 꿈꾸고 있습니다. 기록을 남겨 정체성을 만들고, 작가로 매일 글을 쓰는 연습을 합니다. '승하 책방'에서 마케팅과 책 쓰기를 배우고 있습니다.

'빅맘 위즈덤 스쿨'은 독서와 글쓰기로 성장을 만들어 갑니다. 자신만의 경험을 글로 담아 세상을 이롭게 만들어 가며 브랜딩하는 과정입니다. 책에서 적용하는 행동력까지 챌린지를 통해 성장을 꿈꿉니다. 삼박자가 어우러지니 우리는 성장합니다. 능동적으로 성장해 나가니 행복은 덤입니다. 오늘도 행복합니다. 우리의 삶은 유한하기 때문입니다. 지금 기뻐합니다. 성장하기 때문입니다. 행동하고 결심한다는 것은 큰 자산입니다. 독서와 글쓰기를 운영하고 함께 성장하면서 영감받고 일상의 생활을 합니다. 함께하면 서로의 성공을 축하하고 나누는 것을 피부로 느끼고는 합니다. 삶이 풍요롭고 행복하다고 말씀하시는 도반님들 덕에 오늘도 감사합니다.

나는 리더일까 코치일까
빅맘 위즈덤 스쿨 리더

"사람의 차이는 미미하다.
그러나 그 미미한 차이가 큰 차이를 만든다. 미미한 차이는 태도다.
그리고 그 생각이 긍정적이냐 부정적이냐 하는 것이다."

- 『더 빠르게 실패하기』 존 크럼볼츠, 라이언 바비노

헤로도토스는 기원전 484년 페르시아 제국 역사학자이자 모험가입니다. 그의 이야기 중 어떤 사람들은 목표에 거의 도달했을 때 계획을 포기한다고 알려주고 있습니다. 다른 사람들은 반대로 마지막 순간에 지금까지보다 더 강력한 노력으로 승리를 쟁취한다는 이야기를 읽었습니다. 나는 과연 어떤 사람인가 자문해 보는 시간이 되었습니다.

자기 계발하는 모임을 시작으로 멘토를 찾아다닌 적이 있었습니다. 처음에는 모두가 위대했고, 저보다 앞선 분들이라고 생각했습니다. 그분들만 따라 해도 뭐가 되도 될 것 같았습니다. 모든 일이 다 중요해 보였습니다. 다만, 따라가기에는 체력에 한계를 느끼기도 했습니다. 늦었으니 지치지

말고 닥치고 했습니다. 하다 보니 성장은 있는데 알려주는 모든 것을 다할 수 없었습니다. 일단 시간이 안 되었습니다. 체력 역시 안 되었습니다. 바쁘니 생각할 시간이 없었습니다. 어떻게 다할까 고민이 되었습니다. 시간 관리에서는 남보다 월등하다고 생각한 자신이 한심했습니다. 리더를 믿었기에 무조건 했지만, 결국, 이 길이 맞을까 생각이 들었습니다.

말한 리더를 찬찬히 보았습니다. 말한 것을 따져 보기 시작했습니다. 어떤 날은 이 책에서 어떤 날은 저 책에서 좋은 것은 다 가져다 놓았다는 것을 알아차렸습니다. 리더는 한 달 몇 권도 읽지 않으면서 책 읽으면 성공한다는 이야기를 했습니다. 차분히 생각할 시간이 필요했습니다. 그 이후, 리더의 여러 자질 중 인격을 살펴보게 되었습니다. 본인도 하지 못하면서 책에서 가져다 놓은 모습을 보았고, 리더의 자질 중 '재능'과 '노력'을 살펴보았습니다. 오늘도 충실히 하루를 보내고 있는지 저녁에 그날의 성장 일기를 작성하면서 검토한 계기가 되었습니다. 좋은 리더는 본을 보이기도 하고, 때로는 행동으로 알려주기도 합니다. 인생에서 좋은 리더들을 만났다는 생각을 했습니다. 덕분에 실행력이 얼마나 중요한지 알게 되었습니다.

큰아들이 운동선수의 길을 걷고, 막내 준혁이가 태어나면서, 이른 새벽 4시 30분에 일어난 세월이 20년이 되었습니다. 결과적으로 몸이 망가졌습니다. 이른 아침 일어나면 성공한다는 미라클 모닝을 했는데 여기 저기 아프기 시작했습니다. 어쩔 수 없는 환경이었었지만, 과정에서 임계점을 넘고 하나의 깨달음을 얻었습니다. 새벽에 일어나면 무조건 성공한다. 어이없는 가르침을 따르지 않습니다. 다만, 경험은 소중하게 여기고 있습니다.

사람은 각자의 수가 있다는 것을 깨달았습니다. 얼마만큼 잠을 자야 일에 집중도가 높아지는지 알게 되었습니다. 저는 하루 6시간에서 7시간을 자야 하루가 평안했습니다. 낮잠 20분을 자고 일어나면 오후 집중도가 좋아진다는 것 알아차렸습니다. 추석이 지나면서 겨울잠을 자고, 입춘이 지나면서 새벽 기상이 익숙하다는 것을 깨우치면서, 조상들의 자연의 시간을 대하는 태도에 감탄했습니다.

새벽 기상이 중요한 것은 일어나서 무엇을 하는지가 중요하다는 사실을 알게 되었습니다. 일어나 따스한 물 한잔을 마십니다. 스트레칭을 합니다. 책을 펼칩니다. 그렇게 아침 시간을 보내고, 메모합니다. 메모는 글 쓰는 재료가 됩니다. 저의 노트에는 글감이 많습니다. 새벽에 누구의 간섭 없이 오로지 저만을 위한 시간에 사색은 나답게 만들어 줍니다. 과정을 거치면서 생각의 중요성을 익혔습니다. 세상이 빠르게 흘러가고 있습니다. 자칫 급류에 휩쓸려 갈 수 있었지만, 조용한 새벽 시간에 나다움을 찾았습니다.

제가 생각하는 리더는 저보다 공부를 많이 하는 사람입니다. 학위만 이야기하는 것은 아닙니다. 책 읽고 지식을 쌓고 경험을 통해 지혜를 만들어 가는 것 중요하게 생각합니다. 물론, 전문가의 영역도 있습니다. 부족한 것을 배우고 익히는 과정도 필요합니다. 하지만, 지식을 배울 뿐, 삶에 대한 조언을 구하지는 않습니다. 아직 자녀가 어린 분들이 지혜가 깊다 한들 대학생 사회인을 키운 분들의 경험을 넘어서지 못합니다. 책 읽고 적용하면서 수많은 실패를 하신 분들의 경험을 존중합니다. 성인 자녀를 둔 분들을 봅니다. 가정적으로 안정된 어른을 존경합니다. 이 시대의 진정한 어른들의 모습을 통해 배우고 있습니다.

성공은 단순히 나보다 돈이 많은 사람이 아닙니다. 가정적으로 얼마나 안정되어 가고 있는지를 보았습니다. 과정은 행동을 수반하기 때문입니다. 우리의 성공은 결국, 나를 위하고 가족을 위하기 때문입니다. 하루를 충실히 보냅니다. 사랑은 매일 표현해야 합니다. 마음을 전해 받는 감사 일기를 사랑합니다. 리더를 보고, 전문가를 구분합니다.

책 읽고 적용하는 삶을 살아갑니다. 함께하는 도반들이 자극제가 되거든요. 서로가 서로에게 응원도 하고 자극제도 됩니다. 성장을 위해 끊임없이 연구하고 실행하는 코치입니다. 더 열심히 루틴을 지켜 가고 있습니다. 농담으로 도반들은 AI 리더라고 놀리기도 합니다. 하지만, 알고 보면 허술함이 넘치는 코치입니다.

챗 GPT 시대에 도구 활용하는 사람들이 성공할까요. 물론 필요한 기술적인 부분입니다. 그런데 말이지요. 누구나 챗 GPT를 잘 활용하면요. 그

다음은 무엇일까요. 더 잘하는 사람을 찾으면 될까요. 아닙니다. 리더는 수많은 경험을 통해 촉, 깡, 끈기, 감이 좋아야 합니다. 왜일까요. 문제 해결력에 도움이 되기 때문입니다. 그럼, 촉, 깡, 끈기, 감은 어떻게 만들어질까요. 단연코 독서가 우선순위가 되어야 합니다. 그리고 많은 경험을 해야 합니다. 독서에서 얻은 지식이 경험을 통해 지혜가 되기 때문입니다. 기술적인 측면을 배우고 익히는 시간도 필요합니다. 배우고 익혔다면 정리합니다. 우리의 시간은 유한하기 때문입니다.

새벽 시간 조용히 책을 읽습니다. 오늘의 한 문장을 소가 되새김질하듯 종일 마음에 담습니다. 문장을 통해 누군가를 생각하고 함께 성장할 수 있도록 전략을 짜봅니다. 리더의 경험은 중요합니다. 스스로 한계를 돌파하고 임계점을 가정하고 시도하면서 성장해야 하는 이유입니다. 많은 사람이 중도에 포기하고 실패하는 이유를 리더라면 알아차려야 합니다. 그래야 생활 속의 코치가 될 수 있기 때문입니다. 케빈 홀의 『겐샤이』에서 '코치'는 중요한 사람을 목적지까지 무사히 데려다주는 사람을 의미합니다. 코치는 자신이 알지 못하는 것을 가르칠 수 없고, 경험하지 못한 것을 안내할 수 없습니다. 저의 꿈은 도반들이 꿈을 이룰 수 있도록 도와주는 조력자 역할입니다.

모든 인간관계와 비즈니스에는 넘기 어려운 벽이 존재합니다. 그 벽을 수없이 넘어선 리더는 경험을 나눌 수 있습니다. 도전을 두려워하지 않고 힘든 시간을 보낸 리더는 세상이 사막처럼 느껴지더라도 절망 속에 희망을 이야기하는 사람이어야 합니다. 잘했을 때 칭찬하고, 실패할 때 용기와 격려를 할 수 있어야 합니다. 때로는 하기 힘든 말이지만, 날카롭게 개선점을 이야기해야 합니다. 그래서 깡도 필요합니다. 긍정의 시선도 필요하지만, 매번 긍정만 이야기하는 것이 안주하고, 발전 못하는 이유입니다. 미래의 가치를 현재로 데려와 함께해야 합니다. 결과적으로 작은 성공을 많이 경험한 리더가 상상하지 못한 큰 성과를 내게 만듭니다. 많이 도전하십시오. 힘들다면, 함께 만들어 가면 됩니다. 도미노처럼 성장은 이미 시작되었습니다.

1인 지식 노동자가 추천하는 책

『이 지랄 맞음이 쌓여 축제가 되겠지』

조승리

1 추천하는 이유

때로는 삶이 버겁고, 원하는 대로 풀리지 않을 때, 조승리 작가의 작품을 읽으면 일상의 의미를 생각해 볼 수 있습니다. 감사의 범위가 어떤 것인지 깨달음을 전해주는 책입니다. 2023년 샘터 문예 공모전 생활 수필 부문 대상작이 수록되었습니다. 출간 넉 달 만에 10,000부 판매된 책입니다. 많은 이들의 마음에 감사 꽃을 피운 책입니다.

2 감상평

열다섯, 앞이 잘 보이지 않기 시작한 소녀가 성장해 비장애인들과 함께 어울려 사는 삶을 기록했습니다. 때로는 일이 풀리지 않고, 장애인이라고 받는 차별 대우를 덤덤하게 써 내려간 글입니다. 담백하게 경험을 풀어내며, 독자의 마음을 사로잡은 글입니다. 책을 읽으면 누구나 글을 쓸 수 있고, 각자의 경험이 얼마나 소중한지 일깨워 준 책입니다. 평범한 소녀로 성장하다 어느 날부터 시력을 서서히 잃어가는 슬픔을 읽을 때면 공감이 되어 가슴이 먹먹하기도 합니다. 용기 내줘 고맙고, 곁에 있어 감사한 글입니다. 읽고 나면, '세상은 아름답다.' 귀한 시선을 만들어 준 책입니다.

3 이 책을 읽을 때 알아 두면 좋을 팁

마음 복잡할 때 하루 무심코 좋아하는 카페에 앉아 식어가는 커피잔을 곁에 두고 읽어도 좋은 책입니다. 햇살과 평안한 마음이 있는 곳이라면 책에서 눈을 뗄 수 없을 것이라는 생각합니다. 책을 통해 테라피 하는 마음을 선물 받는 책입니다. 책을 읽고 나면 나의 경험이 세상을 이롭게 할 수 있다는 마음을 선물 받습니다. 마음의 평화로움을 응원합니다. 글 쓰고 싶은 미래 작가님을 '승하 책방'은 환영합니다.

8장

워킹맘의 독서

| 정세경 |

"지팡이를 힘껏 짚으며 몸을 일으켜 세우는 지게꾼처럼,
책을 읽고 가장으로 힘차게 일어섰다."

경제적 자유를 꿈꾸는 독서

"책은 삶을 바꾸는 가장 조용한 혁명이다."

- 안토니오 다마지오

저녁 먹고, 설거지한 후 소파에 앉아 책을 펼쳤다. 전화벨이 울렸다.

"C씨 아내시지요. 죄송하지만 안 좋은 소식을 전해 드려야 할 것 같습니다. C씨가 워크숍 중에 사고로 의식을 잃고 쓰러졌습니다. 강원대 병원으로 이동 중이니, 와 주시기 바랍니다."

뇌출혈로 쓰러진 남편은 다행히 의식이 돌아왔다. 하지만 언제 끝날지 모르는 치료와 재활 훈련을 받아야 했다. 경희대병원으로 전원을 하고 본격적인 치료가 시작됐다. 감사하게도 어머님께서 간호하러 대구에서 달려오셨다. 나는 평일은 직장 다니며, 자녀를 돌봤다. 주말에는 아이들과 병원에 갔다. 주말마다 병원에 오가는 생활이 1년 넘게 지속되었다.

병원에 가면 매주 조금씩 좋아지는 남편의 모습을 보며 너무 좋았다. 아이들은 아빠 얼굴을 만지며 그 모습을 눈에 담아가서 일주일을 보냈다. 수고하시는 어머님께는 감사한 마음과 죄송한 마음이 함께 들었다. 내가 아이들을 돌보듯, 어머님도 자식을 돌보는 것이라는 생각도 들었다. 그런데 어머님께서 나에게 고맙다고 하셨다. 서로 고마운 마음이 가득하니 남편이 매일 좋아지는 것이라고 믿었다. 그러면서도 병원에서 매주 맞는 짧은 이별에 나의 마음은 매번 힘들었다. 하지만 눈물을 참았다. 눈물이 한번 터지면 멈출 수 없고 내가 무너져버릴 것 같았다. 눈물을 참는 것이 나와 우리 가정을 지키는 일이라고 생각했다.

그렇게 가장이 된 나는 바쁜 일상을 살았다. 직장과 육아, 집안일에 하루하루 시간은 빨리 흘렀다. 늘 직장에서 있었던 일을 들려주던 남편의 목소리가 그리웠지만 그렇게 그리움을 참고 눈물을 삼키며 매일을 살아냈다.

어느덧 예정되었던 이사 날짜가 도래했다. 하나부터 열까지 모두 혼자서 해야만 했다. 이사하는 날, 어머님이 간병인에게 하루 부탁하고 이사를 도와주러 오셨다. 나를 도와주는 사람이 있다는 사실이 어색했다. 이사를 마치고 어머님은 병원에 갔다. 썰렁한 집에 아이들을 재우고, 그날은 홀로 누워서 소리를 죽이고 울었다. 병원에 누워 있는 남편이 보고 싶었다. '여보, 내가 당신 없이 혼자서 이사를 했어요.' 혼자서 해내는 생활을 얼마나 더 해야 할까 막막한 마음이 들어 슬펐다. 아픈 아빠와 함께 살아갈 아이들을 보니 딱한 마음이 들었다. 남편 없는 새집에서 만감이 교차하며 하염없이 눈물이 났다.

딸이 초등학교 1학년이 되었다. 큰애는 1학년 때 자전거를 배웠다. 둘째에게 아빠의 빈자리를 느끼게 하고 싶지 않았다. 딸에게 두 발 자전거를 가르쳐 주어야겠다고 생각했다. 저녁 먹고 나면 딸이 자전거를 배우는 시간이었다. 딸과 운동화 끈을 단단히 조이고 자전거 타러 나갔다. 뒤에서 안장을 잡아주면, 딸은 씩씩하게 페달을 밟았다. 핸들을 좌우로 격하게 꺾으며 균형 잡는 것을 몸에 익혔다. 다음 날도 저녁을 먹고 나갔다. 자전거 안장을 붙잡은 손에 힘이 들어갔다. 딸의 페달이 바삐 돌았다. 넘어질 듯 기우뚱거렸다. 어제보다 더 많이 나갔다. 저녁마다 나간 지 일주일째, 딸은 출발 전부터 자신감이 넘쳤다. 자전거에 앉아 발에 힘을 주었다. "준비, 땅!" 내 손을 떠난 딸의 자전거가 저만치 보였다. 자전거 탄 뒷모습이 당당했다. 두 발은 열심히 페달을 밟았다. 자전거 페달 소리가 멀어져 갔다. 딸이 성장한 날이었다.

"여보, 오늘은 당신 딸이 자전거를 배웠어요. 아빠가 그리울 것 같아요. 나도 그래요."

남편의 사고로 가장이 되었다. 그 일로 인해, 월급은 유한하며, 건강할 때까지만 받을 수 있다는 사실을 깨달았다. 건강은 완전히 통제할 수 없는 변동성을 지녔고, 삶에서 마주할 예측 불가능한 변화를 헤쳐 나갈 해답을 찾아야 했다. 노동할 수 없을 시기가 언젠가는 도래하고, 몇 년이 지나면 퇴직해야 한다.

'언제까지 직장에서 시간을 월급으로 바꾸며 살아갈 수 있을까?' 하는 의문이 생겼고, 고민하던 중 책장에 있던 책에 눈길이 멈췄다.

청울림의 『나는 오늘도 경제적 자유를 꿈꾼다』에서 치열하게 경제적 자유를 이뤄낸 이야기를 읽었다. 지방의 집을 경매 받아 월세 놓는 과정에서, 쏟아지는 잠을 이겨내기 위해 추운 날씨에 차창 열고 크게 노래 부르며 스스로 '경부고속도로의 미친놈'이라며 살아가던 때의 일, 월세 놓을 집에 흰색 페인트를 칠하다가 과로로 의식 잃고 쓰러지며 흰 페인트를 다 뒤집어쓴 이야기를 읽었다. 책의 마지막 장을 덮고 나서 이전과는 다른 사람이 되기로 생각했다.

인생의 목적이 없었다. 가정을 이루어 알콩달콩 재미있게 살면 성공한 인생이라고 생각했다. 갑자기 인생에서 생각지 못했던 일이 벌어졌다. 남편이 병원에 누워 있다. 그러면 내 삶은 실패한 삶이란 말인가? 정신이 들었다. 삶의 안위를 떠나서, 추구해야 할 목표가 필요함을 어렴풋이 느꼈다. 안개 속에 있던 삶은 그렇게 책을 읽고 나서 분명해졌다. 경제적 자유를 이루어가는 삶을 살아야겠다는 목적이 생겼다. 경제적 자유라는 거창한 말이 부담으로 다가왔지만, 꼭 이룰 것이라고 다짐했다. 경제적 자유를 이루기 위해서 마음가짐부터 바꾸고, 생산자로 살아야 했다. 제일 큰 습관은 소비 습관을 바꿔야 했다. 어떻게 바꿀지 고민 끝에 책을 보기 시작했다.

책 속에서 삶의 지팡이를 찾기 시작했다. 브라운스톤(우석)의 『부의 본능』을 읽고 돈에 대한 가치관을 확립했다. 익숙한 지역에 정착해 살고 싶은 인간의 본능을 이겨내야 부동산으로 자산 증식이 가능하다는 것을 알게 되었다. 불필요한 소비를 줄이고 돈을 아껴서 집에 투자하면 훗날에 더 큰 자산으로 돌아옴을 알게 되었다. 책이며 장난감이며 실내장식 소품 등을 사 모으던 과거를 버리고 자산 증식을 위한 소비 통제를 하고 투자를 공부했다.

책을 읽으며 남편의 사고로 인해 힘들었던 마음이 조금씩 회복되기 시작했다. 목적 없던 삶에 방향이 생겼다. 소비하던 삶에서 생산자의 삶을 살아야겠다고 다짐했다. 책 속에서 흔들리지 않고 단단하게 지지해 줄 수 있는 지팡이를 찾았다. 나를 지켜주는 것은 눈물을 애써 참는 마음이 아닌, 책이었다. 지팡이를 힘껏 짚으며 몸을 일으켜 세우는 지게꾼처럼, 책을 읽고 가장으로 힘차게 일어섰다. 나는 오늘도 경제적 자유를 꿈꾸며 용기를 내어 걷고 있다.

독서 씨앗으로 나무를 키우고 있습니다

"책을 읽는 것은 새로운 눈을 얻는 것과 같다."

– 알베르토 망구엘

"민아 엄마, 오늘은 어느 커피숍에서 볼까?"

아침마다 아이들은 학교로, 나는 커피숍으로 향했다. 매일 만나도 헤어질 때는 아쉬워하며 다음 만남을 약속했다. 육아휴직 동안 동네 엄마들을 사귀어 커피숍을 옮겨 다니며 오전 시간을 보냈다. 동네 엄마들을 두루두루 사귀어야 아이들을 잘 키울 수 있다는 생각에 동네 엄마들을 만나고 다녔다.

아이들 유치원 때부터 장난감, 옷, 책 등에도 필요 이상의 돈을 썼다. 지금 필요한 것 같으니 일단 사고, 나중에 중고로 팔아야지 하는 안일한 생각으로 소비했다. 국내외 여행을 다니며 추억을 남겼다. 그러한 소비 습관이

휴직 기간에도 고스란히 이어졌다. 부족한 생활비는 마이너스 통장으로 메웠고, 휴직 기간 1년 정도는 감당 가능하다고 자만했다. 미래의 돈을 끌어와 미리 누린 사치였다.

아이들 그림책은 읽어주면서도 나를 위한 책을 읽지 않았다. 그러니 주관이 없었고, 가치관이 서 있지 않았다. 그래서 소중한 시간을 허비했다. 통장 사정도 함께 안 좋아져 갔다. 생각 없이 나를 소비하며 시간과 돈을 많이 흘러나갔다.

소모적으로 보내던 시간이 청울림 『나는 오늘도 경제적 자유를 꿈꾼다』를 읽고 점점 변했다. 배고픈 사람처럼 자기 계발 서적을 읽었다. 서서히 세상을 보는 눈이 생겼다. 자신을 돌아보는 책, 세상을 알아가는 책, 마음을 다스리고 가치관을 확립하기 위한 책들을 더 찾아 읽기 시작했다.

만나는 사람도 자연스럽게 바뀌어 갔다. 친했던 엄마들과의 만남도 이사하게 되면서 자연스럽게 줄어들었다. 자기를 발견하고 성장시키고 싶은 사람들과 만났다. 자기 계발 온라인, 오프라인 모임을 하면서 나에 대해 알아가고 나의 관심사를 키워 갔다.

돈의 사용도 완전히 달라졌다. 내면이 단단해지니 필요한 물건이 별로 없어졌다. 예전에 사놓은 물건만으로도 충분히 생활할 수 있었다. 가계부를 통해 소비를 줄이는 방법도 터득했다. 고정지출 이외의 변동지출 금액을 미리 정한 만큼만 쓰는 방법이다. 한 달 지출에 큰 변화가 없도록 매일 차액을 확인한다. 한 달에 30만 원을 변동지출로 정해놓고 한도 내에서 쓴다. 매일 30만 원에서 얼마나 남았는지 체크했고, 넘지 않는 선에서 지출을 한다. 하루 만 원, 일주일 7만 원으로 한도를 정해놓으면 차액 확인이 쉽다. 일주일 알뜰하게 살면 차액이 다음 주로 넘어가기 때문에 스트레스를 많이 받지 않는 시스템이다. 이 방법으로 배달음식비, 외식비, 자잘한 소품을 사는 비용을 많이 줄였다. 첫 한, 두 달 적응하면 한 달 생활비가 10~20만 원은 쉽게 줄어든다. 차액을 남겨 예비비로 넘기면 한 달이 뿌듯하다.

절약 습관을 실천하며 생긴 현금 흐름으로, 자산의 크기를 키울 기회도 잡았다. 부동산 공부를 꾸준히 하면서 이사를 통해 자산의 크기를 키워나갈 수 있었다. 부동산으로 자산을 키우기 위해 일명, 몸테크를 했다. 상급지역 아파트를 사기 위해서는 대출을 받아야 했고, 작은 평수의 집에서 월세를 살며 대출 원리금을 갚아 나갔다. 이를 위해 생활의 불편함도 감수했다. 내 옷은 사지 않았다. 필요한 물건이 생기면 대체품이 있는지 생각해 보고, 가능하면 사지 않았다. 사춘기 자녀도 넓은 마음으로 여러 번의 이사와 절약 생활에 협조해 주었다. 대출 때문에 넉넉하지 않은 생활이었지만, 꿈이 있었기에 그 생활이 즐거웠다. 아이들 어렸을 때 허비했던 시간과 돈을 만회하기 위해 참고 노력해야 하는 시간이었지만, 충분히 가치 있는 시간이었다.

시간과 돈을 소중하게 사용하는 즐거움을 깨달은 이후부터는, 나를 위한 투자에 시간과 돈을 사용하고 있다. 책 읽고 강의 듣고 투자 공부를 한다. 아이들 학원비 내듯이 나를 위한 인생 학원비를 책과 강의에 내고 있다. 그런데 강의에 들어가는 금액도 점점 줄어들고 있다. 마음이 급할 때는 강의를 듣고 하루라도 빨리 성과를 내야겠다는 마음이 컸는데, 시간이 지나면서 강의보다는 책에서 배우는 것이 더 많아졌다. 모르는 것이 있으면 필요한 책이 무엇인지 찾아서 읽게 되었다. 책을 통한 배움이 습관이 되고 있다.

책 읽고 실천하기 위해 '빅맘의 북테라피' 독서 모임에 들어갔다. 독서로 삶이 변할 수 있음을 모임을 통해 깨달을 수 있었다. 빅맘과 함께 책 읽으면서 운동의 중요성도 깨달았다. 매일 한 시간 걷기나 30분 달리기하는데, 운동화만 준비되면, 장소와 시간에 제약받지 않고, 체력을 키운다. 특히 달리기는 돈을 별도로 들이지 않고, 전신운동을 평생 할 수 있는 최고의 운동이라는 것을 알았다. '승하책방'을 통해 글쓰기의 즐거움도 알게 된 후, 매일 한 편씩 글을 쓴다. '빅맘의 위즈덤 스쿨' 안에서 부자의 좋은 습관을 배우고 있다. 책에서 말한 좋은 습관을 어떻게 형성해 나가는지 빅맘은 먼저 가보고 그 길을 안내해주는 코치 역할을 충분히 해주었다.

좋은 루틴을 유지하며 살아가니 하루는 충실하고, 한 달은 보람차며, 1년을 후회 없이 보낼 수 있었다. 중요하지만 급하지 않은 일들로 하루를 채우니 삶도 의미 있는 일들로 가득 찼고, 마음의 여유도 생겼다. 시간과 돈을 후회 없이 쓰기 위해 끊임없이 고민하고 실천하며 성찰한다. 계획을 세우고 실천하는 과정에서 더 의미 있는 삶을 만들어 가고 있다. 모든 변화의 시작은 책이었다.

2025년 1월 목표를 세우려 하니 '지금 하던 대로 계속하기'라는 문장이 떠올랐다. 새삼스러운 다짐도, 거창한 결심도 필요 없었다. 작년처럼 살고, 목표를 향해 나아가며 방향을 점검할 것이다. 잘 살아온 나에게 감사하며, 올해 더 성장할 모습이 그려진다. 매일 독서 씨앗을 내면에 심는다. 씨앗을 나무처럼 키우고 있다. 특별한 것을 하지 않는다. 지금처럼 독서로 내면을 만들고 성장할 것을 알고 있다. 독서를 통해 충분히 현명한 결정을 내렸고 인생의 도전을 효과적으로 만들었다. 함께 해주는 도반들과 빅맘 코치가 함께하기에 삶은 더욱 풍성하다.

책 읽는 디자이너 책디

"책은 내 안의 또 다른 나를 발견하게 해준다."

– 헤르만 헤세

"얼굴이 매우 편해 보이세요. 비결이 뭐예요?" 자기계발 모임에서 알게 된 분들과 연말 모임을 했다. 1년 만에 만난 K가 나에게 말했다. 내 얼굴이 편안하게 변한 이유가 무엇일까?

남편의 건강이 회복되고 일상으로 돌아왔지만, '경제적 자유'에 대한 갈망은 점점 커졌다. 지금까지 살던 대로 살 수는 없었다. 경제적 자유를 이루기 위해서는 '자산'과 '현금 흐름'이 필요하다고 생각했다. 자산 늘리는 방법과 현금 흐름 만드는 방법을 찾아 공부하기 시작했다.

자산 불려줄 방법은 부동산 투자밖에 없다고 생각하고 부동산 공부에 몰입했다. 처음에는 부동산 책을 파고들었다. 그다음에는 부동산 강의를 들었다. 어느 정도 알고 난 후에는 부동산 투자 모임에 들어가 물건 찾기, 한 주가 멀다 하고 지역 임장을 갔다. 평일에는 직장, 주말에는 부동산 보러 다니느라 정신없이 바쁘게 지냈다.

한편, 현금 흐름을 만들기 위해서는 브랜딩을 통한 지식창업을 하는 것이 가장 좋아 보였다. 다양한 지식창업의 방법이 있었으나 직장인으로서 시도하기는 힘들었다. 원하는 것과 현실의 괴리에서 오는 불편한 마음이 자리 잡기 시작했다. 실행하지 못한 꿈이 불만이 되었고, 조급함은 나를 힘들게 했다.

모든 시간에 나를 돌아보게 해준 것은 책 읽고 글 쓰는 시간이었다. 결이 맞는 사람들과 같은 책을 읽고 깨달은 것을 글로 쓰고 이야기를 나누었다. 그러다가 나를 위로해 준 한 문장을 만났다. 오승하의 『희망의 트랙 위에 다시 서다』라는 책에서 찾은 "남이 만들어 놓은 길을 걷는 사람은 주인으로 살 수가 없다."라는 문장이었다. 이 문장을 읽으며, 남이 간 길을 지름길이라 생각하며 무작정 따라가면 되겠지 생각했던 나를 돌아보았다. 내 상황은 생각하지 않고, 일을 만든 자신을 발견했다. 어리석게 굴었던 내 모습을 발견했다. 먼저 성공하며 앞서 나간 사람들과 비교하는 마음으로, 조바심, 불안과 걱정으로 마음이 불편했다. 불안한 마음에 또 강의를 신청하고 책을 샀다. 미처 강의를 소화하기도 전에 또 다른 강의를 신청했고, 읽던 책을 소화하기 전에 또 다른 책을 주문하며 힘들어했다. 다 읽지도 못할 블로그 글과 유튜브 영상을 끊임없이 카톡으로 '나에게 보내기' 했다. 그런 자신을 알아차리고, 무엇이 중요한지 나에게 질문을 했다.

내 삶의 주인으로 살기 위해서는 나만의 길을 찾아야 했다. 나의 속도를 알아야 했다. 나에게 맞는 목표를 세워야 했다. 머리가 복잡해졌다. 그래서 수많은 'To Do List' 속의 'To Do'를 지워버렸다. 시간 계획이 간결해졌다. 목표를 설정하고 그에 필요한 행동만으로 시간을 채웠다.

하이에나처럼 각종 무료 나눔 강의를 찾아 듣던 것도 그만두었다. 아무리 남들이 좋다고 하고 필요하다고 해도 '지금'의 나에게 의미가 없는 것은 욕심내지 않았다. 남들이 그걸 해서 성공했고 한 달에 몇 천, 몇 억을 벌었고 지금 당장 그걸 배워야 한다고 해도 그냥 넘길 수 있다. 계획에 없으나 혹시라도 쓰일지 모른다는 마음은 자신을 믿지 못하는 마음에서 나오는 생각임을 알아차렸다. 흔들리지 않으려고 했다. 지금이 아니면 안 된다는 불안함을 내려놓으며 삶도 편안해졌다. 내 얼굴도 편안해졌다.

남이 좋다고 하는 길을 가지 않기로 했기 때문에, 내가 가고 싶은 길이 무엇인지부터 알아야 했다. 자기 자신 탐구가 시작되었다. 무슨 일할 때 즐거운지와 어떤 일을 잘하는지를 알아보기로 했다. 주변의 사람들이 나에게 부탁하는 일, 나에게 맡기는 일이 내가 잘하는 일이다. 당시 부동산 선생님이었던 C님이 지역별 시세 지도를 만들어 달라고 하셨다. 캔바 프로그램과 아이패드 프로크리에이터를 이용해서 한 주일에 하나씩 만들었고, 그때 만든 시세 지도는 지금도 내 첫 번째 블로그 인기 글에 올라가 있다. 시세 지도를 만드는 동안 시간 가는 줄 모르고 즐거웠다.

각자의 목표를 담은 핸드폰 배경 화면을 캔바로 제작해서 지인들에게 나눠준 일도 있다. 오랜만에 만난 지인은 2년이 넘도록 내가 만들어 준 핸드폰 화면을 유지하고 있었다. 캔바로 핸드폰 배경 화면을 만드는 과정이 재미있었고 지인들의 만족도도 높았다.

두 경험에서 공통점을 찾아봤다. 둘 다 '디자인' 기술이 사용되었다는 것을 알게 되었다. 디자인에 대해 좀 더 배워보고 싶은 생각도 들었다. 디자인을 배우는 내 모습을 상상하니 가슴이 뛰었다. 이 길이 맞을까 걱정도 되었지만, 가슴 뛰는 일을 찾았으니 일단 도전해봐야겠다는 생각이 들었다. 디자인을 배우기 시작하니 시야가 넓어졌다. 함께 디자인을 배우는 분들과 AI 디지털 아트 작가 작품전도 열게 되었다. 어느 사이 새로운 정체성이 시작되었다. 책 읽고 사색하며 찾은 길이고, 앞으로도 책 읽으며 나의 길을 가고 싶어서 '책 읽는 디자이너'가 되기로 했다. 스스로 찾은 나의 길이었다.

지금부터 내가 가는 길이 나의 경력이 되고 나의 가치가 된다. 지금은 나의 선택을 옳게 만드는 시간이다. 남들이 성공한 길을 맹목적으로 따라가지 않을 것이다. 어렵더라도 내가 직접 걸어볼 것이다. 방법을 모르면 알아내고 넘어야 할 산이 있다면 주저하지 않고 넘어갈 것이다. 책 읽고 사람들과 소통하고 사람들에게 위로가 되며 희망을 주는 디자이너가 될 것이다. '나의 디자인으로 사회에 이바지한다.'라는 이상을 가지고 한 발 한 발 걸어갈 것이다. 책 읽는 디자이너 책디는 오늘도 성장한다.

독서를 통한 가족의 유대감

"책을 읽는 것은 남의 지혜를 얻는 것이고,
글을 쓰는 것은 자신의 지혜를 키우는 것이다."

-볼테르

중학생인 딸은 수학에 약했다. 수학에 자신감이 없으니 어려워하는 것뿐만이 아니라 싫어하기까지 했다. 하지만 아이도 나도 수학을 포기할 수는 없었다. 스스로 수학 문제집을 풀어보기도 했고, 과외수업 받은 적도 있다. 한 학원에 정착하지 못했고, 한두 달이 지나면 또 다른 곳을 찾아 두리번거렸다. 딸은 학년이 올라가면서 수학이 더 어렵고 싫었지만 포기하지 않았다. 좀처럼 오르지 않던 성적이 중학교 2학년 기말고사 때 20점 이상 쑥 올랐다.

딸은 꾸준히 공부하는 시간을 쌓아갔다. 힘들어도 참고 공부하는 시간을 쌓고 또 쌓았더니 없었던 자신감도 조금씩 생겼다. 수학은 노력하면 더 잘하게 될 수 있는 과목이라는 것을 경험했다. 지금은 이과로 진로를 정할 수 있을지 알아보기 위해 수학, 과학 공부 시간 늘리기에 도전하고 있다. 딸의 성장을 보면서 포기하지 않고 각자 자신의 속도로 성장하면 된다는 걸 깨달았다.

"천천히 자라기 때문에 밀도 높고 단단한 나무가 된다."

산림 전문가 페터 볼레벤은 어린 나무는 엄마 나무의 그늘에서 수십 년을 보내는데, 햇빛을 적게 받기 때문에 천천히 자란다고 했다. 천천히 자라는 나무는 밀도가 높아 단단한 나무가 된다. 밀도가 높으면 질병에도 강하고 곰팡이가 잘 번식하지 않는 건강한 나무가 된다. 반대로, 탁 트인 들판에서 자라는 나무는 햇빛을 듬뿍 받고 빠르게 성장하여 밀도가 높아질 시간이 없다. 이런 나무는 질병에도 취약하고 곰팡이류도 잘 번식한다고 했다.

큰 사람이 되려면 인내심을 갖고 밀도 높게 자신을 다지며 자라는 시기가 반드시 있어야 한다. 나만 뒤처진 것 같은 느낌이 들 때가 있다. 처음 캔바를 배우고 미드저니를 배울 때 그랬다. 멋진 작품 만드는 작가가 되고 싶은데, 그렇지 못한 현실이 초라하게 느껴졌다. 앞서 나가는 사람들이 너무나 대단해 보였다. 너무 늦게 시작한 것 같아 조바심도 났다. 그런데, 되돌아보니 공부하고 다양한 시도를 해 보는 시간이 '밀도가 높아지는 시간'이었다. 내 실력으로 하나하나 부딪히며 알아가는 시간이 귀한 시간이었다. 천천히 자라면서, 질병에 강하고 외부의 곰팡이에도 끄떡없는 나를 만들어

가는 시간이었다. 아직도 자라고 있는 시간이지만 더 단단하게 자라기 위해 서두르지 않는다.

밀도를 높이고 꾸준히 성장하기 위해서는, 첫째 책 읽고 생각하고 글 쓰는 일을 하는 것이다. 마음에 와닿는 책 속의 한 문장을 가지고 사색한다. 경험을 떠올리고 거기에서 배우고 생각한 것을 적는다. 책 읽으면서 지혜를 얻고, 지식과 간접경험을 융합하여 인생을 살아갈 힘과 용기를 얻는다. 글 쓰고 생각하면서 문제 해결력을 키우고, 다양한 상황에서 창의성을 발휘할 수 있는 밑거름으로 삼는다.

둘째, 체력을 키운다. 매일 7,500보 이상 걷고 격일로 달리기한다. 그러면 심폐 지구력이 좋아지고, 근력이 좋아진다. 근육량도 늘어난다. 입맛이 좋아지고 깊게 잠잘 수 있다. 자연에서 받은 에너지와 태양 빛을 통해 합성하는 비타민D로 면역력도 강해진다. 이렇게 키운 힘은 집중력이 필요할 때 저력을 발휘하고, 장기 프로젝트를 할 때 지치지 않는 정신력을 제공한다. 몸이 건강해지면서, 어떤 일이든 해낼 수 있다는 자신감이 생겼다.

셋째, 시간 관리를 한다. 불편한 감정이 들지 않고 불필요한 물건이 없으면, 집중할 수 있는 시간이 늘어난다. 이를 위해서는 감정이 동요되지 않고 정신이 산만해지지 않도록 예방하는 것이 먼저다. 우선 대범함과 관대함을 키워 주변 사람들과의 마찰이 생기지 않도록 한다. 감정 동요로 인해 집중력이 흐트러지는 것 막아준다. 물건이 늘어나지 않고 추가 구매하기보다,

있는 것을 사용하고, 정리하며 버리는 습관을 들인다. 이는 계획한 활동을 바로 시작할 수 있도록 해주고 목표에 몰입하게 했다.

넷째, 디자인에 관한 연구를 꾸준히 한다. 연구하고 적용한 글을 남기며, 여러 가지 기술을 엮어 새로운 가치를 만들어 낼 수 있도록 노력한다. 새로운 기술이 하루가 멀다고 소개되기 때문에 새 기술을 익힌다. 그리고 다른 디자인 도구, AI 기술을 함께 활용하는 방법을 연구한다. 그것을 활용함으로써 기술 확장을 한다.

다섯째, 함께 커나가는 커뮤니티를 통해 꾸준히 나갈 힘을 얻고 상호이익 관계를 유지한다. 커뮤니티를 통해 나눔을 실천하고, 그들을 도움으로써 더 많은 이들을 도울 수 있는 저력을 키운다. 도반들에게 도움이 되는 삶을 살아가며 서로를 격려할 수 있다.

성장이 느리고 아웃풋이 더뎌서 고민하고 있는가. 천천히 자라는 나무가 밀도 높고 튼튼한 나무가 된다. 단단하고 훌륭한 나무로 우뚝 서는 날이 당신 앞에 펼쳐질 것이다. 자신을 믿고 그 모습을 상상하며 차곡차곡 다지며 성장해 나갈 수 있다. 독서는 일상에서도 가족과의 관계에서도 밀도를 만들어 준다. 워킹맘의 하루는 분주하다. 하지만, 나를 잃지 않고 성장하게 해준 밀도는 단연코 독서가 최고였다. 오늘도 독서는 나와 가족 그리고 주변을 건강하게 만들어 주는 도구가 되었다.

워킹맘이 추천하는 책

『부의 본능』

브라운스톤(우석)

1 추천하는 이유

지금 자신의 모습을 객관적으로 돌아보고, 자신이 옳다고 믿는 것을 확신하고 싶다면 이 책을 권하고 싶다.

2 감상평

책 읽으며 아집을 내려놓아야 발전할 수 있음을 깨달았다. 지금까지의 생각과 행동 패턴, 그리고 노력의 정도를 그대로 유지한다면, 현재의 나와 다를 바 없는 미래를 살게 될 것이다. 아집이란, 내 마음속에 고착된 사고방식이며, 다른 사람의 말을 들으려 하지 않는 태도이다. 발전하기 위해서는 우선, 성공한 사람들의 말과 생각, 행동을 아집으로 판단하지 않고, 그들 태도를 본받아야 한다. 또 한 가지 필요한 노력은 지속성과 집중이다.

지금 누구를 롤모델로 삼고 따라가고 있는지 점검해야 한다. 의식적이든 무의식적이든 내가 따라가고 싶은 사람, 본받고 싶은 행동은 곧 내가 원하는 삶의 방향과 모습이기 때문이다. 지금의 나는 어떤 목표를 향해 나아가고 있는가 계속 질문하고 답을 찾아가야 한다. 끊임없이 고민하며 성장해 나가기 위해, 현재의 자신을 진지하게 돌아볼 수 있는 책이다.

3 이 책을 읽을 때 알아 두면 좋을 팁

책에서는 부의 본능의 아홉 가지 오류에 대해 알려주고 있다. 기존의 지식과 가치관에 큰 도전이 될 수 있다. 열린 마음으로 책장을 넘긴다면, 당신보다 더 먼저 성공한 인생 선배의 조언을 들을 수 있다. 듣는다는 마음으로 읽다 보면, 지속하는 행동력, 바꿔야 할 것이 눈에 들어온다. 선택은 자신의 몫이다.

9장

38년 차 정년 간호사 독서

| 차미숙 |

“책 읽고 글 쓰는 건강한 부자 할머니로 당당하게 살아가고 있다.”

암 극복하며 책 읽고 쓰다

"우리가 먼저 습관을 만들면, 그다음에는 습관이 우리를 만든다."

- 존 드라이든

나는 대학병원에서 38년 근무하고 정년퇴직한 간호사이자 행정가이다. 대학교 2학년 때 나이팅게일 선서를 통해 일생을 의롭게 살며 헌신하겠다고 다짐하고 1987년 간호사가 되었다. 처음 현장에서의 간호사 생활은 생각보다 힘들었다. 업무는 과중했고 물 마시고 화장실 갈 시간조차 없었다. 특히 임종 환자 간호 시 마주하는 죽음, 환자의 촌각을 다투는 처치 상황, 의식 없는 중환자의 고통스러운 얼굴 등은 새내기 간호사에게 많은 에너지 소진을 가져왔다. 반면 치료가 잘되어 퇴원하는 환자들의 밝은 얼굴과 감사 인사는 오랜 스트레스를 날려주는 천연 비타민이 되었다.

병동 간호사 생활은 한 달 근무 일정표에 맞추어 기계적으로 일어나서 출근하고 근무하고 퇴근했다. 삼교대이니 출근 시간이 일정하지 않았고 당시에 초과 근무는 당연했다. 퇴근 후 다리는 퉁퉁 붓고 몸은 소파와 한 몸이 되어 앉아서 일어날 수 없었다. 막냇동생은 어린 시절 퇴근 후 집에 와서 울던 누나의 모습이 안타까웠다고 했다. 지금 생각해 보면 동생 눈에 보인 모습이 그려진다.

모든 것은 지나간다. 최소 2년은 임상 경력을 위해 좀 더 참자고 다독거렸지만, 첫 일 년은 여전히 힘들었고 사람들 사이에서 에너지를 빼앗겨 집에 와서는 말 걸어오는 가족들에게 표현조차 하지 못하는 시간을 보냈다. 자고 일어나면 다시 출근 시간이고, 쉬는 날은 누워 꼼짝을 못했다. 침대와 한 몸이 되었다. 그 후 업무도 익숙해지고 다양한 부서에서 근무하며 경력을 쌓았다.

1996년부터는 행정 부서로 발령을 받았다. 삼교대를 안 하는 장점은 있었지만, 행정업무는 의료 정책과 지침의 변경을 병원에 적용하고 환자 진료비의 청구 관리 등으로 잦은 야근과 고강도의 업무로 쉽지 않았다. 여러 행정 부서에서 근무하고 다양한 경험과 성장을 하면서 25년 2월 38년의 병원 직장 생활을 마무리했다.

직장 육아 살림 등으로 회사에서는 일에 집중하고, 집에서는 육아에 집중하면서, 부지런히 살았다. 바쁜 일상에서 아이들과 함께 읽은 독서가 전부였다. 마음 한편에는 읽고 싶다는 생각도 있었지만 바쁘다, 시간이 없다는 이유로 독서와는 거리가 멀어졌다. 당면한 직장 일과 가정 문제 해결을 위해 급한 일 위주로 처리하면서 건조한 삶을 살았다.

어느 날 정신 차리고 보니, 거울에는 세월을 껑충 뛰어넘은 중년이 보였다. 아이들도 성장했고 이제는 나의 인생을 살고 싶었다. 여유가 생겼다는 생각도 잠시, 58세에 유방암 진단을 받고 인생의 변곡점을 만났다. 억울했다. 치료를 마치고 나니 약간의 긴장감에서 공허한 마음이 들었다. 나의 건강 상태가 언제 어떻게 될지 모르는데 걱정만 하고 살 수는 없었다.

일상생활 하면서 살아지는 대로만 살아갈 수는 없다고 생각했다. 성장한 딸이 결혼했다. 딸은 두 아이의 엄마가 되었다. 손녀가 둘인 할머니가 되었다. 아이들이 귀엽게 재롱부리고 커가는 모습이 소중하고 감사한 이때 암 환자가 되었다. 손녀들을 보면서 남은 인생을 우울하게 암 환자라는 생각으로 자존감 낮추며 살고 싶지 않았다.

'나는 어떻게 살아야 하나?'
'남은 인생과 건강을 위해 해야 할 일은 무엇인가?'
'그동안 내가 하고 싶었던 것은 무엇인가?'에 대한 질문이 생겼다.
내 생애 처음 자신에게 질문했다.

큰손녀 승아는 달리기를 좋아하고 잘했다. 언제나 손녀가 부르면 달려가서 같이 뛰어놀고 맛있는 것 사주고 친구들과의 일상의 고민도 잘 들어주는 친구 같은 할머니가 되고 싶다. 둘째 손녀 채아는 귀여움과 애교 대장이다. 온 가족을 항상 웃게 하고 행복하게 해준다. 사랑하는 손녀들을 보며 아이들의 행복을 지켜주는 슈퍼 할머니가 되어야겠다는 마음의 작은 움직임이 생겨났다. 작은 움직임을 알아차리고, 제일 먼저 자신을 알고 나아갈 방향을 정해야 했다. 생각했다. 어떻게 해야 할지 고민했다.

모든 지혜가 있는 책을 읽자. 내가 태어난 이유와 소명을 다하는 삶을 살자는 생각을 했다. 갑자기 찾아온 암 환자의 모습이 아닌 암을 친구 삼아 자신 있고 당당하게 살고 싶었다. 열정적으로 살아가는 방법을 찾는 데 도움이 필요했다. 고민하던 중 우연히 유튜브 〈단희 TV〉의 독서 혁명 1기 모집 글을 읽고 신청했다. 커뮤니티 독서의 세계에 첫발을 담갔다.

첫 번째 책인 엘리자베스 퀴블러 로스와 데이비드 케슬러 『인생 수업』을 만났다. 일상에서 배움을 얻고 완벽이 아닌 받아들이는 자세를 알게 되었다. 받아들이고 그냥 하면 되는 것이다. "신은 오늘 더 나은 삶을 주셨으며 마음만 먹는다면 좋은 날이 될 수 있다."라는 한 문장이 마음에 와닿았다. 마음이 중요함을 알았다. 좋은 날로 만들 희망이 생기기 시작했다. 나를 더 좋은 모습으로 바꾸자고 다짐했다.

조금 더 적극적인 독서가 필요했고 2023년 9월 '북 테라피'를 만나게 되었다. 함께 독서하고, 생각이 바뀌고 독서가 좋은 습관이 되었다. 매일 나누는 감사 일기 한 줄 적기가 어려웠던 내가 책을 읽고 강의를 듣고 세상에 감사할 일이 얼마나 많은지를 알게 되었다. 살아서 숨 쉬는 것, 따뜻한 집, 가족이 있는 것 등 생활의 모든 것이 감사임을 알아가니 하루가 기쁘고 감사로 충만해졌다.

작은 일, 지나가는 풍경, 만나는 사람, 날씨, 따뜻한 밥 등 주어진 모든 것이 감사이다. 생각이 긍정적으로 바뀌었다. 출근할 때 5분의 잠을 더 자기 위해 아침 전쟁을 하고 쉬는 날이면 늦잠을 자던 내가, 매일 아침 새벽 기상하여 독서했다. 감사 일기, 시간 가계부를 쓰면서 하루를 계획한다. 건강한 식사와 운동, 하루를 마무리하면서 나의 성장을 기록한다. 좋은 루틴이 습관이 되고 기록이 쌓여가면서 성장하는 나를 발견했다. 점점 더 내가 좋아졌다.

윌리엄 제임스는 **"생각이 바뀌면 행동이 바뀌고 습관이 바뀌고 인격이 바뀌고 운명이 바뀐다."**라고 했다. 내 인생의, 불운이라고 생각했던 암 진단의 위기에서 독서를 만났고, 현재의 생각, 행동, 습관이 바뀌는 과정에 있다. 책을 통해 나의 인격과 운명까지 바꿀 좋은 기회를 만났다. 독서를 통해, 멋진 할머니를 꿈꾸고 책과 동반자가 되었다. 한 줄 글쓰기가 점점 늘어갔다. 책 읽는 할머니로 시작해 책 쓰는 작가가 된 오늘이 풍성하게 다가왔다. 두 번째 맞은 청춘은 원하는 공부를 하고 배운 것을 나누면서 살고 싶다.

'빅맘 위즈덤 스쿨' 안에서 경험과 함께 성장하고 있다. 빅맘은 지혜로운 인생 선배와 함께하는 길이 감사하다고 이야기한다. 감사하다. 커뮤니티 안에서 암을 극복하며 책 읽고 글 쓰고 있다. 사용하는 시간, 만나는 사람, 함께하는 공간이 바뀌니 출발하는 두 번째 인생이 설렘으로 가득하다.

직장 38년 차 늦깎이 독서는 현재 진행형

"독서는 우리를 더 나은 인간으로 만든다."

-존 그리샴

내 인생의 가장 힘든 시간을 보낸 날이다. 그날은 건강검진에서 나온, 유방 조직검사 결과를 들은 날이다. 직장이 병원이니 내시경과 유방 촬영은 격년, 혈액 검사는 매년 건강검진을 받았다. 유방 촬영은 내장이 딸려 나오는 것처럼 아프고 힘들었지만 받고 있었다. 2022년 1월 말에 건강검진을 했다. 오후에 건강 검진센터에서 "유방 촬영상 1cm 정도의 종양이 보이니 바로 진료를 받았으면 좋겠어요."라는 말을 들었다. 심장이 두근거렸다. 나의 심장 소리가 이렇게 크게 들릴 수 있다고 느낀 하루였다. 예약하고 초음파 조직검사 시행 후 불안한 기다림이 시작되었다. 마음 한편으로는 별문제 없고 양성 종양일 것으로 믿고 기다렸다. 결과는 암이었다. 절대로 암이 아닐 것이라고 믿었던 기대가 완전히 무너졌다. 결과 확인 후 눈물이 흘러내렸다. 숨이 잘 쉬어지지 않았다.

'내가 암이라니, 내가 뭐 잘못한 게 있다고.' 하면서 상황을 받아들이기가 어려웠고 부정하고 싶었다. 갑자기 스트레스 준 환경과 사람들에게까지 원망의 마음이 생겼다.

수술 날짜를 잡고 가족에게 알렸다. 결혼한 딸, 독립한 아들 모두 불러 공유했다. 목이 메어 설명이 안 되었고 딸은 울고 남편과 아들은 망연자실하며 어떻게 해야 하는지 되레 물었다. 딸이 가장 먼저 마음을 다잡고 "엄마, 걱정하지 마세요. 내가 병간호 다 해줄게요. 요즘 주위에 유방암 많아요. 다들 수술하고 잘 사니까 우리 수술 잘 받고 건강 관리 잘하면 돼요."라고 말하며 같이 안고 한동안 서럽게 울었다. 딸아이의 따뜻한 가슴과 토닥이는 손끝이 큰 위로가 되었다.

수술을 위해 유방 MRI, 타 장기 전이를 확인하기 위한 CT, 골 스캔, PET CT 등 많은 검사를 했다. "하나님, 제발 전이 없는 1기가 되도록 해주세요. 그 정도는 해줄 수 있는 것 아니에요." 울면서 간절히 기도했다. 온 가족이 역할을 분담하여 손녀들 돌보고 딸은 보호자가 되었다. 휠체어를 타고 수술실 가는 길, 오늘따라 평소와 다르게 이 길이 멀게 느껴졌다.

수술 대기실에서도 눈물이 났다. 수술 중에 하는 동결 절편 검사에서 다행히 림프절 전이는 없는 것으로 나왔다. 조직검사 병기, 유전자 검사 결과에 따라 치료 방침이 달라진다. 병원에서 만났던 많은 암 환자의 항암치료 과정은 구토와 식욕부진, 탈모, 전신 쇠약 등으로 얼마나 힘들어하는지를 알았기에 항암치료만은 정말로 하고 싶지 않았다.

수술 후 집에서 걱정만 하고 우울했다. 5일 쉬고 업무에 복귀했다. 항암치료 여부를 결정하는 유전자 검사는 외국으로 보내서 결과를 받아야 하기에 2주 이상을 기다려야 하는 상황이었다. 두 가지 결과가 나왔다. 좋은 소식은 1기로 림프샘과 타 조직에 전이가 없는 상태이고, 유전자 검사에서 저위험군으로 나와 항암치료를 안 받아도 된다는 것이었다. 나쁜 소식은 수술한 조직의 끝부분에서 의심되는 암 조직이 있어 재수술이 필요하다는 설명이었다. 두 번 연속 강펀치를 맞은 기분이었다. '어떻게 이런 연속 불운이 나에게 생길 수 있을까?' 손이 털썩 내려지고 머리가 하얘졌다. 그러나 다시 냉정하게 생각해 보니 항암치료를 해야 하는 결과가 나왔으면 더 처참한 상황이 되었을 것이다. 마음을 다잡았다. 생각하기 나름이다. 내가 결정할 수 없는 일로 좌절하면 안 된다. 선택할 수 있었다면 항암치료 안 하는 것을 선택했을 것이다. 생각을 정리하고 나니 마음이 진정되었다.

감사하게, 다시 입원하여 재수술하고 절제한 조직검사 결과 암세포는 발견되지 않았다. 감사합니다. 재수술로 향후 치료 방침은 3주 이상 지연되었다. 최종 치료는 방사선 치료 19회, 경구용 항악성종양제를 5년 먹으면서 6개월마다 주기적으로 관찰하는 것이다. 매일 먹는 호르몬성 항암제 부작용으로 아주 피곤했고, 아침에 손가락 관절이 뻣뻣하고 아팠다. 발에 통증도 생겼다. 6개월마다 진료받고 검사 결과를 확인하는 과정은 시험 치르고 결과를 기다리는 학생이 된 기분이었다.

병원에서 암 환자식이 교육을 받았다. 유방암 환자의 식생활과 착한 생활 습관을 배웠다. 과체중은 유방암 재발을 높이므로 적정 체중 유지가 필요했다. 6kg 감량했다. 하루 30분 운동, 과일, 채소 등의 섭취와 편안한 마음과 충분한 휴식에 대해 배웠다. 궁금증이 다 해소되지 않아 책을 찾았다.

유방암 관리에 전문화된 책을 만났다. 김훈하의 『열방약국 유방암 상담소』 저자는 약사이고 유방암 2기로 항암치료를 경험한 환우였다. 기능 의학, 식이, 약제, 건강 관리 등 많은 부분이 나와 있어 유방암을 전체적으로 이해하고 관리하는 데 도움을 받았다. 작가는 "암을 없애는 것은 병원, 암 세포의 생성 환경을 없애는 것은 환자가 할 일이다."라고 했다. 암을 억제하기 위해서 저탄수화물 식단, 미네랄, 저온 압착 오메가3, 베타글루칸, 후코이단, 강황, 아연, 과일, 채소 등 항산화 성분을 섭취하는 방법 등을 배우고 생활에 적용했다.

수술한 오른쪽 팔과 어깨가 아파 팔을 올리기가 어렵고 옷을 입고 물건을 들기가 힘들었다. 진통제, 근육 이완제를 처방받고 재활 치료를 받았다. 적극적으로 팔 스트레칭하고 근력을 키워야만 했다. 근처의 필라테스 스튜디오에서 개인 수업을 통해 팔의 가동 범위를 올리고 체력을 올리는 운동을 시작했다.

몸을 관리하고 마음 근력을 위해 주변을 살펴보았다. 이미 발생한 상황은 받아들이고 앞으로 어떻게 살아야 하나에 대한 고민이 생기기 시작했다. 그때 눈에 들어온 독서 모임인 빅맘 코치의 '북테라피'에 참가했다. 노트북과 마이크도 사고 낯선 온라인 강의도 처음 접했다. 모든 것이 낯설었다. 59세의 적지 않은 나이에 사람들과 온라인 공간에서 공부하는 새로운 세계를 만났다. 암도 극복하는 내가 이 정도는 변명을 이야기하지 않고 적응해 나갔다. 자존감이 바닥으로 떨어졌을 때 필독서인 존 고든『에너지 버스』를 만났다. 내 안의 긍정 개와 부정 개 중 긍정의 개에게 먹이를 주어 이기게 만들어 긍정적인 사람이 되기로 했다. 내 안의 에너지 주인은 나이고 내가 내 인생의 운전사임을 깨닫고 한 번뿐인 인생의 에너지를 한껏 올렸다.

시스템의 힘은 대단했다. 같이 공부하는 도반들과 함께 매일 새벽 기상하고 감사 일기를 썼다. 처음에 '내가 암 환자인데 어떻게, 무엇을 감사할 수 있지?'라고 생각했다. '북테라피'를 통해 숨 쉬고 살아 있는 자체가 감사임을 배웠다. 감사에 대해 배우니 삶이 조금씩 긍정적으로 변하고 행복해지기 시작했다. 남과의 비교가 아니라 어제의 나와 비교에서 감사가 생겼다. 다쳐도 덜 다쳤음에, 암에 걸려도 초기이고 항암치료를 안 해도 됨에 감사했다. 같이 공부하고 나누는 도반들을 통해 많이 배우고 성장했다. 시스템 안에서 재능을 나누고, 감사를 나누고 서로 배우고 격려해준다.

좋은 리더는 사람들로부터 최선을 끌어내는 방법을 알고 있다. 빅맘 코치를 만나고 도반들의 성장을 본다. 그들의 재능과 열정을 발견하고 세상에 표현할 수 있도록 성장과 발전을 촉진하는 역할을 보고 있다. 도반들이 잠재력을 발휘할 수 있도록 도와주는 코치와 '빅맘 위즈덤 스쿨' 시스템에 함께 있어 나다움으로 성장하고 있다. 직장 38년 차 늦깎이 독서는 지금도 현재 진행형이다. 내 인생이 기대된다.

독서혁명 빅맘 위즈덤 스쿨

"책은 우리에게 더 나은 길을 보여주는 거울이다."

- 톨스토이

육십을 살면서 다양한 위기를 넘겼다. 가장 기억나는 위기 두 가지가 있다. 첫 번째 암 진단이었다. 건강에 대해 자신하던 내가 처음으로 죽음을 깊이 생각해 보는 시간이었다. 두 번째 위기는 은퇴다. 건강한 상태로 은퇴하는 것과 아픈 상태로 은퇴하는 것은 많은 차이가 있다. 두 가지 위기가 시간 차이도 없이 한 번에 찾아왔다. 마음이 답답하고 무거웠다. 엎친 데 덮친 격이란 이런 것을 두고 이야기하는 것이리라.

첫 번째 위기는, 암 진단에 매몰되지 않고 '위기는 기회다'를 생각했다. 어떻게 이 위기를 극복할 수 있을까 방법을 찾았다. 적극적으로 건강을 관리하고 변하기로 했다. 만약에 암에 걸리지 않았다면 평범하게 일상을 보내며 살았을 것이다. 암은 위기이자 새로운 인생 후반을 잘 살 기회를 준 것이다.

"자존감은 작은 성취로 이루어진다." '북테라피' 첫 번째 강의에서 빅맘 코치가 한 말이다. 질병으로 마음이 바닥으로 가라앉을 때 자존감을 끌어올릴 방법을 알았다. 작은 성취를 반복하면 된다. 자존감의 위기를 극복하는 명약을 처방받았다. 필독 도서와 관심 도서를 읽기 시작했다. 같이 공부하는 도반들은 책을 열심히 읽고 기록도 잘했다. 뒤늦은 나이에 시작한 자기 계발에서 나의 속도는 느리고 적응은 더디었다. 감사 일기 쓰고 단톡방에 올리는 데 한 시간이 걸리기도 했다. 블로그 열고 어떻게 써야 할지 고민하다 2시간도 걸렸다. 너무 늙어서 안 되나, 나만 못하나, 내 길이 아닌가 이런 고민이 들 때쯤, 빅맘 코치는 단호히

"쫄지 마요! 사람은 다 자기만의 속도가 있어요. 자신의 속도대로 꾸준히 하면 됩니다. 작은 루틴으로 습관 만들고 내가 되고 싶은 사람이 되면 자존감은 당연히 올라가요."

책과 강의를 통해 지식을 습득하고 실천했다. 식이요법을 배우고 실행했다. 골고루 소량의 식사를 하던 식단에서 아침에는 과일과 채소, 점심은 탄수화물, 저녁은 단백질 위주로 식단을 짜고 먹으려고 노력했다. 가족과 같이 식사하면서 나만 다르게 저녁에 탄수화물을 안 먹는 것이 힘들었지만 성공률 높이는 데 집중했다. '북테라피'에서 추천한 조한경의 『환자 혁명』을 읽으면서 환자가 공부를 많이 해야 함을 알았다. 식사 후 과일 섭취를 자제했다. 식후 혈당을 올리고 다른 영양소와 섞여 장에서 부패가 일어난다

는 것을 알게 되었다. 치료하는 약에만 의존하지 말고, 원인을 치료하는 것에 집중해야 한다는 사실에 공감되었다. 나의 의료 주권을 찾자 생각했다. 의료 현장에서 근무한 사람이지만 현대 의료와 기능 의학이 균형을 맞추고 스스로 관리할 때 가장 건강한 삶을 유지할 수 있다는 것을 알았다. 내 안에 혁명이 일어나기 시작했다.

집에서 걸어서 25분이면 도착하는 곳에 직장이 있다. 그 길을 자차로 운전하여 출퇴근했다. 바꾸었다. 매일 걸었다. 걸으면서 사계절의 꽃, 나무, 바람을 느꼈다. 점심시간에는 동료들과 식사 후 산책을 했다. 박종기의 『지중해 부자』에서 "부자가 되려면 체력을 3배 키워라."라고 했다. 힘들었던 걷기가 좋아지면서 만 보를 걸을 수 있었고 필라테스를 통해 근력도 생겼다. 도반들은 달리기하고 10km 마라톤 대회에 참가했다. 나도 달리기에 도전했지만, 무릎과 발뒤꿈치, 발바닥에 통증이 생겨서 중도에 포기했다. 달리기가 하고 싶어졌다. 무릎 보호대, 운동화 등을 준비하고 무릎 강화 운동을 틈틈이 하면서 달리기에 재도전했다. 그렇게 나는 몸과 마음을 건강하게 만들고 있다. 최근에 5km를 완주했다. 내 인생 혁명이다.

두 번째 위기는 은퇴였다. 예정된 일이지만 현실로 다가오니 쉴 수 있다는 기쁨보다는 걱정이 더 컸다. 은퇴 후 어떻게 살겠다는 구체적인 준비와 실행을 해야 할 시기에 암이라는 복병을 만나 같이 은퇴 생활을 해야 하는 것이 문제였다. 38년을 매일 아침 일어나서 출근하고 퇴근하면서 습관이 된 시간과 공간을 떠난다는 것은 갈 길을 잃은 사람과 같았다. 사회의 뒷자리로 밀려나는 기분도 들었다. 방송에서 준비 안 된 은퇴 빈곤층, 노인 빈곤 등의 단어가 유독 귀에 잘 들렸다. 경제적 점검도 필요했다.

노후에는 현금 흐름을 위해 연금이 중요하다. 노후 자산은 곶감처럼 빼 먹는 자산보다, 마르지 않는 우물형 자산이어야 한다. 우물에서 두레박으로 물을 필요한 만큼 퍼내어도 계속 고이는 우물형 연금은 노후를 지켜주는 안전망이다. 모르면 책을 찾아 읽는다. 연금 공부도 책으로 했다. 절세계좌 3형제 즉 개인연금, 퇴직연금(IRP), 개인종합자산관리계좌(ISA)로 소액이지만 정액 적립식으로 지속적인 투자를 했다. 경제 위기가 왔다고, 전쟁이 발발했다고, 감염병이 돈다고 공포에 투자를 멈추면 안 되었다. 멈추는 그때가 기회였던 것을 경험하고 나서 뒤늦게 깨달았다. 결론은 노후 준비는 시간의 복리로 수익성과 절세의 두 마리 토끼를 잡고 꾸준히 투자하는 것이 지혜롭다는 것을 배울 수 있었다. 빠를수록 좋다. 생명보험사에 있던 연금을 증권사로 옮겨서 펀드에 투자하고 적극적인 관리가 안 되어 자문사에 맡겨 두었던 것을 지금은 직접 투자하고 있다. 미래의 튼실한 연금 과실을 수확하기 위해 물을 주고 있다. 암 친구의 동행으로 준비 시간이 줄어 더디지만, 노후에 자산을 재점검하는 은퇴자산 설계가 꼭 필요하다고 느낄 수 있는 시간이 되었다.

은퇴 준비를 위해 책을 제대로 읽기 시작했다. 모든 책은 메시지를 준다.

24년 한 해에 70권을 읽었다. 1년에 5권도 안 읽던 내가 70권을 읽고 기록했다. 놀라운 일이었다. 가방은 배낭으로 바뀌었고 배낭 안에는 언제나 책이 한 권 들어 있다. 직장 동료들과 작은 책 읽기 모임도 만들었다. 동료들과 책을 읽고 이야기 나누는 시간은 또 다른 즐거움이 되었다. 독서는 직장 생활에 활기를 불어넣어 주었다. 책을 읽고 기록하는 것도 나만의 속도로 포기하지 않고 따라가고 있다. 자기 계발 세계에서 배운 '적자생존'은 적으면 이루어진다는 뜻이다. 계속 쓰면 뇌에 되새겨 자동으로 원하는 방향으로 흘러간다고 했다. 읽고 쓰는 삶이 점점 좋아지고 있다. 책 읽고 글 쓰는 사람으로 사는 것은 좋은 은퇴 설계다.

누구의 인생이든 자세히 관찰하면 모두 굴곡이 있다. 내 인생의 가장 깊은 웅덩이인 암 진단과 은퇴가 '북테라피'와 책을 만남으로 치유받고 있다. 삶의 모든 해답은 책에 있었다. 책 읽고 자신에게 질문한다. 그리고 성장한다. 독서를 통해 자존감을 찾고 건강과 자산 관리를 배우고 실천했다. 독서를 이기는 것은 없다.

'빅맘 위즈덤 스쿨'을 통해 책 읽고, 부자습관 챌린지하고, 글쓰기하고 있다. 은퇴했는데, 바쁘다. 회사 다닐 때와 다르게 자신에게 집중하고 있다. 늦깎이 독서가에서 작가가 되었다. 독서혁명으로 내 삶을 반짝반짝 빛나게 하고 있다.

책 읽고 글 쓰는 부자 할머니

"우리는 나이에 의해 제한되지 않는다.
우리는 얼마든지 나이로부터 자유로울 수 있다."

- 스투 미틀맨

자녀 둘이 성인이 되어 다 결혼했다. 내 나이 53세 딸이 일찍 결혼했다. 성실하고 사랑스러운 사위이다. 요즈음으로 보면 빠른 편이다. 딸은 2년 터울로 손녀 둘을 안겨주었다. 자식보다 손주가 더 귀하고 이쁘다는 것을 겪어보니 온몸으로 느낀다. 이때부터 딸 가족과 동거가 아닌 더불어 살기가 시작되었다.

큰손녀가 3살에 갑자기 입술이 하얘지면서 쓰러지는 실신 상황이 몇 차례 발생하였다. 온 가족이 걱정 속에서 정확한 진단을 위해 여러 대학병원을 방문했다. 뇌전증을 의심하였기에 가족 모두 애가 닳는 상황이었다. 뇌파 검사와 MRI 검사를 하기 위해 어린 손녀에게 수면제를 먹이고 토하고 다시 먹여서 검사했다. 속상해서 눈물이 났다. 손녀를 보는 것도 마음 아프고 초췌한 얼굴의 내 딸을 보는 엄마의 마음은 내가 알고 있는 단어로 표현이 부족하다. 같이 울면서 기도했다. 다행히 뇌전증은 아닌 것으로 판명되었다. 미주신경성 실신으로 추정 진단을 받았다. 특별한 치료는 없었고 잘 지켜보고 응급 상황 발생 시 잘 대응해 주는 것이 전부였다. 좋은 것 먹이고 잘 놀고 푹 잘 수 있는 환경을 만들었다. 마음 졸이며 2~3년을 지켜보면서 빈도가 줄고 증상의 강도가 호전되었다. 지금은 아주 건강하다. 달리기를 잘하는 건강한 아이가 되었다. 뛰는 모습을 보고 있으면 세상의 밝은 빛이 다 전해져 온다.

손녀들은 어린이집에 다니면서 감기, 편도염, 장염 등으로 돌아가며 열나고 아팠다. 코로나 유행 시기를 겪으면서 어린이집, 유치원이 집단 폐쇄하는 일도 자주 생겼다. 육아는 온 가족의 전쟁이었다. 아이를 유치원에 맡길 수 없는 날은 남편과 내가 번갈아 돌보았고 시간이 지날수록 딸아이는 육아에 한계를 느끼고 어쩔 수 없이 직장을 은퇴했다. 딸은 자녀들을 정성껏 키웠고 손녀들은 밝고 자신감 넘치는 아이로 자랐다. 현재 딸아이는 남편의 해외 근무로 싱가포르에서 살고 있다. 새로운 세상에 잘 적응하고 경험하고 있는 딸 가족이 대견하다. 카톡 전화음이 울리면 입꼬리가 올라가고 얼굴에 저절로 미소가 지어진다. 핸드폰에 할아버지, 할머니를 크게 부르며 웃는 아이들 모습이 너무 사랑스럽다. 세상이 너무 좋아 영상 통화하고 아이들을 언제나 원할 때 보고 이야기할 수 있으니 감사하다.

아들은 지독한 사춘기를 겪었다. 중고등학교 내내 대화가 힘들었다. 앞서 생각하는 엄마와 성격 급하고 엄한 아빠 사이에서 아들도 답답하고 힘들었을 것이다. 지난 시절 생각하면 여유를 가지고 아들의 속도를 기다려주지 못한 것이 미안하다. 책 읽고 문제를 바라보았다면 좋았을 걸 하는 후회가 된다. 그러던 아들이 대학을 가고 군대를 다녀오고 긍정적이고 적극적으로 변했다. 모든 자녀는 응원하고 기다려 주면 된다. 여러 시도 끝에 자기의 길을 찾았고 매출도 괜찮은 사업가가 되었다. 24년에는 긍정 에너지 가득한 예쁜 며느리도 만났다. 삶이 감사했다.

이 또한 지나가리라. "This, too, shall pass." 좋은 일도 나쁜 일도 다 일시적이고 지나가는 것이다. 건강의 어려움도 지나가고 사춘기도 다 지나간다. 어려운 상황에 놓였다고 피하거나 그냥 기다리기만 하는 것이 아니라 이겨내기 위해 노력하면서 기다려야 한다.

자녀들이 성장해서 떠나고 집안은 조용해졌다. 시어머님, 남편, 나 셋만 남았다. 이제는 나만의 고요한 시간을 가질 수 있다. 나의 삶을 지금과는 다르게 살고 싶다. 미래의 내가 오늘을 다시 살아볼 기회를 얻었다. 미래의 목표를 생각하고 오늘을 살려고 한다. 팔십의 내가 바라보는 지금 육십의 내가 얼마나 젊고 멋지고 건강한지, 그리고 뭐든지 할 수 있는 것을 알기에 즐겁게 노력하며 나의 두 번째 청춘 일기를 작성하고 있다.

첫 번째 노력은 독서와 글쓰기다. 책을 안 읽던 내가 책을 읽고 생각하고 글을 쓰고 있다. 깨달은 것을 일상에서 적용하려고 한다. 형편없는 실력으로 글쓰기에 도전하고 있다. '내 경험을 글로 담아 세상을 이롭게 한다.'라는 승하 책방의 비전이 나의 글쓰기 비전이 되었다. 하루 1%만 나아지면 되는 것이다. 나는 글 쓰는 할머니가 되고 있다.

두 번째 노력은 건강 습관 형성이다. 운동하고 건강한 식사를 하려고 한다. 아침에 일찍 미라클 모닝을 한다. 은퇴 후 출근하지 않아도 새벽 기상 습관을 유지하고 있다. 새벽 기상하여 양치하고 침대 정리하고 정수기에서 더운물과 찬물을 섞어 음양수를 마신다. 밤사이 메말랐던 몸에 순환이 일어남을 느낀다. 감사 일기와 시간 가계부를 통해 감사와 하루의 계획으로 충실한 하루를 보내고 있다. 매일 8,000보 걷기를 하고 일주일에 3번 기초 달리기 챌린지에 재도전했다. 필라테스도 일주일에 2~3회 한다. 스트레칭의 범위가 증가하고 근육의 힘을 느낀다. 어려운 동작은 얼굴이 달아오르고 비명이 나오지만, 젊은이들과 같이하니 재미있다. 힘들지 않고 즐거운 운동을 하고 싶었다. 동네 주민센터에서 라인 댄스를 시작했다. 격렬하진 않지만, 신나는 음악에 맞추어 스텝을 밟으면 등에 땀이 송골송골 나고 스텝과 순서를 외우기 위해 머리가 부지런히 움직인다. 몸과 뇌 운동을 같이 하고 있다.

세 번째 노력은 노후가 안정된 생활을 위한 경제적 자유 달성이다. 부동산 상급지 이사와 자녀의 내 집 마련에 도움을 주고자 부동산을 공부하고 있다. 책 읽고 강의 듣고 지역 임장 하고 있다. 그동안 공부 없이 묻지 마 투자로 마음고생 많았던 부동산을 기초부터 공부하고 있다. 자산 공부로 연금 저축과 미국 주식 직접 투자도 한다. '빅맘의 자산챌린지'에서 매일 소수점 주식 투자도 하고 있다. 그동안 제대로 안 써본 가계부도 앱으로 시작했다. 매일 작은 성공과 성장을 한다. 직장 다닐 때보다, 아니 인생의 그 어떤 시기보다 시간을 알차고 풍요롭게 살고 있다. 은퇴 후 공허감을 느낄 시간이 없다. 미리미리 노후의 경제적인 안정을 준비해야 한다. 현재를 충실하게 살아 미래의 안정과 행복을 준비해야 한다.

쉬워 보이는 인생은 있어도 쉬운 인생은 없다. 각자의 어려움이 다 있다. 위기를 통해 기회를 찾았다. 멀리 가려면 같이 가야 한다. 시스템 안에서 독서와 글 쓰며 결이 같은 사람과 소통하면서 같이 가고 있다. 신나고 재미있다. 작은 경험이 쌓여 건강한 사람이 되고 있다. 건강에 위기를 겪는 사람, 은퇴를 준비하는 사람들에게 이런 삶이 작은 희망을 보여줄 수 있기를 바란다. 내일은 오늘보다 더 성장한 나를 만날 수 있다.

김형석의 『백년을 살고 보니』에서 '60~75세가 인생의 황금기'라고 했다. 나는 이제 막 황금기에 들어섰다. 하고 싶은 것이 많다. 황금기를 얼마나 멋지게 보낼지 설렌다. 시작하기에 늦은 나이는 없다. 지금이 가장 젊은 나이다. 일단 시작했다. 책 읽고 글 쓰는 건강한 부자 할머니로 당당하게 살아가고 있다. 지금의 건강이 있기까지, 나를 돌봐준 나의 남편 그리고 애처롭게 바라봐주는 시어머니가 있었기에 용기를 낼 수 있었다. 자신보다 딸의 걱정으로 잠 못 이루던 친정 부모님의 마음을 바라보며 더없는 사랑을 느꼈다. 이제 내 인생을 듬뿍 아끼고 사랑하고 싶다. 가족이 있기에 꿈을 꾼다. 미켈란젤로의 다비드 조각상처럼 내 삶의 다비드상을 조각하며 살아가고 있다.

38년 차 정년 간호사가 추천하는 책

『퓨처 셀프』

벤저민 하디

1 추천하는 이유

스스로 미래의 목표를 설정하고 목표에 맞게 현재를 살아가는 방법을 알려주는 책이다. 일상에서 지치고 목적 없이 살아가는 사람들에게 미래의 내가 현재를 어떻게 살아야 할지 대안 제시를 해주는 책이다. 현재를 충실하게 보내는 방법을 구체적으로 생각할 수 있도록 알려준 책이다.

2 감상평

막연한 미래가 아니라 미래에 대한 명확한 목적이 있어야 함을 다시 깨달았다. 미래의 나에 대한 희망이 있어야 하고 희망이 없으면 현재는 의미를 잃는다. 지금 적당히 살아간다면 아무것도 이룬 것 없는 미래가 될 것이다. 미래의 나와 더 깊이 연결될수록 현재 선명한 결정을 할 수 있어야 한다. 5년, 10년 후 장기적인 목표를 설정하고 달성한다면, 목적을 달성할 수 있음을 알게 되었다.

미래의 내가 후회할 결정과 행동을 줄이기 위해, 지금 잘 사는 것이 중요함을 알 수 있었다. 현재를 살아가는 사람들이 읽고 자신의 미래를 위해 목적 있는 삶이 되었으면 좋겠다. 우리 모두 성공하고 싶다. 성공에 대한 다양한 태도와 경험을 배울 수 있는 책이었다.

3 이 책을 읽을 때 알아 두면 좋을 팁

현재의 나는 미래의 나를 정의하고 실천하는 것이 중요하다. 책 읽으면서 미래에 다가가는 다양한 방법을 배울 수 있었다. 제시하는 내용으로 실천 계획을 만들어 가길 추천한다.

10장

22년 차 직장인 독서

| 최연숙 |

"겪어야만 깨닫기도 하는 경험은 결코 헛된 것이 아니다.
하찮아도 누군가에겐 도움이 될 수 있다."

독서도 배워야 할까요

"우리의 삶에는 끝이 있지만 배움에는 끝이 없다."

- 장자

책을 읽기만 하면 저절로 깨닫는 줄 알았다. 어떤 책이든 읽으면 도움이 된다고 생각했다. 성공한 사람들은 독서를 즐긴다고 한다. 무작정 따라 하려고 했지만 어려웠다. 혼자 안 되면 배우는 게 답이다. 독서도 마찬가지였다. 결국, 배워야 했다.

취미가 독서라고 하면 멋있어 보였다. 정작 어떻게 읽는지는 몰랐다. 그냥 읽었다. 국어 수업 말고는 따로 배워본 적은 없었다. 어떻게 하면 잘할 수 있을까 궁리했다. 먼저 다른 사람 독후감을 관찰했다. 잘 쓰려면 읽는 게 중요해 보였다. 남 읽고 쓰는 대로 흉내만 냈다. 덕분에 독서 후기 MVP가 된 적도 있었다. 어떻게 뽑혔는지는 모르겠다. 자기 계발하려면 첫째로 독서가 중요하다고 한다. 책을 읽자니 힘들다. 안 읽자니 찜찜하다.

배우고 싶었다. 독서 모임을 찾아봤다. 온라인에는 다양한 독서 모임이 있다. 첫 번째 참여한 모임은 새벽 시간이었다. 독서 리더가 다섯 시에 줌을 열었다. 반드시 화면을 켜라고 했다. 처음 5분은 스트레칭 체조다. 잠도 깰 수 있었다. 끝나고 독서했다. 글을 쓰는 건 개인 몫이었다. 한 시간 동안, 줌 화면을 켜둔 채 각자 책 읽고 글을 썼다. 피드백은 없었다. 한 달 후에 그만뒀다. 일찍 일어나니 피곤했다. 계속 이어가기엔 무리였다. 다른 독서 모임에서는 리더가 체계적이었다. 방법도 알려줬다. 선정한 책을 모임 전까지 미리 읽어야 했다. 마음에 드는 세 문장만 뽑고, 왜 선택했는지 이유를 생각하라고 했다. 토론 시간에는 다른 사람과 소감을 공유했다. 일곱 번째 책까지 읽었는데 포기했다. 어렵다고 느끼면서부터 자연스럽게 멀어졌다. 내 수준보다 높아서인지 점점 어려웠다.

다른 방법을 고민하던 차에 직접 독서 모임을 만들어 보라는 주변 권유를 받았다. 리더는 읽을 수밖에 없다. 꾸준히 읽고 싶었다. 막연하지만 독서로 달라지고 싶었다. 환경을 만들자, 생각했다. 직접 운영한 모임은 일 년 넘게 계속했다. 그런데 여전히 독서에 자신이 없었다. 새벽에 줌만 열 뿐이었다. 함께하지만 각자 책을 골라 읽고 글 쓰는 게 전부였다. 토론할 엄두도 내지 못했다. 피드백은 상상조차 할 수 없었다. 독서는 하고 싶은데 쉽지 않았다. 책이랑 안 맞는 것만 같았다.

'북테라피' 모집 글을 봤다. 또 독서 모임이 열리는가 싶었다. 많은 온라인 모임 중 하나겠거니 생각했다. 어떤 모임이든 리더가 중요하다. 이끄는 방향에 따라 결과가 달라지니까. 고민이 많았다. '북테라피' 리더는 삼십여 년 동안 책을 읽었다고 했다. 독서하고 삶에 적용하는 방법을 스스로 알아냈다고 했다. 다른 사람은 시행착오를 하지 않길 바란다고 했다. 다시 고민하기 시작했다. 결정하기 어려웠다. 다른 때처럼 흐지부지 책 읽다가 그만두면 어쩌나. 몇 번 하다가 모임이 없어지는 건 아닐까. 별의별 생각이 났다. 따라 한다고 리더처럼 되란 보장도 없다. 괜히 돈과 시간만 낭비하면 어쩌지. 고민하는 동안 날짜는 흘러갔다. 마음이 수십 번 바뀌었다. 어느덧 모집 기간이 끝났다. 오리엔테이션 당일에도 고민했다. 나중에 후회하는 건 아닐까. 마음이 조급해졌다. 이렇게까지 고민할 일인가 싶었다. 딱 한 번만 더 해보기로 했다. 이번에도 해내지 못하면 다시는 독서 모임 따위 하지 않을 생각이었다.

첫 강의부터 기대되었다. 이십 대부터 책 읽고 적용했다고 한다. 난 그 나이에 뭘 했는지 모르겠다. 책이라면 만화를 좋아했었다. '북테라피'에서 바로 써먹는 비법이라도 알려줬으면 했다. 도대체 리더는 어떻게 적용하며 살았는지 궁금했다. 강의를 통해 책을 꾸준히 읽는 법을 배우고 싶었다. 한 권을 완독하는 법도 알고 싶었다. 어려운 책은 어떻게 읽어야 하는지도 궁금했다. 뭐든 배우겠다는 자세였다. 정해진 커리큘럼대로 하나씩 하기 시작했다. 독서 초보로서 마음가짐도 달랐다. 그중 도움이 된 세 가지를 소개한다.

첫째, 독서하려면 먼저 자신의 독서 수준을 알아야 한다. 한 페이지를 읽는 데 얼마나 걸리는지 알면 한 권 완독을 위해 몇 시간이 필요한지 알 수 있다. 일주일에 한 권을 읽겠다고 목표를 세웠다면 하루 몇 시간씩 읽어야 하는지도 파악되었다. 책 읽기 전 독서 수준을 진단해야 한다고 했다. 이미 알고 있는 내용일 수도 있다. 하지만 지금껏 생각해 본 적 없이 읽었다. 쉬운 문장이 많거나, 얇은 책을 읽으면 독서가 쉽게 느껴졌다. 한 단원을 읽는 데도 시간이 오래 걸리면 어렵다고 생각했다. 독서를 취미라고 하기에는 부끄러웠다. 문제는 내 수준을 몰랐던 거다. 달라져야 했다. 배운 대로 따라 하기 시작했다. 기준을 만들었다. 무조건 읽지 말고 단계별로 하면 읽는 시간이 파악됐다. 독서하는 마음이 한결 편했다. 난생처음 독서 수준을 파악하기 시작했다.

둘째, 읽었으면 글을 써야 한다. 부담 갖지 말고 한 줄만 써도 된다고 했다. 책 읽고 처음 글 쓴 건 독서 모임에 참여하면서부터였다. 좋은 글은 인정받아야 한다고 생각했다. MVP가 되든지 우수작으로 뽑히든지. 읽고 난 후 느낌보다 다른 사람 평가가 중요했다. 그래야 잘 읽는 것만 같았다. 쓰는 게 부담스러웠다. 재미도 없었다. 결국, 읽기도 관뒀다. 하지만 '북테라피' 강의에서는 본 것, 깨달은 것, 적용할 것을 한 줄씩만 적으라고 알려줬다. 너무 성의 없는 거 아닌가 싶었다. 하지만, 일단 리더가 하라는 대로 했다. 읽은 내용 중 한 줄만 적고, 깨닫고 적용할 내용도 작성했다. 모두 한 줄이었다. 너무 쉽게 하니 마음이 불편했다. 안 하는 것보다는 나았다. 매일 쓰니 100일을 채우기도 했다.

셋째, 독서 후 가장 중요한 것은 적용하기다. 매일 본 것, 깨달은 것, 적용한 것을 적는다. 가장 어려운 건 적용하기였다. 방법을 몰랐다. 강의를 듣고서야 부족한 점을 깨달았다. 생각하지 않는 게 문제였다. 한 문장은 그냥 적는 게 아니었다. 생활에 어떻게 적용할지 생각이 필요했다. 평소 신경 쓰지 않던 부분이었다. 쉽지 않았다. 하루 중 생각하지 않고 지내는 시간이 많다는 것도 알았다. 독서는 한 문장 따라 적고 깨닫는 게 전부가 아니었다. 한 문장을 되새기며 고민하고 생활에 적용할 생각을 하는 게 핵심이었다. 매번 하는 게 어렵긴 했다. 일단 한 번만 제대로 적용해도 삶은 달라졌다. 책을 읽는 이유다.

독서를 배우겠다고 결정하길 잘했다 자신을 칭찬했다. 무작정 읽기만 했다면 성장하기 어려웠을 거다. 처음부터 배울 기회는 흔치 않다. 이제는 시간이 지날수록 책을 통해 배우는 게 조금씩 쌓여가고 있다. 오늘 찾은 한 문장으로 내일은 적용하며 살아가야지. 그냥 읽기만 하면 된다고 생각하는 건 오산이었다.

독서도 배워야 한다. 삶에 적용하려면 필수다. 책 읽고 적용하는 삶이 이렇게 신이 나는 일인지 예전에는 몰랐다. 책이 삶에 재미를 선물해 주었다. 독서를 통해 좋은 판단력을 배우고 있다. 폭넓은 지식과 경험을 바탕으로 분별력을 익힌다. 최근 '빅맘의 북테라피'는 '빅맘 위즈덤 스쿨'이라고 이름을 바꾸었다. 좋은 판단력, 통찰력, 깊은 이해를 통해 삶에 도전한다는 의미다. 독서를 통해 정체성을 만들고 있다. 독서로 성장하고 있다.

자신감은 독서에서 나온다

"나는 힘과 자신감을 찾아 항상 바깥으로 눈을 돌렸지만,
자신감은 내면에서 나온다."

- 안나 프로이트

우노 다카시의 『장사의 신』에서 가게를 할 때 '이미지화하는 능력'은 꼭 필요하다고 얘기한다. 비슷한 의미로 글을 쓸 때는 '구체적으로 표현하는 능력'을 강조한다. 사실만을 전달하라는 의미다. 독서하면 표현력이 생긴다. 생각도 달라졌다. 처음에는 믿기지 않았다. 다른 사람 이야기를 읽는다고 뭐가 달라질까, 얼마나 영향을 받을까 의아했다. 제대로 배우고 읽는다면 달라진다는 걸 알았다. 책을 통해 시야가 넓어진다. 자신에게 집중하는 시간이 늘어간다. 타인의 시선에 신경 쓰지 않게 된다. 세상의 중심이 내가 되니까. 독서를 통해 달라지는 걸 느낄 수 있었다.

얼마 전까지만 해도 다른 사람 시선을 많이 신경 썼다. 배려해야 착하다고 생각했다. 오지랖도 넓었다. 다른 사람 피해 주는 것도 싫었다. 좋은 모습으로 보이려고 애썼다. 나쁜 상황이 발생하지 않도록 먼저 나섰다. 모임 우선순위가 가장 높았다. 다른 사람이 부탁하면 들어주려 했다. 서로 좋은 게 마음 편했다. 내 감정은 무시했다. 어떤 생각이 드는지 중요하지 않았다. 갈등보다는 양보가 나았다. 좋고 싫음의 기준을 타인에게 두었다. 무엇이든 맞추려 신경 썼다. 그럴수록 마음이 한구석이 묵직하게 불편한 감정을 느끼고는 했다. 정확한 원인을 깨닫는 데, 오래 걸리지 않았다.

가족을 챙기지 못했다. 사람들을 만나는 게 좋았다. 늘 보는 친구도, 새로운 사람도 상관없었다. 사람과 어울려야 에너지가 생긴다고 생각했다. 가족 눈치는 보였지만 밖으로 나갔다. 자기 계발은 다른 사람과 하는 것이라는 생각을 통해 늘 바쁘게 무엇인가를 했다. 가족이 이해해 줄 것 같았다. 타인에 맞춰 기분이 좌지우지되니 점점 힘들었다. 시간이 지날수록 문제가 생겼다. 누구에게든 맞추려니 어려웠다. 잘 지내는 동안은 자존감이 올라가는 것 같았다. 관계가 좋지 않으면 점점 주눅이 들었다. 어떤 상황이든 맞추려고만 하니 어찌할 바를 몰랐다. 남만 생각했다. 가족과 함께하는 소중함을 당시에는 몰랐다.

자존감이 떨어지니 인간관계가 꼬이기만 했다. 배려하는 마음은 이용당할 때도 있었다. 양보하고 지내면 인연이 오래갈 줄 알았다. 하지만 상대에 따라 필요할 때만 다가왔다. 점점 소홀해지는 관계를 이해하기 어려웠다. 뭘 잘못한 건가 생각하기도 했다. 나를 싫어하나 싶었다. 변한 건 없었다.

내 마음이 문제였다. 기대는 마음이 점점 커졌었다. 많은 걸 함께해야 한다고 생각했다. 때론 돈으로 얽히기도 했다. 상황이 내 맘 같지 않았다. 인간관계는 정성을 다하면 해결된다고 믿었다. 어긋나도 금방 회복할 수 있다고 자신만만했다. 점점 힘들었다. 안 되겠다 싶어 태도를 달리했다. 가능한 한 휘둘리지 않으려 노력했다. 모임에서도 사람을 만나도 마음 끌리는 대로 행동했다. 배려는 하되 눈치를 보지 않았다. 주변에서 그런 모습을 더 좋아했다. 이해되진 않았다. 오지랖이 넓다고 떠들고 다녔다. 시간이 지날수록 알 수 없는 허전함이 마음을 무겁게 했다. 눈치 보지 않는다고 생각했는데 여전히 다른 사람을 신경 쓰고 있었다.

고민하던 시기에 '북테라피'를 만난 건 운이 좋았다. 배운 대로 독서를 시작했다. 오지랖도 접었다. 모임도 자제했다. 오롯이 책 읽기에 집중하기로 했다. 독서를 통해 성공할 수 있는지 알고 싶었다. 처음 추천받은 책은 존 고든의 『에너지 버스』다. 세상 사람은 다른 사람 눈치를 보며 기분을 맞춰주려고 한다는 사실을 알았다. 나 같은 사람이 많구나 싶었다. 해결책이 필요했다. 먼저 내 기분이 좋고 즐거워야 한다고 했다. 강의를 들으면서 내 빛이 주변까지도 비추면서 즐거운 힘이 나는 것이라고 깨달아가기 시작했다. 지난날을 돌이켜봤다. 기분은 어땠는지 뒤돌아봤다. 즐겁다고 느꼈던 때도 있었다. 좋지 않았던 순간에 잘해보려 애썼다. 티 내지 않으려 했다. 불편한 건 잠깐이면 지나간다고 생각했다. 늘 남에게만 맞췄었다. 어떤 일이든 스스로 균형을 잡아야 했다. 삶의 중심이 나여야 했다. 변하고자 마음

먹고 책을 읽으니, 답이 보이기 시작했다.

가장 먼저 나만 생각하기로 했다. 좋아하는 게 무엇인지, 행복할 때가 언제인지 들여다봤다. 불편한 관계는 잠시 거리를 뒀다. 먼저 연락하지 않으면 됐다. 이기적이어도 괜찮다고 마음먹었다. 다른 사람을 만나려고 하지 않았다. 혼자 지내는 시간을 늘렸다. 원하는 게 무엇인지 질문하고 대답하는 연습을 했다. 다른 사람 신경 쓰지 말고 내게 집중하기로 했다. 서서히 변화가 생겼다. 내게 관심이 가니 가족이 보였다. 늘 곁에서 함께하는 남편이 보였다. 나부터 챙기고 보니, 가족의 마음이 보였다. 시선이 확장되었다. 남편과 아이들에게 필요한 마음을 찾아보기도 했다. 가족 응원은 큰 힘이 된다는 사실을 깨달아갔다. 긍정적인 대화는 에너지가 되었다. 종일 기분이 좋았다. 다른 사람을 만날 필요가 없었다. 매일 적는 감사 일기에 가족이 빠지지 않았다. 함께하는 모든 것이 감사했다. 어떤 상황에서도 내 편이라는 믿음이 있었다. 가족이 내 삶의 중심에 들어왔다.

책 속에서 맘에 드는 구절을 발견할 때가 있다. 혼자 궁금한 걸 묻는다. 답을 찾으려 중얼거리기도 한다. 더는 나와 가족보다 타인이 중요하지 않았다. 타인의 칭찬을 바라지 않는다. 홀로 격려하고 인정할 뿐이다. 하루 이틀 질문과 답이 쌓여가고 있다. 우쭐할 때도 있다. 상관없다. 누군가에게 피해를 주지 않으니 괜찮다. 자신에게 에너지를 쏟으니, 자존감도 올라간다. 오지랖은 가족을 위해 부린다. 외부에 휘둘릴 일도 없다. 타인에게서

만족감을 찾았던 때와 다르게, 내면 근력이 강해짐을 매 순간 느끼고 있다. 문제가 생겼을 때 가족과 함께 고민한다. 행복도 같이 나눈다. 배려해야 할 사람이 있다면 내가 가장 우선이다. 내가 행복하니, 가족들과 함께하는 시간이 소중하고 행복이 곳곳에 쌓인다.

책은 어떻게 읽는지에 따라 내용이 다르게 다가왔다. 물론 넘어가도 그만이다. 하지만 고민하며 해결 방법을 생각하면 충분히 답을 찾을 수 있다. 다독보다, 정독했다. 집중한 만큼 효과가 나타나기 시작했다. 미처 보지 못했던 문장으로도 삶이 달라진다. 책에서 읽은 내용과 비슷한 상황을 마주하기도 한다. 도반들과 독서 토론을 하면서 다른 사람 이야기가 도움 되는 순간을 경험한다. 독서는 적용할 수 있는 한 문장을 찾아가는 과정이다. 책을 읽으며 세상의 중심에 단단한 나를 세워가고 있다.

주변에서 나의 표정이 달라지고 있다고 했다. 마치 여행하는 사람처럼 웃고 다닌다. 나는 지구별 여행을 온 우주인 같다는 생각을 하고는 한다. 오늘도 나의 지구는 아름다운 일상이 넘친다. 책을 통해 성장하는 삶은 일상을 여행처럼 지구별 여행 중이다.

마음 근력을 키우는 독서

"가난한 사람은 독서로 부자가 되고 부자는 독서로 귀하게 된다."

- 왕안석

책을 읽으면 자산이 늘어난다는 얘기를 들은 적이 있다. 가능한 이야기인가? 독서와 돈 버는 건 별개라 생각했다. 책은 책이고 돈은 돈이다. 돈 버는 책은 부동산, 주식, 코인 관련된 책이 가능하겠지. 방법을 알려주니까. 그런데 생각을 달리해도 돈 벌 수 있다는 걸 알려준 책이 있다. 보도 섀퍼의 『머니 파워』다.

어려움이 닥치면 도와줄 사람부터 찾았다. 문제가 생기면 조언이 필요했다. 다른 사람 말 듣고 해결하려 했다. 좋아하는 사람이 나를 위해서 하는 말이라 그대로 받아들였다. 맞다 틀리다 따지지도 않았다. 사람을 먼저 봤다. 좋으면 손해 보는지도 몰랐다. 돈 버는 것도 사람과 인연이 먼저라 생각했다. 사람 다음이 돈이었다. 함께하는 게 중요했다. 이득이 없어도 괜찮았다. 그런데 결국 사람이 문제였다. 관계로 힘드니 어떤 행동도 꺼려졌다.

무슨 말도 위로가 되지 않았다. 비꼬는 것 같았다. 누구 얘기도 믿고 싶지 않았다. 이용하는 건 아닐까 의심부터 했다. 무엇을 해도 의욕이 생기지 않았다. 어떤 투자가 좋다고 하면 따라가기 바빴다. 잘할 수 있는지 확인하기도 전에 시작했다. 돈 소중한 걸 몰랐다. 적은 돈이라도 다룰 줄 모르면 수중에서 사라진다는 사실을 시간이 흐르면서 알게 되었다. 사람 따라 돈 벌려 하니 온전히 내 것일 수는 없었다.

책은 사람과 달랐다. 말은 상대 눈치를 보게 된다. 글은 기분 따라 읽을 수 있다. 화나면 같이 흥분하고, 울적하면 위로했다. 사람에게서만 위안이 된다고 생각했는데, 책도 가능했다. 하지만 책 읽는 것과 돈 버는 건 따로 생각했다. 생각부터 바꿔야 돈이 생긴다는 사실을 보도 섀퍼의 『머니 파워』에서 배웠다. 처음 책을 펼치고, 삶의 신조는 끊임없이 배우고 성장하는 것이라는 문장이 와닿았다. 실천하려 노력했다. 배우지 않으면 변화도 없는 법이니까. 새로운 걸 익혀가며 성장하고 싶었다. 돈 버는 방법을 찾으려고 강의를 들었다. 온라인 세상에 강의 종류가 많았다. 나에게 맞는 걸 찾으려 이것저것 들었다. 버는 금액을 정하라고 했다. 언제까지 목표를 두고 벌 것인지 적으라 했다. 선명한 목표가 있으면 이뤄진다기에 따라 했다. 배운 기술로 돈을 벌어보려 했다. 쉽지 않았다. 금방 지치기 일쑤였다. 맞지 않는다 싶으면 다른 분야를 탐색했다. 포기하고 찾기를 반복했다. 잘하는 게 있기나 한 건지 알 수 없었다. 목표가 무의미해 보였다.

책을 재독했을 때 눈에 띈 문장이 있었다. 재산의 규모는 내 생각으로 결정된다고 했다. 처음 읽었을 때는 스쳤었고 보이지도 않았다. 생각과 재산 규모는 전혀 어울리지 않아 보였다. 이해하기는 더 어려웠다. 책에선 재정 상황 체크와 함께 감정을 살펴보라고 했다. 한 번도 생각해 본 적이 없었다. 처음으로 지난날을 돌이켜봤다. 어려서부터 부모님은 돈이 부족하다고 말씀하지 않으셨다. 자식들이 필요한 건 모두 사주셨다. 욕심이 별로 없어서인지 충분하게 풍족했다. 부모님 덕분이었다. 지금은 맞벌이다. 생활비만 내 몫이고 나머지는 남편이 관리한다. 정해진 금액으로 한 달을 지낸다. 부족할 수 있다는 생각에 덜 쓰고 아끼려 했다. 쓸 데는 많은데 돈은 줄어들기만 했다. 쓰면서도 불만이 생겼다. 분명 충분히 쓰는 데도 만족스럽지 않았다. 결혼 후 현재까지 돈에 대한 감정이었다.

책을 따라 하려면 변화가 필요했다. 부족하다는 생각과 불만족은 바뀌어야 했다. 어떻게 해결할지 고민했다. 우선 우리 집 돈의 범위를 확장했다. 매월 관리하는 생활비뿐만 아니라 남편이 관리하는 돈까지 융통되는 흐름을 생각했다. 소비만 한다는 관점을 고치려고 노력했다. 생각해 보면 농수산물부터 공산품까지 살 수는 있다. 직접 만들 수는 없다. 누군가 시간을 들여 노력한 덕분에 얻을 수 있는 것을 알아차렸다. 쓰기만 한다는 생각을 바꿨다. 돈은 가치에 대한 대가였다. 생활에 필요한 모든 것을 스스로 자급자족할 수는 없다. 돈 관리도 마찬가지다. 남편과 서로 잘하는 분야가 다르다. 각자 장점을 살려 관리할 뿐이다.

책을 읽고 남편과 돈 이야기를 나눴다. 수입과 지출을 공유했다. 같이 관리했다. 필요한 돈을 함께 고민했다. 그렇게 몇 개월이 지나니 재산 규모가 달라졌다. 평소와 다른 건 없었다. 확실한 건 돈을 대하는 자세와 사고가 바뀌었다. 가장 먼저 모든 수입은 감사하게 생각했다. 지출은 가치를 나타내니 소중했다. 사소한 것부터 실천했다. 하나둘 쌓여가니 상황이 달라지기 시작했다. 수입이 변한 것이 아니라, 돈을 대하는 우리 부부의 시선이 책을 보고 달라졌는데, 자산의 규모에 변화가 보였다.

부동산 계약을 한 적이 있다. 모든 일은 사람이 한다. 계약은 단순하다고 생각했는데 꼬이기 시작했다. 쉽게 생각했는지도 모른다. 말 한마디로도 오해가 생겼다. 근거를 위해 작성한 글은 감정적으로 대했다. 시간이 지날수록 각자 입장만 주장하게 됐다. 어찌할 바를 몰랐다. 어디서부터 잘못된 건지 이해가 되지 않았다. 생각하는 것도 지쳤다. 해결책을 찾을 수가 없었다. 문제 해결을 늦출수록 금전적으로 손해가 클 거 같았다. 주어진 모든 문제는 해결 가능하다는 확언을 되새겼다. 그때 만난 책이 한동일의 『라틴어 수업』이다.

"당신이 잘 계신다면, 잘 되었네요. 나는 잘 지냅니다."

모든 문제와 해결 중심엔 사람이 있다. 다시 생각했다. 상대와 서로 어긋난 상태였다. 순탄하게 진행될 수 있었는데 꼬였었다. 혼자 상대방 안부를 물었다. 산책하며 생각했다. 서로 잘 지내야 무탈하다고 할 수 있다. 한쪽만 잘 지내면 균형이 깨질 수 있다. 계약은 사람과 하는 일이다. 같이 잘 지낼 방안이 필요했다. 문제를 처음부터 생각할 필요가 있었다. 어색해진 관계를 마주하기 쉽지 않았다. 안부에만 집중했다. 자세히 설명하고 오해를 풀어갔다. 결국, 해결했다. 만약 책을 보지 않았더라면 생각지도 못했을 방법이었다. 사소하지만 안부가 핵심이었다. 갈등을 해소할 실마리였다. 지나고 나니 웃지만, 다시 겪으라면 마주치고 싶지 않은 힘든 시간이었다. 사람 관계도 어려운데 돈과 얽히면 더 힘들다. 다행히, 책 속 문장은 사람 우선으로 지혜를 주었고, 결과적으로 돈도 보호해 주었다.

한동일의 『라틴어 수업』에서는 살아가는 데 중요한 것은 무엇인지, 어떤 방법이 있는지 끊임없이 묻고 찾으라고 했다. 독서를 배우면서 가장 많이 듣는 얘기도 질문이다. 스스로 자꾸 물어보라고 한다. 처음엔 무슨 소리인지 몰랐다. 지내면서 해결해야 할 일을 마주하며 알았다. 질문은 필요했다. 도대체 왜 이런 일을 겪고 있는지, 어떻게 해야 하는지 알아차리면 해결도 가능하다. 읽었던 책이 도움 되는 경험을 했다. 독서를 배우기 잘했다. 스스로 미소를 머금고 오늘도 칭찬한다.

돈 공부 관련 책은 많다. 돈 그릇을 키우는 데 돈 공부만 필요한 게 아니었다. 돈을 향한 감정을 살펴본 건 처음이었다. 사람마다 감정은 다르다. 기분을 고려하는 게 중요하다. 돈을 생각하면 부족하다, 없다는 말보다 가치, 풍요로움을 상상한다. 『머니 파워』에서 알려주는 대로 실행하려고 노력한다. 사람 사이 조화를 위해 『라틴어 수업』에서도 다양한 방법을 알려준다. 돈 버는 방법을 직접 알려주지 않아도 괜찮다. 책을 통해 의미를 받아들이고 안내해주는 독서 코치 강의를 듣고 실천하니 돈 그릇이 점점 커지고 있다. 역시 멋진 일상은 독서와 함께 성장하는 삶이다.

오지랖보다 사잇꾼으로 살아갑니다

"당신을 더 나은 사람으로 만들어 줄 사람들과 어울려라."

- 오프라 윈프리

이어령의 『마지막 수업』에서 '사잇꾼'이라는 단어를 처음 봤다. 어디에서든 이쪽과 저쪽 사이를 좋게 하는 사람을 말한다. 보는 순간 내 이야기 같았다. 앞장서서 끌어주는 사람이 리더라고 생각했다. 그 외는 아니라고 단정했다. 일할 때 사람을 중요하게 생각하는 편이다. 좋은 관계가 결과도 좋다고 본다. 다른 부서와 함께 일할 때도 마찬가지다. 잘 지내면서 일하면 업무 효율도 올라간다고 믿는다. 이런 성향은 리더가 아니라고 생각했는데 책에서는 달랐다. 지금 하는 역할이 진정한 리더인 사잇꾼이라고 했다.

오지랖이 넓다는 게 좋은 뜻은 아니다. 무슨 일이든 참견하고 간섭하는 사람에게 하는 말이니까. 평소 사람과 대화하기 좋아한다. 상대 고민을 그냥 지나치지 않는 편이다. 위로하고 같이 걱정한다. 상대에게 맞추려 노력한다. 사람들에게 다가가서 나를 드러내려면 오지랖 넓은 게 낫다. 오지랖

부리면서 다른 사람이 성장하면 흐뭇했다. 성취감도 있었다. 적성에 맞는 줄 알았는데 한계가 느껴졌다. 한정된 에너지를 쓰다 보니 지쳐갔다. 오지랖도 지나치면 피곤하다는 걸 알았다. 사람에게 에너지를 받는다고 해서 신경 쓰면 잘될 줄 알았다. 항상 그렇진 않았다. 과하면 문제가 생겼다. 귀찮을 때도 있었다. 가족을 향해 오지랖을 지나치게 부리면 간섭이라고 했다. 다른 사람 성장시키듯 가족을 신경 쓰면 관계가 어긋났다. 가까운 사이엔 적당한 거리도 필요했다. 도대체 오지랖이 좋은 건지 안 좋은 건지 헷갈렸다.

독서를 배운 지도 2년 차다. 예전엔 혼자 있는 시간에는 꼭 누군가를 만나려 했다. 대화가 좋았다. 서로 위로한다고 생각했다. 몇 시간이 지나도 시간 가는 줄 몰랐다. 많이 배우고 있다고 느꼈다. 가끔 상처도 받지만, 얻는 게 더 많다고 믿었다. 종종 줏대가 없었다. 상대 말에 휘둘리기 일쑤였다. 좋았던 대화가 점점 부담스러워졌다. 그런데 지금은 달라지고 있다. 휴식 시간을 즐긴다. 동네를 산책한다. 독서도 한다. 책 읽다가 맘에 드는 한 문장을 찾을 때도 있다. 못 찾아도 괜찮다. 작가가 전하고자 하는 메시지를 생각하며 읽는다. 궁금하다. 책에는 나와 다른 경험이 많다. 작가를 모두 이해하기는 어렵다. 비슷한 고민을 보면 해결에 도움이 되기도 한다. 지금은 혼자서도 즐겁다.

책을 보고 생각했다. 오지랖을 부린다는 건 상대 말을 공감해주는 것이 먼저였다. 경청이 필요하다는 걸 깨달았다. 해결책을 제시할 필요도 없었다. 다른 사람과 소통하기 전에 내 감정에 주목해야 했다. '북테라피'에서 처음 배우는 게 감사 일기를 적는 것이다. 어떻게 쓰는지, 뭘 생각하며 작성하는지 구체적으로 알려줬다. 감사 일기로 하루를 돌아봤다. 나를 알아가기 시작했다. 가족도 다시 보였다. 항상 응원하는 남편, 각자 일에 충실한 아이들. 정작 가장 오지랖을 부려야 할 존재는 나였다.

이어령의 『마지막 수업』에서 나를 중심에 두라는 이야기가 먼저 나온다. 사잇꾼이 되기 전에 생각해야 할 내용이다. 서로를 사이좋게 하는 사람은 사잇꾼, 큰소리치며 이간질하면 사기꾼이라 한다. 돌아보니 삶의 중심에 내가 없었다. 나보다는 다른 사람이 우선이었다. 내 기분과 상태는 알려고 하지도 않았다. 나를 신경 쓰는 건 상대에 대한 예의가 아닌 듯했다. 타인과의 관계가 나보다 더 중요했다. 그러니 지치는 게 당연했다. 다른 사람에게는 사잇꾼이 되려고 했지만, 자신에게는 사기꾼이 아니었나 싶다. 사람과 잘 지내도 내가 없으니, 의미가 없다. 자신이 먼저였다. 타인 배려는 다음 문제였다. 이걸 갖춰야 진정한 사잇꾼 역할이 가능하다고 알아차렸다.

나만 돌보며 살고자 했다. 더는 오지랖을 부리지 않기로 했다. 누군가를 돕는 건 자신 없었다. 가족만 잘 챙기고 싶었다. '수신제가치국평천하'(修身齊家治國平天下)라고 하지 않는가. 나와 가족이 잘되면 사회도 평화로우니 충분했다. 배운 대로 독서하고 삶에 적용하고 가족을 돌봤다. 만족하는 삶이었다. 문제가 생겨도 가족과 함께하니 해결도 빨랐다. 티격태격할 때도 있었다. 상관없었다. 가족은 살아갈 힘을 주는 원동력이었다. 다른 사람 신경 쓰며 살고 싶지 않았다. 이것이 정답이라고 생각했다. 그러던 중 '북테라피' 리더가 고인 물은 썩을 수 있다는 이야기를 들려줬다. 맘에 걸렸다. 전처럼 오지랖 넓게 살고 싶지는 않았다. 그런데 혼자만 아는 지식은 성장하지 못한다고 하니 찜찜했다. 썩어서 쓰지 못하면 아까울 것 같았다. 차곡차곡 쌓여가는 지식과 경험을 어떻게 나누면서 채워갈 수 있을까. 풀어야 할 숙제였다. 가정에서 맡은 역할이 있다. 직장에서도 마찬가지다. 에너지를 쓸 수밖에 없다. 지나친 오지랖은 싫다. 요란스럽게 살고 싶지도 않다. 조용한 게 좋다.

그런데, 독서 코치가 나눔을 하라고 한다. 나눔이란, 가진 자만이 할 수 있는 특권이라고 했다. 그래야, 복이 순환한다고 하니, 할 수 있는 일을 생각해 본다. 듣고 보니 논리적이다. 우리는 혼자 세상을 살아갈 수 없으니 말이다. 경험을 나눈다면 필요한 사람들이 있을까? 도움은 되겠지. 겪어온 시행착오를 들으면 실수를 줄일 수도 있겠다. 살면서 좋은 일만 마주치고 싶겠지만 마음대로 되는 건 아니니 결국, 부딪치고 직접 해결할 수 있다면, 나의 경험이 누군가에게 도움이 될 수 있겠다 싶었다. 미리 다른 사람 경험을 들으면 덜 당황할 수도 있겠다. 듣기만 해서 내 것이 되지 않겠지만 모르는 것보단 낫다고 생각했고, 어차피 알려줄 생각이라면 제대로 된 사잇꾼이 되어야겠다고 생각했다.

주변에 보면, 때로는 자기 경험을 가볍게 무시한다. 나도 마찬가지였다. 겪어야만 깨닫기도 하는 경험은 결코 헛된 것이 아니다. 하찮아도 누군가에겐 도움이 될 수 있다. 해봐야 얘기해 줄 수 있다. 사례가 되면 허투루 보낸 게 아니다. 사소해도 도움이 된다면 나눠도 괜찮지 않을까 싶다. 다시 나누며 다른 사람과 함께 성장하기 위해 용기를 내 보려 했다. 독서로 얻은 용기다. 이번에는 방향을 바꿔 나의 경험을 알렸다.

오지랖과 사잇꾼은 한 끗 차이 같다. 세상의 중심에 내가 있느냐 없느냐가 관건이다. 이제는 쓸데없이 오지랖만 부리지 않는다. 세상 중심에는 내가 있다. 사잇꾼으로서 할 수 있는 역할은 두 가지다. 해야 할 일을 묵묵히 해내는 것, 지식과 경험을 바탕으로 다른 사람에게 도움을 주는 것이다. 책 읽으며 나를 다시 정의해 본다. 마음 따스한 사잇꾼으로 살아가고 있다.

22년 차 직장인이 추천하는 책

『나는 나의 스무 살을 가장 존중한다』

이하영

1 추천하는 이유

삶을 열심히 살고 있음에도 부족하고 불만스러운 게 많았다면 읽으면 좋겠다. 무척 가난했던 작가가 '결핍, 두려움, 가난'으로 새겨진 무의식을 '풍요, 감사, 부'로 바꾸면서 인생이 달라진 이야기이다. 당장 뭘 해야 할지 막막하다면 책에서 제시하는 한두 가지부터 해보길 권한다. 쉽게 따라 할 수 있는 내용을 제시하고 있다. 작은 실천으로 인생이 바뀌는 경험이 재미있다.

2 감상평

책에서 가장 많이 본 단어가 '감사'이다. 마지막 장을 덮고 나서도 마음에 남는다. 평소 감사하며 살고 있다고 생각했는데 놓치는 부분이 많았다. 책을 통해 주변에 주어진 모든 것들이 풍요롭고, 감사할 일이 훨씬 많다는 사실을 깨달았다. 그 중심에 '내'가 있어야 한다. 나에 대해 감동하고 나를 안아 줄 때 진짜 감사가 튀어나온다는 것을 알게 되었다.

감사하면서도 무엇인지 부족했던 것은 나를 생각하지 않아서였다. 오늘 내가 감동하면 하루는 저절로 풍요롭다.

직장 생활에서는 나보다 회사를 먼저 생각했다. 마감 기한이 있는 자료, 처리할 프로젝트 등으로 업무가 늘 더 중요할 때가 많다. 업무는 반복이다. 때로는, 상황에 따라 자신을 챙기는 게 중요하다는 걸 깨달았다. 이제는 상황에 따라 나부터 챙기려고 노력한다.

책 마지막 부분에 "당신도 이미 큰 사람이다."라고 얘기한다. '내가 과연 큰 사람인가.'라는 의문이 들 수도 있다. 하지만 이젠 알 것 같다. 스스로 큰 사람이라고 생각한다는 것은 중요하다. 자신부터 존중하는 삶을 살아가는 과정이 성장이라는 것을 말이다.

3 이 책을 읽을 때 알아 두면 좋을 팁

책 단원마다 무엇을 실천할지 방법을 알려준다. 한 단원을 읽고 실천할 사항을 메모지에 적어 보이는 데 붙여 놓고 따라 해보면 좋다. 실행할 수 있는 한 가지 행동만 해도 충분하다. 익숙해지면 또 추가하면 되기 때문이다. 이하영 작가 유튜브도 있다. 목소리를 들으면서 책에서 나온 내용을 읽으면 이해하는 데 도움이 된다.

김은주 특별한 조이쌤

책은 어린 시절부터 항상 곁에 있었습니다. 그래서 오히려 소중한 줄 몰랐습니다. 교사가 되어 교육 현장에 첫발을 내디뎠고 엄마가 되면서 실전 육아를 시작했습니다. 누군가의 도움이 있어야 일상을 지켜낼 수 있었습니다. 주어진 환경이 버거웠지만 어디서부터 실타래를 풀어갈지 알 수 없었습니다. 불현듯 떠오른 책에서 힌트를 얻었습니다. 이번 공저 프로젝트를 함께하면서 알게 되었습니다. 부모님께서 만들어 주신 독서 환경의 덕을 보았다는 것을 말입니다. 독서하며 육아와 업무에 중심을 찾기 시작했습니다. 하지만 뭔가 부족했습니다. 혼자서 해결해 가기보다 도움을 받고 싶었고 '빅맘의 북테라피'를 만났습니다. 책 읽는 방법이 달라졌습니다. 감사 일기를 쓰고 책에서 배운 점을 생활에 적용하며 정체성을 찾기 시작했습니다. 나에게 부여된 시간과 역할을 소중하게 여기게 되었습니다. 가족이 있기에 내가 빛날 수 있음을 알고 가슴으로 품은 아이들과 교실에서 비전을 나눌 수 있어 감사했습니다. 책을 읽는 데 그치지 않았고 스스로 적용해 가는 과정에서 소중한 시간이 되었습니다. 감사한 기회로 '승하 책방' 공저 프로젝트에 참여하면서, 책을 쓰기 시작했습니다. 글 쓰며 그동안 책과 함께한 시간을 되돌아보았습니다. 자신감 없이 한껏 움츠러들 때 책은 저에게 한 걸음 나아갈 수 있는 용기를 주었습니다. 그뿐만 아니라 어디에서 무엇을 해야 하는지 알 수 없을 때 반짝이는 등대가 되었습니다. 과거의 저는 다른 사람이 제시해 주는 답을 기다리기만 했습니다. 이제는 스스로 질문하며 해결할 일과 순서를 정리하고 책을 읽으며 답을 만들어 갑니다. 앞으로도 '빅맘 위즈덤 스쿨' 안에서 독서를 통한, 성장과 함께할 여정이 기대됩니다.

강은하 내 맘대로 에디터

중국에서 4년간 유학을 하고 돌아와 바로 출판사에 취직했습니다. 직접 편집 진행한 책이 서점에 진열되고 독자들에게 팔리는 게 신기하고 행복했습니다. 오탈자가 하나라도 나올까 바짝 긴장하고 온 신경을 다 써서 책을 만들던 시절이었습니다. 어느덧 초보 편집자 티를 벗은 과장급이 되었고 단행본과 중국어 교재 출판사를 넘나들며 편집자로서 경력을 쌓았습니다. 그렇게 25년이 지나고 나이 오십이 넘어 자진 퇴사했습니다. 이제는 남을 위해 사는 것이 아닌 나 자신을 위해 살고 싶어졌습니다. 자기 계발 커뮤니티에 들어와 함께 책 읽고 토론하며 '나다움'을 찾아가는 중입니다. 회사

에 다니지 않지만 날마다 책 읽고 블로그 쓰고, 가계부 쓰기와 앱테크를 합니다. 무인 아이스크림 점주로 경영을 하면서 더 바쁜 삶을 살고 있습니다. 자신을 위해 살면서 회사에 다닐 때보다 더 많은 수입으로 경제적 자유를 이루는 것이 단기 목표입니다. 오늘도 사직서를 품고 어쩔 수 없이 지옥철을 타고 출근하는 분에게 저의 작은 경험을 나누고 삶은 희망이라고 말하고 싶습니다. 회사를 위해 일하느라 가정을 소홀히 하지 않고 나와 가족을 위해 일하는 우리가 되길 소망합니다.

남윤희 지음 유니

공저 프로젝트를 함께한 경험에 감사합니다. 책을 통해 질문이 시작되었습니다. 2019년도부터 2025년 현재까지 걸어온 여정을 되돌아보는 시간이었습니다. 지난 시간 책 읽고 질문하며 답을 찾아 내디뎠던 모든 발걸음이 바라던 삶으로 향하는 증거였다는 것을 알게 되었습니다. 목표에 도달했든 안 했든 못 했어도 상관없습니다. 새로운 관계를 맺었든 끊었든, 개인적인 도전을 헤쳐 나갔든 주저앉았든, 모든 경험이 나의 성장을 도왔다는 것입니다. 특히 좌절에 직면했던 날들조차도 새로운 시작과 새롭게 힘을 얻어 나아갈 기회였다는 것을 깨닫습니다. '빅맘 북테라피'에서 편식 독서를 끊었습니다. 책으로 나다움을 발견하는 뜻깊은 시간이었습니다. 성장을 지켜보며 서로의 증인이 되었고 함께 성장을 응원할 수 있는 도반이 되

었습니다. 책에서 뽑은 한 문장을 삶에 적용하며 도움이 필요한 곳에 나누며 살 수 있는 용기를 얻었습니다. 신화학자 조지프 캠벨은 "자신의 행복을 쫓으라. 그러면 전에는 문이 없던 곳에서 문이 열린다."라고 했습니다. 책을 읽으며 바라는 모습에 더 가까이 다가가 새로운 기회의 문을 활짝 열었던 만남이었습니다. 상담 심리를 공부하며 가장 많이 들었던 단어가 '공감'입니다. 공감은 비가 올 때 우산을 씌워주기보다 '비를 함께 맞는 것'이라고 합니다. 기꺼이 비 맞을 준비를 하고 다리에 힘주고 서 있겠습니다. 나와 상대 사이에 생명력이라 부를 수 있는 '공감 숨결'을 불어넣는 그림으로, 마음 잇는 미술치료사로 담대히 걸어가겠습니다. 글 쓰고 그림 그리는 예술가로 살아가는 미래를 그려 봅니다. 좋은 운이 함께하니 좋은 인연이 옵니다. 오늘도 설렘으로 하루를 시작하며 글을 닫습니다. 감사합니다.

박혜란 온새미로

과거 속에서 살면서 행복하지 않았습니다. 나를 감추고 거짓 자아로 살아왔습니다. 슬프고 힘들지라도 웃는 얼굴로 근심 걱정 없는 사람처럼, 행복한 척 포장했습니다. 그 속에 내가 없었고, 무미건조한 삶 속에 공허함이 가득했습니다. 내 삶을 통째로 바꾸고 싶었습니다. 내가 변해야 인생이 변한다는 것을 알았습니다. 어느 날 자기계발 세계에 들어오며 새로운 삶을 만났습니다. 독서와 글을 쓰면서 과거를 놓아주었습니다. 용서는 과거를

놓아주고 앞으로 나아가며 나에게 주는 큰 선물이 되었습니다. 우여곡절의 시간에도 성장하며 나아가기 위해 부단히 노력했습니다. 나다움을 찾으며 '잘하고 있어. 넌 할 수 있어!'라고 스스로 응원합니다. 무기력한 엄마에서 도전하는 엄마로 살면서 남편과 자녀들도 성장하는 삶을 살고 있습니다. 새벽 기상을 하며 감사 일기 및 시간 가계부를 쓰고 독서로 하루를 시작합니다. '가슴 뛰는 삶을 살고 있는가?'라는 질문을 하며 하루를 충실히 살다 보니 한 줄기 희망이 보입니다. 행복은 지금 여기 이 순간 내가 만들어 가는 것입니다. 오늘도 어제보다 한 뼘 더 행복을 채워가며 도전하는 삶, 감사하는 삶을 살고 있습니다. 더 나아가 시간, 건강, 경제적 자유를 꿈꾸며 선한 영향력 있는 삶을 살고 있습니다. 저의 경험이 누군가에게 삶 속 한 줄기의 빛이 되길 소망합니다.

이운정 별에서 온 그녀

가난한 집 장녀로 열심히 살았습니다. 경제력이 없는 부모님이 일하시는 것보다 젊은 제가 일해서 생활비를 보태드리고 싶었습니다. 결혼 20년째 되던 해인 2016년 '폰지' 사기와 '기획부동산' 사기를 당했습니다. 남편에게 신뢰를 잃었고 결혼해서 제일 많이 싸웠습니다. 경제권을 반납하고 생활비 50만 원을 받으며 살게 되었습니다. 큰 상실감으로 건강을 잃었습니다. 어두운 터널 같은 시간을 지나 다시 책을 읽으며 책 속에서 멘토를 만났습니다. 나이 50이 넘어서 만난 멘토들은 다시 시작할 힘을 주었습니다. 책은 반짝거리는 빛이 되어 길을 알려주었고 매일 새벽 나만의 시간에 책을 읽으며 성장하고 있습니다. 책 『역행자』에서 "95 프로의 인간은 타고난 운명 그대로 평범하게 살아간다. 이들을 '순리자'라 하자. 5% 인간은 정해진 운명을 거스르는 능력을, 갖고 있다. 정해진 운명을 거역하는 자, 나는 이들을 '역행자'라 부른다."를 읽고 역행자가 되기로, 결심했습니다. 안 된다고 생각했던 일을 하면서 한계는 내가 만든 것이라는 걸 알게 되었습니다. 한계를 깨자 잃어버렸던 자존감이 돌아왔습니다. 해내는 사람이 되었습니다. 도전하면서 만나는 한계를 즐기며 힘든 걸 당연하게 생각하게 되었습니다. 힘든 과정이 지나면 달콤한 성공의 열매를 얻을 수 있기 때문입니다. 작년 한 해 대출 영업을 통해 2024 히어로 SR(대출상담사)가 되었습니다. 매일 천만 원을 벌었다고 확언했습니다. 비 내리는 고속도로를 운전하며 한계를 깨고 2년 만에 확언은 현실이 되었습니다. 제 이야기가 나이와 어려운 환경을 탓하며 희망을 잃은 분들에게 한계를 깨고 다시 도전하시면 할 수 있다는 희망이 되길 바랍니다.

이정은 샌디에이고 라라 필라테스

'책책책' 매일 책을 읽는 사람이 되고 싶었습니다. 명품 가방을 들고 다니는 사람보다 책을 들고 다니는 사람이 부러웠습니다. 책을 읽는 사람이 멋있

어 보였고 닮고 싶었습니다. 매일, 많이 읽고 싶었습니다. 틈만 나면 읽으려고 노력을 했습니다. 매년 새해 '책 100권 읽기'를 목표로 세웠습니다. 세상이 정해준 목표를 가져와 정답인 줄 알고 살았습니다. 혼자서 책을 꾸준히 읽기가 어려워 '빅맘의 북테라피' 모임에 들어갔습니다. 빅맘 멘토의 코치를 받으며 책을 정독하기 시작했습니다. 질문했고 생각이 시작되었습니다. 나만의 해답을 찾아 기록하기 시작했습니다. 생활에 실천하기 시작했습니다. 책을 통해 통찰력과 창의력을 키워 현재 저는 요요만 걱정하던 라라핏에서, 샌디에고 온리원 라라 필라테스로 정체성을 바꾸게 되었습니다. '운명을 바꿨다!' 뜻의 의미를 알기 시작했습니다. 독서와 질문, 사색의 힘을 깨우쳐 가는 과정에 있습니다. 공저 프로젝트 모집 광고를 보았을 때 맘이 쿵쾅쿵쾅했습니다. 처음 필라테스 자격증 광고를 보았을 때와 같은 감정이었습니다. 가장 큰 고민인 '내가 할 수 있을까?'였습니다. 독서량도 부족하고 글쓰기 수준도 초등학교 아이 같다고 생각했기 때문입니다. 그러던 중 우연히 과거 읽었던 책 속 한 귀퉁이에 "2025년, 나는 작가 된다." 라고 써놓은 문장을 발견했습니다. 3년 전, 써놓은 약속을 지키기 위해 부족한 저는 저의 경험을 글로 쓰기로 했습니다. 책은 인생 갈림길마다 방향을 제시하는 나침판이 되어 줍니다. 어색하고 서툰 글입니다. 그러나 고국을 떠나 타지에서 생활하는 한국 사람의 고민과 생각이 많은 사람에게 저의 실행력이 희망이 되고, 꿈이 이뤄지는 삶을 경험했으면 합니다. '모든 경험은 다 이롭다.' 좋은 경험을 만들어 준 코치님과 '빅맘 위즈덤 스쿨' 감사합니다.

오승하 독서 멘토 빅맘

2023년 9월 '빅맘의 북테라피'를 오픈했습니다. 2024년 4월 책에서 얻은 경험을 적용하고 실천하는 챌린지를 함께 오픈했습니다. 그 후, 2024년 12월 경험을 글로 담아 세상을 이롭게 한다는 '승하 책방'을 열었습니다. 세 분야 시리즈로, 2025년 첫 시작을 '빅맘의 위즈덤 스쿨'이라는 내용으로 맞이했습니다. 함께 성장한 도반들의 글로 문 열 수 있는 시간을 맞이할 수 있어 감사합니다. 매일 하는 것이 나를 만든다. 지치지 않고 도반들과 함께 묵묵히 걸을 수 있었습니다. '북테라피' 안에서 책 속 한 문장을 찾아, 읽고 적용하는 삶을 살았습니다. 눈으로 보는 모든 순간이 감사했습니다. 새벽에 느낄 수 있는 공기 속 확언의 외침, 꽃이 피기 전 바람 속 산책, 대단한 하루가 아니어도 특별한 내일이 있지 않아도, 우리는 충실히 하루를 보내며, 서로를 뜨겁게 응원했습니다. 매일 독서하며, 오늘을 살아갈 가치를 함께 누릴 수 있어 감사했습니다. 후회보다 불안한 미래보다 현재를 살아가는 도반들의 경험을 글로 담아 세상을 만나러 갑니다. 준비 과정에서 똘똘 뭉친 그녀들의 일상 이야기가 값진 시간이었고 경험이었습니다. 함께 가치 성장하는 기쁨은 이런 것이구나 배울 수 있었고, 느낄 수 있는 시선을 선물 받았습니다. 책을 집필한 열 명의 작가들 이야기가 세상을 만나니 지난 경험이 귀합니다. 좋은 경험을 아웃풋으로 함께할 수 있어 모든 순간이 고맙습니다. 경험해 보지 않은 지식은 죽은 지식입니다. 경험을 통해 한 단계 성장한 작가들과 맞이하는 2025년이 기대됩니다. 소중한 아웃풋이 되어 세상에 나오니 감사합니다.

정세경 책 읽는 디자이너

남편의 갑작스러운 사고 이후 가족을 책임지게 되면서 경제적 자유를 꿈꾸고 실천해 온 이야기를 담았습니다. 처음에는 혼자 감당해야 할 무게가 너무 버거웠지만, 책을 통해 길을 찾았습니다. 책을 읽으며 '월급은 유한하다.'라는 사실을 깨닫고 불필요한 소비를 줄이고 현실적인 경제적 독립을 준비했습니다. 과거에는 소모적인 만남과 소비에 많은 시간을 보냈지만, 이제는 책 읽고 생각하고 글을 쓰며 나를 성장시키는 데 집중합니다. 덕분에 삶의 방향이 명확해지고, 불안보다는 확신이 자리 잡게 되었습니다. '책 읽는 디자이너'라는 새로운 정체성도 찾았습니다. 디자인을 배우고, 내 지식을 활용해 가치를 창출하는 방법을 연구하며 점차 나만의 길을 개척하고 있습니다. 처음에는 남들이 가는 길을 따라가려 했지만, 이제는 나만의 속도로 걷기로 했습니다. 무리하게 남을 따라가지 않고, 나에게 필요한 것을 선택하며 밀도 높은 성장을 이루고 있습니다. 이를 위해 꾸준한 독서와 사색, 체력 단련, 시간 관리, 디자인 연구, 커뮤니티 활동을 실천하고 있습니다. 매일 7,500보 이상 걷고, 소비를 통제하며, 필요한 기술을 익힙니다. 과정에서 나를 단단하게 만들어 가고 있습니다. 느리지만 꾸준하고 단단

하게 성장하는 나무처럼, 저도 천천히 밀도를 쌓아가며 튼튼한 사람이 되어가고 있습니다. 경제적 자유뿐만 아니라 내면의 자유까지 얻기 위해, 앞으로도 책 읽고 글 쓰며 저만의 길을 걸어갈 것입니다.

차미숙 해리 국장

직장인으로 엄마로 아내로 평범하게 살면서 은퇴를 준비하던 중 암이라는 인생 최대의 위기를 만났습니다. 처음으로 죽음, 이별이라는 단어도 생각하고 왜, 하필 나에게 이런 일이 생겼는지 원망도 많이 하였습니다. 두 번의 암 수술과 치료 과정으로 자존감 저하와 우울감이 생겼습니다. 이대로 그냥 살 수는 없었습니다. 어떻게 살아야 할까를 고민하다 책을 만났습니다. 새로운 온라인 세상이 있음을 알았습니다. '북테라피'를 만나고 적극적으로 책을 읽으면서 인생의 모든 해답은 책에 있다는 것을 알았습니다. 시스템 안에서 빅맘 코치와 도반들과 함께 책 읽고 나누고 강의 듣고 공부하며 성장하고 있습니다. 감사 일기를 나누면서 살아 있음과 일상의 모든 것이 감사임을 알았습니다. 한 줄 감사 일기가 두 줄이 되고 글을 씁니다. 인생에서 가장 중요한 것이 건강이고 체력을 키워야 부자도 될 수 있다고 생각했습니다. 간절히 원하면 원하는 삶을 살 수 있음을 배웠습니다. 필라테스와 8,000보 걷기, 천천히 달리기를 시작하면서 아프기 전보다 훨씬 더 건강해진 나를 만났습니다. 건강의 위기가 저에게는 변화와 성장의 기회

를 주었습니다. 이런 저를 묵묵히 지켜보며 응원해준 남편에게도 감사합니다. 그리고 늦깎이 배움을 하며 삶을 즐겁게 살아가는 아내를 이해하고 응원해주는 남편에게 고맙습니다. 배움에는 늦은 나이가 없다는 것도 알았습니다. 은퇴를 앞두고, 혹은 건강의 어려움을 겪는 분들에게 조금이나마 제 글이 위로가 되었으면 하는 마음입니다. 책 읽고 글 쓰고 있습니다. 해피하고 리치한 멋진 인생 후반을 준비하고 있습니다. 책을 읽던 할머니가 글을 쓰는 작가가 되었습니다. '빅맘 위즈덤 스쿨'과 함께해서 감사합니다. 남편의 건강한 지원과 응원을 받아서 감사합니다.

최연숙 엘리사랑

책은 늘 주변에 있었습니다. 고민이 있거나 문제를 해결해야 할 때는 독서를 하려 했습니다. 무작정 읽으면 되는 줄 알았습니다. 많이 읽는 게 중요하다고 생각했습니다. 읽기와 적용하기는 다르다는 사실을 몰랐습니다. 책을 다 읽어도 이해하기 어려울 때가 많았습니다. 그냥 읽었습니다. 삶에 적용하는 건 생각조차 할 수 없었습니다. 독서도 배워야 했습니다. '북테라피'에는 먼저 경험한 리더가 있습니다. 가르쳐주는 대로 실천하려 했습니다. 과거 다른 사람 신경 썼던 시선을 내게 돌렸습니다. 노력하니 삶도 달라졌습니다.

양보하고 배려하면 모두 행복한 줄 알았는데 혼자 지쳐가고 있는 자신을 발견했습니다. 힘이 나질 않으니, 자신감도 떨어지고 인간관계도 어긋납니다. 다행히 '북테라피'를 통해 배운 가장 큰 핵심은 독서를 통해 찾은 문장을 삶에 적용하는 겁니다. 실천하려면 생각할 시간이 필요했습니다. 책 읽고 덮는 게 아니라 정리해야 했습니다. 할 때와 하지 않을 때는 차이가 크다는 것을 깨달았습니다. 꾸준함으로 내공이 쌓이면 강해질 수밖에 없음을 시스템을 통해 학습했습니다. 책 읽으니 돈 그릇도 커지고 단단해진다는 것을 알았습니다. 긍정적이고 풍요로운 생각은 모든 일을 감사하게 만듭니다. 달라진 관점으로 주변을 돌아보게 됩니다. 평안한 삶에 안도하며 사는 중입니다. 이대로 내 생각만 하고 싶었습니다. 그런데도 시선의 성장을 다시 경험했습니다. 책을 쓰게 된 이유는 독서가 주는 영향을 다른 사람도 알았으면 하는 바람입니다. 독서를 배우는 데 주저하지 않았으면 해서입니다. 책을 통해 정체성을 찾을 수 있습니다. 제 독서는 아직 시작일 뿐입니다. 그래서 더 기대됩니다. 이 짧은 글로 직접 겪은 경험을 나눔으로써 한 사람이라도 독서가 주는 힘을 함께 느꼈으면 합니다. 좋은 것은 나눌 때 그 가치가 빛나기 때문입니다. 함께하는 도반들이 있어 행복합니다.